KB232255

보보노노

步步怒怒

보보노노 1

용공자 新무협 판타지 소설

초판 1쇄 찍은 날 § 2003년 10월 1일
초판 1쇄 펴낸 날 § 2003년 10월 10일

지은이 § 용공자
펴낸이 § 서경석

편집장 § 문혜영
편집책임 § 유경화
마케팅 § 정필 · 강양원 · 이선구 · 김규진 · 홍현경

펴낸곳 § 도서출판 청어람
등록번호 § 제1081-1-89호
등록일자 § 1999. 5. 31
어람번호 § 제2-0259호

주소 § 경기도 부천시 원미구 심곡1동 350-1 남성B/D 3F (우) 420-011
전화 § 032-656-4452   팩스 § 032-656-4453
http://www.chungeoram.com
E-mail § eoram99@chollian.net

ⓒ 용공자, 2003

값 8,000원

ISBN 89-5505-827-6 04810
ISBN 89-5505-826-8 (SET)

용공자 신무협 판타지 소설

步步怒怒

보보노노

1

고향(故鄕)에서

도서출판
청어람

설렘과 두려움

대개의 무협 독자들이 그렇듯 나도 꿈 많은 학창 시절 무협을 접했다.

그리고 내 인생이 백팔십도 변했다. 그 변화에 대해 지금도 나는 좋은 쪽이었다고 생각하지만 주위의 시선은 전혀 그렇지 않았다. 학교에서도 집에서도 무협을 읽고, 밤에도 낮에도 무협을 읽으니 좋다고 말하는 사람이 없었다.

늦게 배운 도둑질에 날 새는 줄 모른다고 했던가? 읽을 건 많고 시간은 많지 않았다. 돈도 별로 없었다. 열심히 읽었지만 그래도 읽은 책보다 읽을 책이 더 많았다. 시험 기간과 일요일이 좋은 이유는 단지 무협 읽을 시간이 많다는 것뿐이었다.

그렇게 시간이 흘러 오늘까지 왔다.

처음 무협을 읽던 때가 올림픽이 열리던 해의 봄이었으니, 대략 내 인생의 반을 무협과 함께한 셈이다.

어쩌다 무협을 쓰게 됐는지는 나도 정확히 말할 수 없다.

유명한 선배 작가의 말처럼 '더 읽을 것이 없던 어느 날, 내가 써보면 어떨까?' 하는 생각이 들었는지도 모른다.

무언가 끄적거리기를 좋아하긴 했지만 무협을 쓰겠다는 생각은 없었다. 한밤의 광기에 휩싸여 자판을 두드렸는데 그것이 무협의 형태를 하고 있었다.

쓰고 지우고, 쓰고 지우고를 반복하며 아무도 보여주지 않고 혼자 즐기기를 일 년.

월드컵이 끝나고 더위가 기승을 부리던 2002년 여름.

어딘가에 숨어 있던 '누군가에게 보여주고 싶다는 강한 욕구'가 터져 나왔다. 언제나 여름이 되면 그렇지만 한밤의 열기에 조금 정신이 나갔던 것 같다.

PC통신에 글을 올린 다음날 아침, 크게 후회했지만 이미 수십 명이 읽었고 재미있다는 쪽지까지 보내왔다.

기뻤다. 누군가 내 이야기를 보고 즐거워한다는 게 그렇게 기쁠 수가 없었다.

그 기쁨을 배가시키고자 인터넷으로 연재를 옮겼고, 'Go! 武林 신춘 무협 공모전'에 출품했다. 혼신의 노력을 기울인 첫 작품이기에 당선을 자신했다.

하지만 막상 '신춘 무협 당선'이라는 금딱지를 달고 책이 나온다고 하니 어깨가 무겁다. 여러 당선작들을 제치고 가장 먼저 출판된다는 것이 두렵다. 다른 당선작들을 보며 모자람을 뼈저리게 느꼈기 때문이다.

그럼에도 불구하고 이 책을 읽게 될 누군가는 생전 처음 무협을 읽게 되는 사람일 것이고, 내가 그랬던 것처럼 그도 이제 무협에 빠지게 되리라는 기대가 나를 설레게 한다.

끝으로 이 책이 나오기까지 많은 질책을 해주신 金剛 선생님과 'Go! 武林' 독자님들, 그리고 사랑하는 아내 미르에게 감사의 마음을 전하고 싶다.

2003년 여름의 끝자락
수원에서 龍共者 拜上.

第一章 장강애사(長江哀史)

무언가 알 수 없는
꿈에라도 시달린 것일까?

장강애사(長江哀史)

무언가 알 수 없는 꿈에라도 시달린 것일까?

몸이 무겁고 눈이 떠지지 않았다.

정신도 혼미해서 잠을 자고 있는지 깨어 있는지도 알 수 없었다. 그래도 억지로 눈을 떠야 했던 건 순전히 오줌이 마려워서였다.

'아, 오줌 마려.'

이세명(李世明)은 강한 배설욕을 느꼈지만 몸이 말을 듣지 않았다.

가위에 눌린 것처럼 손발을 움직일 수 없었다. 아니, 가위에 눌린 것과는 조금 달랐다. 무거운 것에 짓눌린 느낌이나 손발이 경직된 것이 아니라 몸에 힘이 들어가지 않았다. 그리고 터질 듯한 방광의 통증. 가위눌림엔 이런 느낌이 없다.

'하나, 둘, 오줌, 셋, 넷, 다섯⋯⋯.'

이세명은 수를 세며 숨을 깊이 들이쉬고 정신을 발가락에 집중했다.

이것은 가위눌림을 푸는 방법이지만 다행히 효과가 있었다. 발가락에 힘이 들어가며 조금씩 움직일 수 있었다.

가위눌림은 일단 발가락만 움직이면 쉽게 풀린다. 하지만 역시 가위눌림과는 다른지 발가락이 움직여지는데도 여전히 몸을 움직일 수 없었다.

'으윽! 이러다 싸겠어.'

몸이 말을 듣지 않는 가운데 오줌 마려움은 정도를 더해 참고 있기가 힘들었다. 이때 귓가에 낯선 음성이 들렸다.

힘들게 눈을 떴을 때부터 희미한 그림자가 어른거리고 있었다. 눈에 초점이 맞지 않아 그런 줄 알았더니 그게 아닌 모양이었다.

'누구?'

고개를 돌리며 누구냐고 묻고 싶었지만 목이 움직여지지 않았고, 말도 소리가 되어 나오지 않았다.

두런두런 들려오는 음성은 익히 알고 있던 목소리들이 아니었다.

낯선 목소리에 신경을 집중하며 이세명은 발가락을 꼼지락거렸다. 열 개의 발가락이 모두 움직여지자 이번에는 발바닥 전체에 힘을 주며 발목을 천천히 움직여 보았다.

'앗, 이러다 정말 싸겠는데……. 제기랄, 이놈들은 뭐야?'

발에 힘을 준 덕분에 발목 아래의 마비는 풀렸지만 덕분에 오줌보에 힘이 가해져 당장이라도 오줌을 지릴 것 같았다.

'흐윽, 안 되겠다.'

이세명은 손가락에 힘을 주어 마비를 풀기 시작했다. 손가락이 움직여지자 주먹을 쥐었다 폈다 하며 손목의 마비를 풀고 다음에는 같은 방법으로 팔뚝과 어깨의 근육을 움직여 나갔다. 그러면서도 전에 들었던 인신매매단 이야기가 떠올라 덜컥 겁이 났다.

'미혼약을 먹여서 멀리 내다 판다던데……'

겁이 나자 잠시 방광의 고통이 잊혀졌다.

상체의 마비를 푼 이세명은 다시 다리 근육을 움직여 하체의 마비를 풀어 나갔다. 다리에 힘이 들어가자 잠시 잊었던 강렬한 배설욕이 다시 고개를 들었다.

'으윽!'

이세명은 이를 악물며 조심스럽게 눈을 굴렸다.

열 평 남짓한 정방형의 석실, 중앙에 지펴진 모닥불, 거적때기로 막아놓은 입구, 조금 딱딱한 침상과 따뜻한 이불……. 낯선 자들만 없다면 너무나도 익숙한 것들이었다.

'으으, 근데 왜 아직 여기지?'

어딘가 다른 곳으로 옮겨지지 않았음에 살짝 안도하며 이세명은 들려오는 목소리에 귀를 기울였다. 이제 몸의 마비는 거의 다 풀려서 당장이라도 일어설 수 있었지만 잠시 상황을 더 살펴보기로 했다.

'젠장, 대체 얼마나 잔 거야? 낮은 아닌 것 같은데……'

거적때기로 입구를 막아놓아 한낮에도 어둡기는 했지만 해가 떠 있는 동안에는 거적과 천장의 틈을 통해 밝은 기운을 느낄 수 있었다. 하지만 지금은 모닥불에 늘어진 그림자만이 사방에 어른거릴 뿐 밖에서 들어오는 빛은 없었다. 분명 낮은 아니었다.

목소리와 그림자로 보아 침입자들은 세 사람 이상이었고, 차분하고 예의 바른 말투로 보아서 인신매매단 같지는 않았다. 특히 나이가 많아 보이는 음성은 무거움 속에 맑은 기운이 느껴져 듣기 좋았고 나이를 짐작할 수 없는 차분한 목소리는 어딘지 모르게 따스함이 배어 있었다.

'그렇더라도 함부로 들어와서 마구 식량을 축내다니, 도적들임에는 틀림없다.'

밥 짓는 냄새와 은은한 육포 냄새가 코를 자극했다.

'이놈들, 내가 그 건량을 만드느라 얼마나 고생한 줄 아느냐!'

당장이라도 일어나 한마디 하고 싶었지만 그랬다간 정말로 도적들에게 험한 꼴을 당할지도 몰라 관두기로 했다.

'흑! 내가, 내가 참는다.'

오줌을 참고, 화를 참았다. 그러나 참을 일은 그 두 가지만이 아니었다. 쌀밥이 뜸 들며 나는 단내와 육포를 넣어 끓이는 탕이 익어가며 풍기는 냄새는 이세명의 코와 배를 자극했다.

꾸륵. 꾸르륵.

배에서 쉴 새 없이 소리가 났다. 혹시나 그 소리가 들릴까 조마조마해 하며 이세명은 입 안에 고인 침을 삼켰다.

밥이 다 되고 낯선 자들이 밥을 먹는 소리를 들으며 이세명은 배고픔의 고통까지 참아야 했다.

그렇게 평소라면 단 한 가지도 참지 않을 일을 세 가지나 참고 있는 것은 순전히 낯선 자들에 대한 경계심 때문이었다.

"질 좋은 쌀에 말린 고기가 두 종류라……."

부드럽고 차분한 듣기 좋은 목소리가 들려왔다.

"나는 저 아이만할 때 관군을 피해 다녀야 했습니다. 깊은 산에 숨어서 어머니와 함께 살았죠. 산중이라 쌀은 고사하고 피죽조차 부족한 날이 많았습니다. 하루에 한 끼 먹기도 쉽지 않았죠."

'뭐? 관군을 피해 산속에서 살아? 홍건군(紅巾軍)이라도 되나?'

인내의 고통 속에서도 불청객들의 대화에 귀를 열어놓고 있던 이세명은 따스함이 느껴지는 목소리에 관심을 기울였다. 어린 시절 고생했다는 이야기로 별달리 재미있는 내용도 아니고 자신과 관련된 것도 아닌데 이상하게 마음이 끌렸다.

"허술한 노방을 놓고 사냥을 다녔지만 공치는 날이 많았습니다. 어쩌다 토끼를 몇 마리나 잡는 날도 있긴 했지만 고기를 쪄서 말릴 줄 몰랐던지라 남는 고기는 버려야 했죠. 항상 모자라는데 어쩌다 남아도 보관을 못하니 그날그날 먹을 것을 구해야 했습니다. 먹을 만한 버섯이나 나물을 캐러 다니기도 했습니다만 어머니는 귀하게 자라신 분이었고 나는 어려서 아는 게 없었죠. 잡풀이나 독버섯을 따 먹고 며칠을 앓았던 적도 있었습니다."

'흥, 지천에 널린 게 버섯이고 나물인데 그런 것도 모르냐?'

이세명은 속으로 혀를 찼다.

"그러던 어느 날 어머니가 쓰러지셨습니다. 워낙에 약하신 분이잖아요. 그 몸으로 어찌 그 세월을 사셨는지……. 그날부터 나는 두 사람 몫을 구해야 했죠. 그러다 문득 어머니가 심장이 약하고 천식이 심해서 전에도 웅담으로 약을 짓곤 했던 기억이 나더군요. 어린 마음에 곰을 잡겠다고 온 산을 쏘다녔습니다. 그때 웅담을 구하지 못했다면 어머니는 그 겨울을 견디지 못하셨을 겁니다. 후후, 밥도 제대로 못 먹었는데 어디서 그런 힘이 나서 곰을 잡았는지……."

'뭐? 곰을 잡았단 말이야?'

마치 자기에게 들려준 이야기인 것처럼 반응하며 이세명은 계속되는 이야기에 집중했다.

"우리 모자가 무안으로 들어간 봄에 놈을 처음 보았지요. 어미는 구척이 넘는 놈이었는데 호랑이와 싸워도 이기게 생겼더군요. 어미와 새끼 두 마리, 그중에 그놈이 있었습니다. 그때는 이 척도 안 되는 작은 놈이었죠. 봄에서 여름으로 넘어가던 어느 날 사냥꾼들이 온 산을 헤집고 다니더니 어미를 잡아가더군요. 어미가 사라지자 새끼 중 한 놈은 얼마 못가 굶어 죽었죠. 혼자 남게 된 그놈도 산에 호랑이나 늑대가 살았다면 진작 잡아먹혔을 텐데 그래도 어미가 산 주인이라 주변에 맹수가 없어 살 수 있었던 게지요. 혼자 남겨진 그놈도 금방 죽을 것처럼 위태로웠지만 끝내 살아남았죠. 그놈은 어미가 살던 동굴을 그대로 쓰고 있었는데 사냥꾼들도 다 아는 사실이었습니다. 사냥꾼들은 그놈이 제 어미만해지면 잡으려고 했던 게지요. 아직 덜 자라서 상품 가치가 없었던 겁니다. 그때는 초겨울이라 어리다곤 해도 사 척까지 자라 있었는데 어떻게 그걸 잡을 생각을 했는지……. 이런, 얘기가 또 길어졌군요. 말린 고기를 보니 그때 생각이 나서요."

'웅담을 구하려고 곰하고 싸웠단 말이지? 하긴 어머니가 아프면 나라도 그랬겠다. 쳇, 아픈 어머니라도 있었으면 좋겠네. 아, 미치겠네. 더 이상은 못 참겠다!'

자신도 모르게 이야기에 몰입해 있던 이세명은 조금씩 몸을 뒤틀었다. 초인적인 인내에도 한계가 온 것이다. 이젠 일어나서 요강을 찾든지, 아니면 그냥 이불에 싸든지 둘 중 하나였다.

고민은 그리 오래가지 않았다.

"소형제, 눈을 떴으면 그만 일어나는 게 어떤가?"

이세명은 이 말이 자신에게 하는 것임을 직감적으로 알았다.

한림아(韓林兒)는 이세명의 몸이 움찔거리며 뒤척이는 것을 보았다.

수혈(睡穴)을 짚여 잠이 들면 마혈(麻穴)을 짚인 것과 달리 몸을 움직일 수 있었다. 마혈을 짚이면 정신이 말짱한 대신 몸의 근육이 굳게 돼 오래 놔두면 혈액 순환에 이상이 생겨 손발이 괴사해 썩을 수도 있었다. 그에 비해 수혈을 짚이면 잠이 든 듯 정신만 잃게 된다. 잠이 든다기보다 혼절한 것과 비슷하지만 몸은 자유롭게 움직일 수 있었다.

그래서 한림아도 처음에는 이세명의 움직임에 별다른 관심을 두지 않았다. 하지만 이세명은 천천히 계속해서 움직였고 이따금 의식적으로 고개를 돌리기도 했다.

자세히 살피니 가늘게 실눈을 뜨고 있어 눈가에 잔경련이 이는 것도 보였다. 수혈이 짚인 상태에서는 이런 부자연스러운 움직임을 보일 수 없다.

갑작스런 한림아의 말에 모두의 시선이 이세명에게 모여졌다.

이세명은 아차 하며 눈을 감고 계속 자는 척했다.

'그냥 이불에 싸고 계속 자는 척할걸.'

몸을 움찔거렸던 게 후회됐지만 이제 와 후회해도 돌이킬 수 없는 일이었다.

"아이야, 언제 일어났느냐?"

맑은 기운이 느껴지는 노인의 목소리였다.

호노는 자신의 점혈(點穴)이 예정보다 일찍 풀리자 조금 의아한 눈치였다. 점혈이라는 것은 특정 부위의 혈도를 막거나 타격을 주어 일정한 효과를 얻는 것으로 침이나 판관필과 같은 장비 없이 맨손으로 하기는 대단히 어려운 기술이었다. 그러나 호노는 이미 기의 운용과 수발이 자유롭고 마음만 먹는다면 손가락으로 철판도 뚫을 수 있는 경지였기에 맨손으로 점혈을 시전할 수 있었던 것이다.

　그런 호노가 점혈의 강약 조절을 실패한다는 것은 있을 수 없는 일이었기에 소년이 예정보다 일찍 깨어난 것은 아주 의외의 일이었다.

　노인의 말을 듣고도 이세명은 어떻게 해야 할지 몰라 계속 자는 척했다.

　"해치지 않을 테니 두려워 말고 그만 일어나거라."

　인자한 호노의 목소리에 용기를 얻은 이세명은 가만히 눈을 떴다.

　호노가 부축하려고 손을 내밀자 이세명은 거부하지 않고 호노의 손을 잡고 상체를 세웠다. 오래 누워 있어서인지 조금 어지러웠지만 일단 일어나니 그게 문제가 아니었다.

　호노는 침상에서 일어나며 자신을 향해 인상을 쓰는 소년의 표정에 조금 어이가 없었다.

　인상을 써서 어쩌자는 것인가? 설마 위협을 하자는 건가? 아니면 그저 못마땅한 표현인가? 어느 쪽이든 자신에게 이로울 게 없는 상황이 아닌가? 험상궂게 일그러진 소년의 얼굴에는 일말의 두려움이나 경계심이 보이지 않아 오히려 호노를 당혹케 했다.

　"앗! 싼다!"

　천천히 몸을 일으킨 것과는 대조적으로 이세명은 '휙!' 소리가 나도록 이불을 젖혔다. 그리고는 떨어지듯 침상을 내려와 구리 요강의 뚜껑을 내던졌다.

　'암습!'

　이세명의 기세가 어찌나 급박하고 빠르던지 일순간 호노는 공력조차 끌어올리지 못하고 이불을 쳐냈다.

　이불을 쳐낸 호노는 뒤이어 날아온 금속성 암기를 받아내고 재차 이세명을 제압하기 위해 손을 뻗었다.

그러나 등을 보이고 꿇어앉아 바지춤을 내리는 소년의 모습은 뭔가 이상했다. 뒤이어 들려온 소리와 손에 잡힌 동그란 물건을 확인한 호노는 뻗어가던 손을 힘없이 내릴 수밖에 없었다.

쏴아아아아아아아아아아아아!

"허허허."

호노는 요강 뚜껑을 쥐고 허파에 바람 빠지는 것 같은 웃음소리를 내며 소년의 오줌 싸는 광경을 지켜봤다. 한림아와 다른 일행들 역시 이런 호노의 모습을 보며 허허로운 웃음소리를 냈다.

끝날 것 같지 않던 긴 소변 배출의 쾌감에 이어 약간의 한기에 의한 부르르 몸 떨림까지 즐기고 난 후 이세명은 마지막 한 방울까지 잘 털어냈다. 하지만 그렇게 괴롭히던 생리적 고통을 쾌감으로 말끔히 해결하고도 정작 문제는 이제부터였다.

'이제 어쩐다?'

털기까지 마친 물건을 잡고 억지로 힘을 주자 약간의 소변이 더 배출됐다.

또로롱!

그리고 이어지는 약간의 떨림과 반복되는 털기 동작. 이번 털기는 한참이 지나도 끝나지 않았다. 이세명은 등 뒤의 시선을 느끼며 선뜻 일어나지 못하고 애꿎은 물건만 계속 만지작거렸다.

이런 이세명의 사정을 알아챘는지, 아니면 더 이상 기다리기가 지루했는지 한림아가 이세명을 불렀다.

"소형제, 두려워 말고 일 봤으면 이리로 오게."

부드러운 한림아의 목소리에 용기를 얻은 이세명은 바지를 끌어 올리고 허리춤을 묶었다.

천천히 돌아서는 이세명의 동작은 좀 전과 달리 조심스러웠고 얼굴에는 잔뜩 긴장한 티가 역력했다.

"누구세요?"

최대한 담담하게 말하려 했지만 입이 마르고 목이 잠긴데다 두려움을 완전히 숨기지 못해 목소리가 조금 떨려 나왔다.

'그때도 꼭 이랬었지.'

잔뜩 경계하면서도 주눅 들지 않는 모습. 호노는 이세명의 눈에서 오래전 자신이 한림아를 찾아갔을 때의 기억을 떠올렸다.

이세명은 자신을 바라보고 있는 사람들의 시선을 피하지 않고 하나하나 마주하며 주위를 둘러봤다. 모닥불 주위에 빙 둘러앉은 세 사람과 옆에 있는 노인. 모두 네 사람이었다.

이세명을 부른 건 바닥에 이불을 펴고 앉아 있는 젊은 남자였는데 목소리만큼이나 부드럽고 포근한 인상이었다. 그에 비해 옆에 서 있는 노인은 좀 깐깐해 보였고, 다른 두 남자는 매서운 눈빛을 가지고 있었다. 특히 산만한 덩치에 굵은 쇠몽둥이를 품고 있는 남자는 어떻게 봐도 산적으로밖에 보이지 않았다.

"우선 내 소개부터 하지. 난 한림아라고 하네. 허락도 없이 소형제의 집에 들어온 것을 사과하네. 피치 못할 사정이 있어서 예의가 아니면 행하지 말라는 성현의 말씀을 어기고 이렇게 무례를 저지르고 말았네."

어린 자신을 무시하지 않고 정중하게 포권하며 말하는 한림아의 태도에 이세명은 조금의 거짓이나 위선도 섞이지 않은 것을 느낄 수 있었다. 한림아의 공명정대한 눈빛을 받아서인지 이세명은 다소 두려움을 떨치고 다시 입을 열었다.

"네, 음… 세상을 살다 보면 그럴 수도 있죠. 그렇지만 남의 물건을 함부로 하는 것은 옳지 못해요."

이세명의 말에 한림아가 고개를 끄덕였다.

"실로 소형제의 말이 옳네. 지금 우리는 소형제의 집에 허락도 없이 들어왔을 뿐 아니라 함부로 귀한 음식에 손을 댔으니 부끄러울 뿐이네. 부디 너그러이 용서하고 이것으로 사과를 받아주게."

한림아는 옆에 놓여 있는 작은 함을 내밀었다. 활명단(活命丹)을 넣고 다니는 약함이었다. 활명단의 재료가 되는 약재 중 더운 공기를 쐬면 약효가 반감되는 것들이 있어 한옥에 은을 입힌 약함에 보관해 온 것이다.

한옥 약함은 은으로 싸여 있어 언뜻 보면 은덩이로 착각할 수 있었는데 이세명도 약함을 은괴로 생각하고 받으려 했다.

어른 손바닥 크기의 묵직한 은덩이라면 족히 오십 냥이 넘는 엄청난 가치였다. 한옥의 진귀함에 비한다면 오십 냥의 은(銀)은 일 할의 가치도 안 되는 것이었지만 한림아는 그에 대해 설명하지 않았다.

이세명은 한림아가 건네는 약함을 받기 위해 침상 아래의 초혜를 챙겨 신었다.

신을 신기 위해 움직이는 이세명의 자세가 한쪽으로 기우는 것을 보고 한림아는 반사적으로 이세명의 다리를 살폈다.

신을 신은 이세명이 기우뚱거리며 한림아에게 걸어오는데 짚신 위로 보이는 왼쪽 발목이 이상한 각도로 뒤틀려 있었다. 다리를 저는 모습에 호노가 부축하려 했지만 이세명은 이미 한림아에게 다가와 손을 뻗고 있었다.

가까이 다가온 이세명은 한림아 옆에 놓인 핏물이 홍건한 대야와 옷가지를 보고 흠칫했지만 침을 한 번 삼키고 약함을 받아 들었다. 속이 빈 약함이라 예상보다 훨씬 가벼웠기에 조금 실망스러웠지만 결코 내색하지 않았다. 이 정도만 해도 족히 삼십 냥은 넘을 듯 보였다.

"어디 아프세요?"

약함을 받아 든 이세명의 물음에 한림아가 고개를 저었다.

"자네의 집에서 쉬고 먹은 값을 따지자면 천금으로도 셈할 수 없겠으나 지금은 가진 게 그것밖에 없군."

은 한 냥이면 쌀이 한 섬이고, 그럴듯한 집 한 칸도 열 냥이 넘지 않으니 삼십 냥이면 마을에서 사지 못할 것이 없었다. 그러니 밥 값으로 삼십 냥은 너무 많다고 할 수 있지만 이세명은 그렇게 생각하지 않기로 했다.

'열흘을 굶은 사람에게 천만금이 무슨 소용이겠어? 같은 물건도 시간과 장소에 따라 값이 다른 법이니 자기 말마따나 이 정도 돈이면 모자라다고 할 수 있는 상황인지도 모를 일이지. 그건 그렇고, 어딘가 다친 모양인데 그래서 급히 쉴 곳을 찾은 건가? 어라? 저 옷은 어제 본 용두선의…….'

이세명은 한림아가 입고 있는 옷을 보고 어제 고기를 잡으러 나갔다가 봤던 커다란 배를 기억해 냈다. 비록 멀리서 지나치긴 했어도 그 거대한 배와 한림아가 입고 있는 붉은 옷은 멀리서도 한눈에 띄었다. 더구나 한림아는 이세명을 보고 손을 흔들어주기까지 했었다. 한림아뿐이 아니었다. 한림아 옆에 백의를 입고 있던 노인.

'그리고 보니 저 할아버지도 기억이 나는걸? 배가 난파라도 당했나? 바람이 좀 불긴 했지만 이 정도 날씨에 부서질 배는 아니었는데…….'

한림아를 알아본 이세명은 나름대로 상상력을 발휘해 상황을 분석

했다. 무슨 일인지 몰라도 창백한 얼굴, 핏물 가득한 대야는 한림아의 부상을 말해 주고 있었다.

"이것도 너무 많은걸요. 음, 어제 용두선을 타고 가시던 아저씨가 맞죠?"

이세명이 아는 체를 하자 한림아가 눈을 동그랗게 뜨고 어떻게 알았냐는 표정을 지었다.

"어제 봤잖아요. 저 할아버지가 노래를 부르고 아저씨는 저한테 손도 흔들어주었잖아요."

"아……!"

한림아는 문득 어제의 일을 떠올리고 탄성을 발했다.

흔치 않은 절강의 설경(雪景)에 취해 호노와 시를 나누기 시작했던 곳이 이 부근이었다. 그때 호노가 읊었던 시가 '고주사립동(孤舟蓑笠童:외로운 조각배에 사립 쓴 아이), 독조한강설(獨釣寒江雪:눈 내리는 겨울 강에 홀로 낚싯줄 드리우고 있네)' 이라는 구절이었다.

호노는 어제 이 근방을 지나면서 소년이 배를 타고 있던 걸 눈여겨 봐 뒀던 게 틀림없었다. 인근 지리에 익숙지 않은 호노가 이 근처에 배가 있을 거라며 일행을 독려했던 것도, 강가를 뒤져 이곳을 찾아낸 것도 그저 허언이나 우연이 아니었던 셈이다.

"이런, 알고 보니 구면이었군. 이렇게 기억해 주니 고맙네."

호노야 그렇다 치더라도 그 먼 거리에서 스쳐 지나간 사람을 알아본 이세명의 이목은 분명 남다른 데가 있었다.

"뭘요."

한림아가 자신을 알아보자 이세명은 남아 있던 경계심을 풀고 한림아의 발치에 털버덕 주저앉았다. 조금 전까지 호노가 앉아 있던 자리였다.

"에구, 많이도 차리셨네요."

이세명이 모닥불 주위에 널려진 가재도구와 음식들을 보며 작게 한숨을 내쉬었다.

"미안하네. 허락도 없이 들어와 이렇게 축내고 말았네."

한림아는 거듭 사과했지만, 다른 사람들은 별반 미안해하지 않았다. 강호를 종횡하다 보면 이쯤은 흔히 있는 일이었다. 오히려 이 정도의 일에 한옥 약함을 준 것은 과하다는 생각이었다.

그렇거나 말거나 졸지에 자리를 빼앗긴 호노는 이세명에게 옆으로 떨어져 앉으라고 손짓했다. 하지만 한림아의 진지한 사과에 마음이 열린 이세명은 이제 낯선 사람들에게 일말의 두려움도 없는지 호노의 손짓을 무시해 버렸다.

결국 호노는 반대 편의 산적처럼 생긴 남자를 비키게 하고 그 자리에 앉아야 했다.

"그거 계속 들고 있으면 냄새나는데요."

이세명이 호노의 손을 가리키자 모두들 웃음을 참느라 콧바람을 불었고 호노의 보기 좋은 수염도 가늘게 떨렸다. 호노는 그때까지도 요강 뚜껑을 들고 있었던 것이다.

호노는 하도 어이가 없어 요강 뚜껑을 냅다 던져 버렸다. 그러나 그냥 성질을 부리며 던진 것이 아니었다. 요강 뚜껑은 정확히 날아가 '창!' 하는 듣기 좋은 소리를 내며 요강을 덮었다. 이 묘기 아닌 묘기에 이세명은 입을 쩍 벌리고 박수를 쳤다.

호노의 재주에 아낌없이 박수를 보낸 이세명은 가까이에 있는 젓가락을 집어 들었다. 참았던 오줌도 쌌고 화도 풀렸으니 이제 허기진 배만 채우면 되는 것이다.

"근데 내가 얼마나 잤죠?"

한림아 일행이 대충 식사를 마친 상태였는데도 솥에 남아 있는 밥은 상당히 많았다.

"글쎄, 지금은 축시가 좀 넘었지 싶군."

한림아의 대답에 이세명은 눈을 동그랗게 떴지만 젓가락으로 가져가던 손은 멈추지 않았다. 젓가락은 호노가 사용하던 것이라 밥풀이 붙어 있었지만 이세명은 별로 개의치 않는 눈치였다.

"축시요? 그거밖에 안 됐어요? 아니, 그런데 왜 일어난 거야? 역시 꿈자리가 뒤숭숭했나? 하긴 손님이 왔는데 뭣도 모르고 계속 잤다는 게 더 이상한 일이긴 하지만……."

이세명은 솥을 끌어다 발 앞에 두고 젓가락으로 한 주먹이나 되는 밥을 떠서 입에 넣었다. 그렇게 젓가락이 몇 번 왔다 갔다 하자 순식간에 밥솥이 비었다.

"꺼억! 탕이 좀 싱겁네요. 저기 매달린 주머니에 소금이 있었는데 좀 잘 찾아보시지."

이세명이 기분 좋게 배를 두드렸다.

배가 부르니 다시 졸렸다. 이상한 사람들이 와 있긴 했지만 나쁜 사람들은 아닌 것 같으니 걱정도 없었다.

"그럼 저는 조금 더 잘게요."

이세명은 옆구리를 긁으며 일어나 침상으로 걸어갔다.

"아참, 아프신 것 같은데 여기 누우세요. 저는 바닥에서도 잘 자니까."

이세명의 호의에 한림아가 살짝 미소를 지었다.

“고맙네만 난 추워서 여기 불 옆이 더 좋군.”

“네에, 그러면 제가 여기서 잘게요. 안녕히 주무세요.”

이세명은 꾸벅 인사하고는 침상에 몸을 눕혔다.

잠시 뒤 태평하게 잠든 이세명의 곁으로 호노가 다가들었다.

“호노!”

호노의 의도를 안 한림아가 호노를 불러 제지했지만, 호노의 손은 이미 이세명의 목 뒤로 들어가 수혈을 짚고 있었다.

“이 편이 아이에게나 저희에게 모두 좋습니다.”

아이를 내보내서 좋을 게 없다는 것쯤은 한림아도 알고 있었다. 하지만 꼭 수혈을 짚어야 했을까? 그것도 지금?

“그래도…….”

비록 수혈이라고 해도, 하루 이상 혈도가 봉해져 있는 건 좋지 않았다.

호노도 한림아가 하려는 말을 충분히 알고 있었다. 아침에 일어날 때쯤 해서 수혈을 짚어도 충분한 일이었다. 그러나 만에 하나라도 아이가 일찍 일어나 자신들 모르게 밖으로 나가거나 해서는 곤란했다. 물론 그럴 가능성은 없다고 봐야 했지만 확실히 해두는 편이 좋았다.

“염려 놓으십시오. 내일 이 시간쯤이면 일어날 겁니다.”

말은 이렇게 하면서도, 이번엔 조금 강하게 눌러 놓은 상태였다.

‘아무리 빨라봐야 하루 반나절은 지나야 풀리겠지.’

*　　　*　　　*

묘와산은 지평선이 보이는 평원에 자리 잡고 있어서 멀리 보이는 마안산과 그 너머에 있는 향산을 제외하고 인근에 제일 높은 산이었다. 타지 사람이 보면 이것도 산이냐고 되묻겠지만 죽을 때까지 세상에서 세 번째로 높은 산으로 알고 가는 사람도 있고 보면 산이라고 할 만도 했다.

주변 지형이 장강을 바라보고 평원을 등지고 있다 보니 풍수를 모르는 촌부라 할지라도 강의 범람과 바람을 피해 집을 지어 자연스레 묘와산 자락으로 모여들게 됐고 촌락이 생기게 됐다.

묘와산 자락에 자리 잡은 마을 소행촌(小杏村)은 따뜻한 기후와 풍부한 수량을 이용해 벼농사를 짓고 밭에는 목화와 유채를 재배하는 장강 이남의 여느 촌락과 다를 바 없는 마을이었다. 굳이 다른 점을 찾자면 주변에 은행나무가 많다는 것으로, 이 때문에 마을 이름도 소행촌이었다.

이 별 볼일 없던 소행촌이 근래 들어 인근 마을은 물론 멀리 무호(蕪湖)와 강 건너 화현(和縣)에까지 이름이 알려진 데에는 장삼(張三), 장사(張四) 형제가 운영하는 수상반(水上班)이란 조선소 덕이 컸다.

조선소라고는 해도 고깃배나 만드는 정도였지만 항상 주문이 밀려서 선금을 받고도 서너 달 후에나 배를 내주는 실정이었다. 이는 수상반이 특별히 배를 잘 만들어서가 아니라 전적으로 배의 수요가 많아서였다. 강에 뜨는 것이라면 손바닥만한 조각배까지 징발당하고 난 뒤라 민간에는 배가 남아 있지 않았고, 솜씨 좋은 장인들도 모두 여기저기로 징병되어 가서 돌아오지 않으니 배를 만들 수 있는 곳은 수상반밖에 없었다.

삼십여 년 전에 마을을 떠났던 장삼, 장사 형제가 돌아와 수상반을 차리지 않았다면 한동안 인근 백 리 내에서 배 구경 하기는 어려웠을 터였다.

어려서 마을을 떠난 장삼, 장사 형제는 소호를 근거지로 장강은 물론 멀리 준하와 과하까지 오르내리던 소호수채의 수적이 되었다가 전란의 불똥을 피해 고향으로 돌아와 조선소를 차린 것이다. 때마침 파양대전이 끝난 뒤라 관에서 어로 제한을 풀었고, 수상반은 나날이 커져 이제는 일꾼이 십여 명에 기술을 배우는—공짜로 부려먹는—아이들도 셋이나 있는 잘 나가는 사업장이 되었다.

눈이 내려 일찍 작업을 마치고 일꾼들과 함께 늦도록 술을 마신 장삼은 새벽에 들이닥친 관병들에 놀라 자리에서 일어났다.

장삼은 문밖에 서 있는 오나라 수군 복장의 병사들을 보며 올 것이 왔구나 하고 생각했다.

수적이었던 과거를 숨기기 위해 나름대로 노력했건만 얼마 전 장사가 일꾼들 앞에서 힘 자랑을 하다가 과거를 떠들었던 일이 자꾸 마음에 걸리던 차였다.

"무, 무슨… 무슨 일로……?"

겁에 질려 더듬거리는 장삼을 보며 요영충이 고개 숙여 인사를 했다.

"이른 시간에 이처럼 결례를 범하게 되어 죄송합니다. 저는 오나라의 장수 요영충이라고 합니다. 웅천부 소속 수군으로 수적들을 토벌 중입니다."

수적을 토벌 중이라는 말에 장삼은 두 눈을 질끈 감았다. 여기서 몸을 빼는 건 어려운 일이 아니었다. 여차하면 눈앞의 군관을 인질로 잡으면 그만이다. 하지만 다 늙어 다시 고향을 떠나게 된다고 생각하니 마음이 착잡했다.

"어젯밤 교림에서 놓쳤는데 놈들이 배를 구하러 올지 몰라 경계하는 것이니 너무 놀라지 마십시오. 혹시……."

장삼은 군관의 설명에 자신을 잡으러 온 것이 아님을 알고는 안도의 한숨을 내쉬었다.

'그럼 그렇지.'

"아이쿠, 형님!"

장삼이 안도의 한숨을 내쉴 때 건넌방에서 뒤늦게 일어난 장사가 소리를 지르며 뛰쳐나왔다. 장사는 다짜고짜 벽에 걸려 있던 낫을 집어 들고 장삼의 방으로 달려오려 했다.

"사야, 이놈아!"

장삼은 놀라서 장사를 말리려 했지만 장사는 형이 위험에 처해 자신을 부르는 줄 알고 거칠게 낫을 휘두르며 장삼에게 달려왔다.

슉!

장사의 낫이 파공성을 내며 주변에 있던 병사를 내리찍었다. 한때 잘 나가던 장강수로십삼채의 그 유명한 강룡십삼검법(彊龍十三劍法) 중 잠룡과강(潛龍跨江)의 초식. 유난히 흉포하고 빨라 장사가 즐겨 쓰는 장기 중의 하나였다.

칼을 놓고 구 년이면 실력이 무뎌질 만도 하건만, 위급한 상황에 처하자 장사의 손에 들린 낫은 구 년 전에 비해 오히려 위력적이었다.

"안 돼!"

장삼은 외치면서도 낫에 머리가 갈라질 병사의 얼굴을 떠올리며 고개를 돌렸다.

퍽!

“윽! 형님…….”

장삼은 난데없는 장사의 비명에 의아해하며 눈을 돌렸다. 낫에 찍혀 뇌수를 흘리고 있어야 할 병사는 멀쩡하고 멀쩡해야 할 장사는 낫을 떨어뜨리고 눈밭에 벌렁 누워 있었다.

“무슨 짓이오? 함부로 손을 쓰다니?”

군관의 질책에 병사는 당황하며 고개를 숙여 사죄했다.

“죄송합니다. 손속에 사정을 두었지만 워낙 위급한 상황이어서.”

“촌부의 낫질에 위급한 상황이라니?”

“아닙니다, 그건…….”

계속된 군관의 질책에 병사가 변명하려 들자 장삼은 소리를 지르며 방을 뛰쳐나왔다.

“아이고! 사야, 이놈아! 네가 죽는 것이냐! 아이고! 아이고!”

아무래도 이들은 보통 수군들이 아닌 것 같았다. 강릉십삼검이 비록 수적들의 검법이지만 일개 수병에게, 그것도 장사 정도 되는 사람이 손 한번 못 쓰고 나가떨어진다는 것은 말이 되지 않았다.

장사는 가슴에 통증을 느끼긴 했지만 다행히 크게 다치지는 않았는지 정신을 잃진 않고 있었다.

“사야, 날 두고 죽으면 안 된다!”

장삼은 장사를 끌어안고 울부짖으며 눈짓으로 가만히 있으라는 신호를 보냈다. 장사도 뭔가 이상하게 돌아간단 생각에 장삼이 시키는 대로 눈을 감고 정신을 잃은 척했다.

장사를 때린 병사는 군관에게 무언가 할 말이 있는 듯했지만 장삼이 계속 울며불며 통곡하는 바람에 때를 놓치고 말았다.

군관은 뉘우치지 않고 변명만 하려 드는 병사의 태도에 못마땅해하며 장사의 상세를 살폈다.

"잠시 정신을 잃었을 뿐 큰 해는 없을 것이니 너무 염려 마십시오."

맥박과 심장에 이상이 없음을 확인한 군관은 장삼을 안심시키고 어정쩡하게 서 있는 병사에게 눈길을 돌렸다.

"뭐 하는 게요? 어서 이분을 방으로 옮겨 눕히지 않고!"

군관의 차가운 표정에 병사는 여전히 떨떠름한 얼굴이었지만 군관의 명령을 듣지 않을 순 없었다.

장사가 방에 눕혀지고 장삼이 진정하는 기미를 보이자 군관은 다시 정중히 사과하고 아까 다 하지 못한 이야기를 꺼냈다.

"혹시 간밤에 없어진 배는 없는지요?"

"글쎄요, 이곳이 배를 만드는 곳이긴 합니다만 마침 완성된 배는 없습니다."

"알겠습니다. 배가 있는 제일 가까운 곳은 어디인지요?"

"마을에 여섯 척이 있는데 주막에 가시면 배를 확인할 수 있지요."

장삼의 말이 떨어지기가 무섭게 요영충이 손짓을 하자 병사들 일부가 마을로 달려갔다.

"주변에 다른 배는 없는지요?"

"거기 말고는 무호와 욕계구(欲溪口)에나 가야 배가 있을까? 하지만 그곳엔 육십여 척이 넘는지라 저도 다 알 수는 없군요."

욕계구는 소호와 장강을 잇는 육계하가 장강과 만나는 곳으로 큰 포구였다. 수상반에서 만드는 배들의 대부분이 그곳에서 사용되고 있었지만 소행촌에서 백 리 가까이 되는 거리여서 장삼도 배들의 소재를 알지 못했다.

"자세한 설명에 감사드립니다. 그리고 이것은 혹시나 해서 드리는

것이니 오늘의 불상사로 저분께 무슨 일이 생기면 금릉 요가장으로 오
셔서 저를 찾으십시오.”

요영충은 다시 포권하며 허리를 숙여 인사하고는 장삼에게 손가락
만한 단도를 내밀었다. 장삼이 단도를 받자 요영충은 몸을 돌려 군사
들과 함께 마을로 달려갔다.

군사들이 사라지기가 무섭게 장사는 벌떡 일어나 장삼에게 다가왔
다.

“뭡니까, 그게?”

장사는 장삼의 손에서 단도를 뺏어 이리저리 둘러봤다.

“이거 암기로군요? 뭐라고 써 있네요. 어디 보자, 요상(寥橡)? 다른
말은 없나? 흠, 암기란 자고로 은밀히 써야 하는 것인데 이걸 신표로
쓰는 놈들도 있군요.”

“좀 이상하지 않냐?”

“많이 이상한데요. 독문암기랍시고 남들 안 쓰는 걸로 만들어 쓰는
놈들이야 종종 있지만 미친놈이 아니고서야 어찌 암기에 이름까지 표
시를 할까요? 물론 지가 죽인 거 자랑하고 싶은 놈이야 그럴 수도 있겠
지만 이러고 다니다간 저 죽이고 싶은 놈들한테 모함받기 좋지 않느냔
말입니다.”

장삼은 장사의 주절거림에 고개를 흔들었다.

“아니, 그런 거 말고.”

“에… 행동거지로 봐서도 명문가의 사람 같은데 암기를 떳떳하게
사용하겠다고 표기까지 하는 걸 보면 역시 육선문 쪽 사람들은 이해하
기 힘든 면이 있군요. 그건 그렇고 교림이라면 금릉이 코앞인데 거기
서 수적질을 하는 놈도 다 있다니… 장강십삼채가 다 부서진 마당에

대체 누가 설치고 다니는지 모르겠네요. 뭐, 우리같이 숨어 사는 놈들이야 몇 있겠지만……."

"그렇지? 아무래도 그렇단 말이야."

장사의 말을 듣던 장삼이 고개를 끄덕여 동의하자 장사는 신나서 더욱 떠들기 시작했다.

"장강에서 통행세를 받겠다는 인간들이 나타났는데 어찌 우리가 몰랐을까요? 별로 멀지도 않은데. 또 저놈들, 아까 보셨습니까? 내가, 이 소호채의 반강룡(反剛龍)이 아무리 한동안 쉬었다 해도 새파란 놈한테 발길질을 당했다는 건 말이 안 된단 거죠."

장사는 옷을 풀어헤쳐 가슴을 내밀었다. 장사의 가슴에는 붉은색으로 선명하게 족적이 찍혀 있었다.

"손속에 사정을 뒀다더니, 망할 놈. 하마터면 죽을 뻔했네. 왕년에 철포삼이라도 열심히 해놨기에 망정이지 안 그랬으면 심장이 아작났을 거요. 보자, 내가 잠룡과강으로 베려고 했더니 이렇게, 이렇게 공격하더란 말입니다."

장사는 가슴을 풀어헤친 채로 자신을 제압한 병사의 발차기를 흉내 냈다. 발이 죽 퍼지지 않아 조금 어색한 자세였지만 장삼은 웃지 않았다.

"흠, 반 보 뒤로 빠지고 발바닥 전체로 밀듯이……. 그런데 이런 자국이 났단 말이냐?"

"왜 아니겠소. 예전에 장안에서 소림사 애기 중한테 당할 때도 그랬지 않소. 어라? 그러고 보니 비슷한 초식이네? 그때는 뒤꿈치로 맞아서 한참 고생했지. 그래서 철포삼도 익혔던 거잖소. 하하, 그 덕을 오늘 보게 될 줄이야."

"쯧쯧."

장삼은 혀를 차고는 계속 말을 이었다.

"그놈이 봐주긴 했나 보구나. 그 초식은 원래 뒤꿈치로 찍어 차는 게 옳은 쓰임이지 않느냐? 제대로 맞았다면 그깟 열심히 익히지도 않은 철포삼으로 막을 수 있는 계제가 아니었다. 그나저나 네놈은 그렇게 많은 말을 하고도 아직 모르겠느냐?"

장삼의 편잔에 장사가 정색을 했다.

"뭘 말이오? 그놈들, 가짜 관군이란 거? 이거 왜 그러쇼. 나도 그 정도는 생각할 줄 안단 말이오. 우리가 숨어 사는 마당에 장강 중하류(中下流)를 누비는 수적이 어디 있고, 소림 무공을 쓰는 관병이 어디 있겠소. 그리고 철포삼을 내가 얼마나 열심히 익힌 줄 아시오? 비록 온몸에 철포를 두르지는 못했지만 여기 왼쪽 가슴만은 무쇠로 만들었소. 보시오, 형님."

장사가 옷섶을 완전히 풀어 왼쪽 가슴에 힘을 주며 내밀었다. 아닌 게 아니라 장사의 왼쪽 가슴은 단단한 근육 위로 굳은살이 박혀 있었다.

장삼도 장사가 얼마나 공들여 가슴을 단련했는지 잘 알고 있었다. 한창 혈기 왕성하던 시기에 열두어 살 먹은 소사미에게 호되게 당한 뒤로 이십여 년을 문지르고, 두드리고 했으니 거죽이 단단해지는 건 당연한 이치였다.

"그깟 놈이 제대로 찼다 해도 나는 멀쩡했을 거요."

장사는 가슴을 치며 호탕하게 말했지만 듣고 있는 장삼도, 말하는 장사도 사실은 멀쩡할 수 없었을 거라 생각했다. 이십여 년 전에 만났던 소사미는 내공이 거의 없는 상태였는데도 장사가 사경을 헤매게 만들었었다. 비록 철포삼으로 단련되었다지만 내공이 실린 공격을 받는 다면 가죽이 아무리 두꺼운들 심장을 보호할 수 없다는 사실을 잘 알고 있었다.

"그래, 네 말이 옳다. 내 보기에도 그놈들이 그냥 병졸 같지는 않았다."

장삼은 장사가 더 이상 흰소리를 하지 못하도록 장사의 말에 수긍해 주었다.

"하는 꼴로 봐선 가짜도 아닌 것 같고, 진짜 관군이면서 무공도 강한 놈들이야. 그런 놈들이 전장과 한참이나 떨어진 이곳에서 없는 수적을 만들어 쫓아다니는 이유가 뭘까?"

장삼의 질문에 장사는 곰곰이 생각에 잠겼다. 장사가 말이 많은 건 나오는 대로 말하기 때문이었다. 떠오르는 대로 생각없이 말하면서 의외로 놓치기 쉬운 핵심이나 사건의 전체 윤곽을 잡아 나가는 것이다. 그러나 이렇게 아무 말 없이 조용한 장사에게선 어떠한 답도 기대할 수 없다.

"배를 찾아 여기로 온 걸 보면 수적인지 하는 놈들이 정말 강을 건널 모양이죠?"

"글쎄, 그렇다고 해도 낮에는 힘들 거야. 저걸 봐라."

구름이 드리워 해는 나지 않았지만 찰랑이는 장강의 수면 위로 커다란 군선이 떠 있는 걸 볼 수 있었다.

"병사들의 군기가 엄정한 것을 보니 마을에 별 피해를 주지는 않을 것 같다만 그래도 걱정이 되는구나."

장사는 군선을 보면서 문득 한 가지 생각이 떠올랐지만 입 밖으로 내놓지 못하고 몸을 부르르 떨었다.

'설마 세명에게 무슨 일이 생긴 건 아니겠지……?'
"이놈아, 추우면 옷이나 제대로 입어라!"

　장삼이 말한 행화주막은 칠십여 호가 모여 사는 소행촌의 유일한 이층집으로 음식점이자 다루이고 술집이며 여관이었고 하나밖에 없는 기와집이었다.
　행화주막은 원래 밀염상들이 비밀 창고로 사용하기 위해 만든 건물이었다. 그것을 관에서 몰수해 역참으로 개조했고, 지금은 관리들이 모두 도망가 역참에서 일하던 임씨 과부가 아들과 함께 살고 있었다.
　밀염상들은 창고를 만들면서 근처에 배를 대기 위해 작은 선착장도 만들었는데, 덕분에 임씨 모자는 강을 건너려는 사람들을 상대로 숙식을 제공하고 배를 주선해 주기도 하면서 하인 생활을 할 때보다 훨씬 윤택하게 살아가고 있었다.
　부업까지 알선해 주면서 안전하게 배를 접안할 수 있는 선착장을 공짜로 관리해 주니 소행촌의 어부들도 늘 행화주막의 선착장을 이용하게 되었다.
　가끔 다른 곳에 배를 놔두는 일도 있었지만 어제 오늘처럼 기상이 좋지 않을 때는 선착장에 배를 대놓아 임씨 과부의 아들 재두가 관리할 수 있게 했다.
　재두는 비바람이 치거나 폭풍이 있는 날이면 밤을 새워 마을 사람들의 배를 지켜주어서 실제로 여러 번 떠내려갈 뻔한 배를 구해주기도 했다. 물론 날밤을 새면서 배를 지켜주는 비용은 없었다. 선주들은 그저 강에서 잡은 물고기를 공짜로 주거나 행화주막에서 술을 팔아주는 것으로 고마움을 대신했다.

요영충이 주막에 도착했을 때는 먼저 도착한 병사들이 주막과 선착장의 조사를 마친 상태였다.

"마을의 배는 모두 여섯 척으로 없어진 배는 없습니다."

요영충은 보고를 받으면서 주막 안으로 들어섰다.

주막에는 이른 아침인데도 불구하고 대여섯 사람이 창가에 모여 있었다.

"저분들은?"

"이곳 주인 가족과 선주들입니다."

창가의 탁자에 모여 앉아 있던 사람들은 요영충과 병사의 대화를 들으며 잔뜩 움츠린 채 요영충을 훔쳐보고 있었다.

요영충은 항상 평민들에게 무례를 범하지 않도록 조심했고 수하들에게도 당부를 잊지 않았지만 병사들까지 일일이 단속할 수는 없었다. 고관대작에게도 함부로 대하는 버릇이 있는 자들이니 일반 백성을 어떻게 대했을지는 보지 않아도 뻔한 일이었다.

"아침부터 소란을 피워 죄송합니다. 저는 오나라 장수 요영충입니다. 들으셨겠지만 수적을 소탕 중입니다. 여러분들께서는 너무 심려치 마시고 평소대로 생활하셔도 됩니다. 다만 이틀 동안은 배를 띄우지 말아주시기를 부탁드립니다."

요영충의 말은 이미 병사들에게 들었던 내용과 같았지만 말투가 부드럽고 태도가 공손해서 한결 듣기 좋았다.

모여 있던 사람들은 요영충이 허리 숙여 양해를 구하자 덩달아 허리를 숙이며 인사했다.

날씨도 좋지 않았고, 며칠 고기를 잡지 않는다고 해서 생계에 큰 지장을 주는 것도 아니었다. 게다가 병사들의 위압적인 행동이 있은 후라 선주들은 서로 눈짓을 주고받으며 흔쾌히 고개를 끄덕여 허락할 수 밖에 없었다.

"저, 장군님……."

요영충은 선주들 틈에서 아무 말 없던 주인 임씨가 나서자 고개를 끄덕였다.

"말씀하시지요, 부인."

요영충이 선선히 응하자 임씨는 환하게 웃으며 굽실거렸다. 오십 평생을 살면서 부인 소리를 듣기는 처음이었다.

"에구머니나, 저 같은 것에게 부인이라니요?"

임씨는 정색하며 손을 내저으면서도 결코 싫은 표정이 아니었다.

"아침 식사를 안 하셨으면 저리 앉으시지요. 병사들도 들어오라 하시고요."

내심 병사들이 공짜 음식을 먹는 것은 둘째 치고 행패를 당하지나 않을까 걱정하고 있던 임씨는 요영충의 예의 바른 태도를 대하자 장사를 해보기로 마음먹은 것이다.

"부인의 배려에 감사드립니다. 사례금은 넉넉히 드릴 테니 오십 인분의 식사와 방을 준비해 주시기 바랍니다."

사실 병사들에게는 특별히 음식이 필요하지 않았다.

맛있지는 않아도 질 좋은 건육포를 넉넉히 지급한 상태였고 정박 중인 군선에는 주방 시설도 있었다. 다소 번거롭더라도 군선에 가면 따뜻한 밥을 먹을 수 있을 터였다.

이런 사실을 잘 아는 요영충이었지만 음식을 주문한 데에는 두 가지 이유가 있었다. 첫째는 충분한 음식과 휴식으로 체력을 비축할 필요가 있었고, 둘째는 주민들이 받은 피해를 조금이라도 보상할 목적이었다.

어쨌거나 이렇게 해서 행화주막은 개점 이래 최대의 대목을 맞게 된 셈이었다.

십이월이긴 해도 장강을 끼고 있는 소행촌에 눈이 내린 건 칠 년 만의 일이고, 내린 눈이 녹지 않고 쌓인 것은 삼십 년 만에 처음 있는 일이었다.

눈이 내리는 날이면 소행촌의 최고령자인 고 노인이 아이들에게 들려주는 옛날얘기가 '내가 너희들만할 때 마을에 큰 눈이 내려 사람들이 눈 위로 머리만 내밀고 다녔다'는 거였다. 원래는 발목까지 빠지는 정도였는데 말할 때마다 살이 붙은 결과 이제는 머리 위로 눈이 쌓였다고 해야 할 판이었다. 지금도 고 노인은 점심을 먹으며 두 손자에게 그 이야기를 하고 있었다.

"이번 눈은 사실 별거 아니야. 내가 어렸을 때는 처마 밑까지 눈이 내려서 사람들이 집 밖으로 나올 수 없던 적도 있었지."

"힉, 정말요?"

국수를 먹던 둘째 손자 고평(高平)이 눈을 동그랗게 떴다. 해가 바뀌면 열세 살이 되는 고평에게 오늘 같은 대설은 생전 처음 있는 일이었고, 할아버지의 눈 이야기도 처음 듣는 것이었다.

"할아버지, 전에는 목까지 빠졌다고 했잖아요."

고평과 달리 열여섯 살의 고경(高勍)은 눈 쌓인 얘기를 기억하고 있었다. 그리고 할아버지가 과장이 심해서 반쯤 걸러 들어야 한다는 것도 잘 알고 있었다.

"그래, 맞아. 목까지 내려서 뒷간의 처마에 닿지 않았겠니. 너희들도 알겠지만 우리 집 뒷간이 좀 낮지 않니."

고 노인은 장손주의 눈치를 보며 말했다.

"아버님, 제가 시집왔을 때는 허리까지 내렸다고 하셨잖아요?"

싱글거리며 말하는 며느리를 보며 고 노인은 이번에는 뭐라고 둘러 댈까 고심하며 손자들의 눈치를 살폈다.

이제 와서 '나도 이렇게 많은 눈이 내린 걸 보기는 처음이다' 라고 할 수도 없는 노릇이었다. 그렇다고 허풍이 통하지도 않을 분위기고.

결국 고 노인은 더 이상 말하지 않기로 하고 며느리에게 먹던 국수 그릇을 내밀었다.

"국물이 맛있구나. 조금 더 다오."

이런 고 노인을 보며 고경이 고개를 젓자 고평은 실망하는 기색이 역력했다. 다른 아이들에게 들려줄 놀라운 옛날얘기가 조금 퇴색한 것 이다.

"그리고 경이와 평이는 밖에서 너무 오래 놀지 말아라. 관군이 수적 을 잡는다곤 하지만 혹시 모르는 일이잖니?"

망가진 체면을 세워볼 요량으로 고 노인이 손자들에게 주의를 주었 지만 손자들은 한 귀로 듣고 한 귀로 흘리며 국수 그릇을 들고 국물을 비웠다.

고 노인은 손자들이 건성으로라도 고개를 끄덕여 주었으면 그냥 넘 어가려고 했는데 아무런 반응이 없자 조금 화가 났다.

"이놈들아, 괜스레 돌아다니다 관병들 눈에 띄지 말란 말이다!"

고 노인이 역정을 내자 며느리 오씨도 걱정스런 얼굴로 거들고 나섰 다.

"그래, 그건 할아버지 말씀이 옳다."

"내가 무슨 어린앤가, 놀러 다니게?"

투덜거리는 고경과 달리 고평의 머리 속에는 빨리 나가 눈 놀이를 하고 싶은 생각으로 가득했다.

식사를 마친 고경, 고평 형제는 서둘러 집을 나섰다.

녹아내린 눈 때문에 길은 비가 온 것처럼 질퍽거렸다. 몇 발자국 걷지도 않아 짚신과 발싸개가 젖고 발가락 사이도 축축해졌다.

고경과 고평 형제는 발이 차가워지는 것을 느끼며 행화주막을 향해 빠르게 걸었다. 고평은 아이들이 모이는 강가의 큰 은행나무로 가기 위해, 고경은 군선을 구경하기 위해서였다.

"형, 눈이 벌써 다 녹았어."

"아직 이렇게 남아 있잖니."

고경이 길 가장자리의 허술한 담벼락 밑에 남아 있는 눈을 발끝으로 찼다.

"아침에는 이만큼이나 있었는데……."

고평이 자신의 무릎 어림을 짚으며 말했다.

"아마 얼음이 어는 정도는 돼야 눈이 녹지 않을 거야."

고경의 설명에 고평은 깊은 한숨을 내쉬었다. 고평의 어린 생각으로도 눈이 내리는 건 아주 드문 일이었다. 거기에 일 년에 한두 번 구경하기도 힘든 판에 얼음이 어는 날씨까지 겹치기를 기대하기란 거의 불가능했기 때문이다.

행화주막에 도착하니 선착장 부근에 동네 아이들이 모여 병사들과 군선을 구경하고 있었다.

고평은 또래 아이들이 모여 있는 곳으로 갔고 고경은 행화주막 가까이 있는 강 둑으로 갔다. 한눈에 행화주막과 군선이 들어오는 위치였다.

이미 마을 사람들이 구경을 다녀갔는지 주변에는 가마니도 하나 깔려 있었다. 고경은 주저없이 가마니 위에 앉았다.

가마니는 깔아놓은 지 한참 지난 듯 많이 눅눅해져 있었다. 고경은 엉덩이가 조금씩 축축해지는 걸 느꼈지만 아랑곳하지 않고 주막과 포구를 바라봤다.

마을에서 제일 큰 건물인 행화주막과 그 아래로 작은 배 여섯 척이 묶여 있는 선착장, 그리고 이것들을 모두 합한 것보다 더 크게 보이는 군선이 묘한 부조화를 이루고 있었다.

"대체 저렇게 큰 배를 어떻게 만들었담? 장사 사부가 저런 배를 타고 다녔다고 할 때는 너무 과장이 심하구나 했더니만 실제로 저렇게 큰 배가 있었구나."

고경은 삼 년 전부터 수상반에서 기술을 배우고 있었다. 아직은 허드렛일을 하면서 겨우 나무 다듬는 법밖에는 배우지 못했지만 언젠가는 자기 손으로 큰 배를 만들어 장강에 띄우는 꿈을 가지고 있었다. 고경은 손가락 마디로 군선의 크기를 가늠하며 군선을 꼼꼼히 살펴 나갔다.

고경이 군선을 감상하며 크기며 구조 등을 머리 속으로 떠올리고 있을 때였다.

"어라? 밥 좀 먹고 왔더니 그새 자리를 뺏겼군."

툴툴거리며 나타난 땅딸막한 사람이 고경 옆에 엉덩이를 붙이고 앉았다.

"누가 명당에 자리를 깔아놨나 했더니 사형이셨군요?"

수상반에서 같이 일을 배우는 정방(鄭方)이었다. 나이는 이십일 세로 고경보다 다섯 살이 많았고, 수상반이 문을 열 때부터 수련공으로 있던 자였다.

"사형은 무슨 얼어죽을 사형……."

고경은 수상반의 수련공으로 들어갈 때 장삼과 장사에게 절을 아홉 번하였다. 어디서 주워듣기로 사부를 모실 때는 의당 그렇게 해야 하는 것으로 알고 있었다. 절을 하는 고경을 보며 장삼은 말리지 않았고 장사는 제자를 두게 됐다며 크게 기뻐했다. 장사가 그렇게 좋아한 이유를 알 수 없었지만, 그때부터 장씨 형제는 사부로, 정방은 사형이 됐다. 나중에 구배지례는 무가(武家)에서나 행한다는 걸 알았지만 입에 붙은 사부와 사형, 사제의 호칭을 고치기엔 늦어 있었다.

"그래, 뭘 좀 알아냈느냐?"

정방의 질문에 고경은 눈을 반짝이며 다소 자랑스럽게 자신이 알아낸 걸 털어놓았다.

"길이는 백구십팔 척, 수면에서 상장까지 높이는 이십 척인데 누각까지 합하면 삼십팔 척이고 상판 폭은 칠십 척 정도 되는군요."

"녀석, 눈대중이 좋구나. 저런 배는 흔한 게 아니니까 잘 봐둬라. 본판 위로 두 장의 상장을 올리고 다시 포판—갑판—으로 덮은 사층 구조다. 적게 잡아도 본판에 쓰인 통나무만 육십 개는 될 테니 구멍 몇 개 생긴다고 바로 가라앉는 배가 아니지. 화포와 노가 모두 포판 아래 있어서 포수나 격군들이 다칠 염려도 없고, 어지간한 배는 모두 내려다보이는 높이니 그 위력은 실로 대단하지. 저기 노문 위로 엇갈리게 나 있는 창문이 보이느냐? 저게 포문인데 저 정도 크기라면 족히 칠백 보 밖의 배라도 맞출 수 있는 천룡포가 실려 있을 게다."

정방의 설명을 들으며 고경은 다시 한 번 군선을 살폈다.

언제나 느끼는 거지만 정방은 사부들과는 다르게 남다른 데가 있었다. 소행촌에 수상반이 문을 연 지 팔 년 됐으니 정방은 팔 년, 고경은 삼 년을 배운 셈이었다. 고경은 앞으로 오 년을 더 배워 자신의 나이가 정방과 같아지면 사부들만큼 뛰어난 조선 기술을 가지게 될 것이라 믿어 의심치 않았다. 하지만 오 년을 더 배운다고 해서 정방만큼 정확한 안목과 지식을 갖게 될 거란 자신은 없었다.

"사형은 어찌 그리 잘 아시오? 저 배를 타봤소?"

"더 알려주랴?"

정방의 물음에 고경은 빠르게 고개를 끄덕거렸다.

"본판 길이는 백육십칠 자, 폭은 이십삼 자, 제일 위의 상장은 이물 폭이 이십팔 자, 고물 폭이 이십오 자다. 제일 아랫층 신방에서 위층의 상판까지가 아홉 자, 다음 상판까지 다시 아홉 자, 제일 위의 상판까지가 아홉 자로 총 삼십 척에 이르고 포판 위의 누각은 높이도 올렸구나. 멍청한 놈들 같으니. 본판(本板)과 가목(駕木)은 각각 육십 개를 사용해야 하지만 재료가 되는 나무의 크기와 굵기에 따라 사용되는 숫자가 다르다. 소나무를 사용한다면 튼튼하겠지만 이곳은 강남이니 적당한 것을 구하기 힘들고……. 흥! 오나라 소가죽 부대 따위가 저런 배를 만들 수 있을 리 없지. 한나라 진우량군의 배를 보고 모방한 모양인데 갈아먹어도 시원치 않을 놈들 같으니. 에잇, 그만 일어나자."

정방이 벌떡 일어나자 경청하던 고경도 엉겁결에 따라 일어났다. 잘나가던 설명이 엉뚱한 곳으로 빠지더니, 급기야는 입에 담기도 힘든 욕으로 끝내는 정방을 보며 고경은 눈을 굴려 주위를 살폈다. 주위에 지나가던 군사들이라도 있어 정방의 말을 들었다면 당장에 요절이 날 게 분명했다. 다행히 주변에는 아무런 인기척도 없었다.

고경은 저만치 걷고 있는 정방을 좇아가며 고개를 흔들었다. 정방은 평소에도 오나라 얘기에 민감했다. 장삼, 장사 두 사부도 오나라를 좋아하진 않았지만 정방은 노골적으로 적개심을 보였다.

"딴생각할 때가 아니지. 본판과 가목이 육십 개씩이고 본판이 백육십칠에 이십삼 자, 이물과 고물이… 이십… 또 뭐라고 했지? 누각이… 사형! 어디 가요?"

고경은 저만치 가고 있는 정방을 부르며 좇아갔다.

"날이 갰으니 영감탱이들한테 가봐야 할 게 아니냐?"

수상반에서 일하는 사람은 세 종류가 있었다. 한 달에 한 번 은자 한 냥을 받고 일하는 사람과 하루에 몇 푼씩 일당을 받는 사람, 그리고 돈을 안 받고 일하는 사람이었다.

월급을 받는 사람들은 기술자로 주로 솜씨 좋은 목수들이었고, 일당을 받는 사람들은 일손이 달릴 때 쓰는 잡부들이었다. 돈을 안 받는 이들은 수련공으로 식사는 물론 원한다면 잠자리까지 제공받으며 장삼과 장사에게 기술을 배우는 이들이었다.

일감이 많고 사람은 없다 보니 월급을 받는 사람이나 일당을 받는 사람의 수입은 평소 크게 차이가 나지 않았다. 그러나 장마철이나 궂은 날이 많은 달에는 그 차이가 확연해지곤 해서 일당을 받는 일꾼들은 비나 눈이 오지 않기를 바랐다. 반대로 일을 하나 안 하나 고정적으로 월급받는 기술자들은 궂은 날을 은근히 좋아했다. 수련공들은 하루라도 빨리 기술을 배우는 게 목적이었지만 딱히 쉬는 날이라곤 없다 보니 궂은 날을 반기는 편이다.

고경이 수상반의 작업장에 들어선 때는 정오를 훌쩍 넘겨 발 밑의 그림자가 기울어지기 시작할 무렵이었다. 평소 같으면 인부들이 한참

땀 흘리고 있을 시간이었지만 아침까지 날이 좋지 않았고 군선의 출현으로 마을 분위기가 어수선해서인지 인부들의 모습은 보이지 않았다.

"이거 뭐야? 해 난 지가 언젠데 아직까지 기름 천이 그대로 있어?"

기름 천은 광목에 두 장의 유지를 덧대어 붙이고 역청을 발라 비바람이 들지 않도록 만든 것으로 건조 중인 배에 덮어놓는 천이었다. 정방은 툴툴거리면서도 기름 천을 고정시킨 돌을 치우기 시작했다. 기름 천은 크고 매우 무거워 혼자서는 걷을 수 없기 때문에 고경은 정방을 도와 기름 천을 걷었다.

기름 천을 반쯤 걷었을 때 멀리 안채에서 장삼의 목소리가 들렸다.

"대충 하고 들어들오너라."

"예, 사부님!"

고경은 힘차게 대답하면서도 고개를 갸웃거렸다. 얼굴도 내밀지 않고 말하는 것도 그렇거니와 장삼이 '대충' 이라는 말을 사용한 것도 이상한 일이었다. 장삼은 대충이라는 말을 아주 싫어했다. 장사는 아주 좋아했지만.

"저 영감탱이가 어쩐 일이지? 뭔 일이 있긴 있나보군."

정방은 장삼을 큰영감, 장사를 작은영감이라고 불렀다. 고경으로서는 이해할 수 없는 불손한 언행이었지만 어쩐 일인지 장삼, 장사는 자신들의 호칭에 상관하지 않았다.

정방과 고경은 기름 천을 걷어 담장에 널어놓고 안채로 걸어갔다. 안채 마당에는 장삼이 나와 약을 달이고 있었다.

"밤새 안녕하셨는지요?"

고경의 인사에 장삼은 고개를 끄덕이며 약탕을 들고 일어섰다.

"들어들가자."

장삼이 들어오자 누워 있던 장사가 몸을 일으켰다.

"어서들 오너라."

장사가 웃으며 반갑게 말하자 장삼은 화로를 지피던 부채를 접어 손바닥을 쳤다.

딱! 딱!

장삼이 못마땅한 눈길로 바라보자 장사는 도로 자리에 누우며 맥없는 목소리로 말했다.

"내가 몸이 좀 불편해서……."

"어디가 편찮으세요?"

고경은 장사의 부자연스런 몸짓과 장삼의 표정 등에서 어색한 분위기를 느끼며 침상으로 다가갔다. 정방도 눈을 가늘게 뜨고 장사의 얼굴을 살폈다.

"어디가 아픈 거요? 주책없이 다 늙어서 상사병이라도 났나? 행화주막 재두 어멈이 더 이상 안 만나주겠답디까?"

정방의 빈정거림에 장사는 험악하게 얼굴을 구기며 벌떡 상체를 세웠다.

"이놈의 자식, 오늘 그 고약한 주둥이를 가만두지 않겠다!"

"사야!"

장삼이 다시 부채 소리를 내자 장사는 부들부들 떨리는 주먹을 들어 보이고는 다시 침상에 누웠다.

"오늘은 몸이 좋지 않으니 내가 봐주마!"

장사는 벽 쪽으로 돌아누우며 울긋불긋한 얼굴을 감췄다.

"쳇, 그게 어디가 아픈 사람이오? 가장을 하려거든 좀 제대로 하쇼."

정방의 말에 고경도 내심 고개를 끄덕였다. 무엇 때문에 아픈 척하는지는 몰라도 어디를 봐도 장사는 아픈 사람 같지가 않았다.

"사는 새벽녘에 관병들과 사소한 오해가 있어 시비를 가리다 몸을 다쳤다. 겉은 멀쩡해 보여도 속에 깊은 상처를 입어 위중한 상태다."

장삼의 설명에 정방이 또 뭐라고 한마디 꺼내려다 장삼의 찌푸린 눈살을 보고는 그만뒀다.

"너희들은 그렇게 알고 있어라. 행여 누가 안부를 묻거든 내가 설명한 대로 말해 주거라."

"예, 사부님."

"알았어요."

장삼은 장사와 달리 평소 말과 행동이 신중했으므로 고경과 정방은 고개를 끄덕였다. 이유가 궁금하긴 했지만 때가 되면 설명해 줄 것이다.

고경과 정방이 대답하자 장삼은 고경을 향해 고개를 돌렸다.

"세명이 아직까지 오지 않는구나. 혹시 보았느냐?"

이세명은 고경과 하루 차이로 수상반에 들어온 아이인데 고경에게는 먼 친척 동생이었다.

"아니요, 저도 사제를 보지 못했습니다."

겨우 하루 차이라지만 고경은 세명보다 나이가 많아서 항상 그를 사제라고 불렀다. 어차피 동생이긴 마찬가지였기에 세명도 거기에 토를 달진 않았다.

고경의 대답에 장삼은 근심스런 표정으로 고경과 정방에게 물었다.

"그럼 혹시 마을에 내가 모르는 배가 있더냐?"

"없어요."

"……."

정방이 쉽게 대답한 것과 달리 고경은 깜짝 놀라며 쉽게 대답하지 못했다.

장삼이 주춤거리는 고경을 빤히 쳐다보자 고경은 아차 싶어서 얼른 대답하려 했지만 이미 장삼은 고개를 흔들고 있었다.

고경이 우물쭈물하자 정방이 코를 씰룩거렸다. 침상 위의 장사도 몸을 돌렸다.

"그래, 내가 모르는 배가 있는가 보구나. 네가 만들었느냐?"

"아닙니다. 그것이……."

고경이 대답하려 하자 정방이 고경의 옷자락을 잡아당겼다. 장사도 손가락을 입에 가져다 대며 말하지 말라는 신호를 보냈다.

"그것이……."

고경이 쉽사리 입을 열지 않자 장삼은 부채를 탁자에 던지듯 내려놓고 정방에게 눈길을 돌렸다.

"너도 강에 떠 있는 군선을 보았지? 그 배는 지금 수적을 잡겠다고 이 마을에 와 있는 것이다. 그들이 쫓는 자들이 정말로 수적인지는 모르겠다만 배를 구하려고 하는 건 틀림없어 보인다. 알겠느냐?"

장삼의 질문에 장사가 강하게 부정하며 언성을 높였다.

"수적이 여기 말고 어디 있단 말이오? 아니, 그러니까 내 말은 그게 아니라……."

장사는 말을 해놓고 자신의 실수를 깨달았다. 장삼과 정방이야 상관없지만 고경이 있는 자리에서 해서는 안 될 말이었다.

"이 마을에 형님이 모르는 배가 어디 있다고……."

장사는 장삼의 눈길을 피하지 않고 마주 보며 대충 얼버무리려 했지만 눈동자를 고정시키지 못하고 끝내 흔들리고 말았다.

“최근 몇 달간 너희들이 목재를 조금씩 빼돌리는 걸 내가 모르고 있는 줄 알았느냐? 물론 조각배도 만들기 힘든 양이기에 놔두고 있었다만 이제는 알아야겠다.”

장삼의 다그침에 정방은 어깨를 늘어뜨리고 장삼의 눈을 피해 고개를 돌렸다.

“경아, 네가 말해 보아라.”

고경은 장삼의 눈빛이 자신에게 돌아오자 장사와 정방의 눈치를 살폈다. 장사가 고개를 흔들며 말하지 말라는 신호를 보내다 장삼에게 들켜 어색하게 고개를 돌렸다.

“세명은 어디에 있느냐?”

장삼의 새로운 질문에 고경은 숨이 콱 막히며 답답해지는 느낌이었다.

“세명에게 무슨 일이……”

“말하지 않았느냐, 그들은 배를 찾고 있다고.”

장삼의 걱정스런 말투와 심각한 표정에 고경은 더 이상 숨길 일이 아니라는 생각이 들었다. 고경은 침을 한 번 삼키고 입을 열었다.

“사제는 마을 밖에 있습니다. 강가에 동굴처럼 생긴 고묘(古墓)가 있는데 최근 그곳에서 머물러 왔습니다.”

“그곳에 배도 있느냐?”

장삼은 아니길 바라며 물었지만 고경은 고개를 끄덕였다.

“여름 홍수 때 떠내려온 것인데 상태가 좋지 않아 저와 사제가 대형과 사 사부의 도움을 받아 수리했습니다.”

장삼은 우려가 현실로 드러나자 침중한 표정을 지으며 깊은 한숨을 내쉬었다.

“잘 말해 주었다.”

장삼은 힘들게 말해 준 고경의 어깨를 토닥여 주고 장사에게 몸을 돌렸다.

“아니, 나는 아이들이 도와달라기에 기특해서…….”

장삼의 눈빛을 받은 장사는 손을 내저으며 말했다.

“사야, 이놈아. 넌 일의 경중도 파악하지 못하느냐? 관병들에게 쫓기는 놈들이 배를 구한단 소리를 듣고도 이렇게 가만히 있었단 말이냐?”

“나도 걱정은 했는데… 그러니까 세명의 거처는 쉽게 찾을 수 있는 곳도 아니고…….”

“그래서 더 걱정이 되는 거다, 아직까지 세명이 오지 않는 것도 그렇고. 관병들의 움직임은 어떻더냐?”

장삼은 고개만 정방에게 돌리며 물었다.

“오전에 팔십여 명이 강을 따라 올라가서 아직 돌아오지 않았소.”

정방의 말을 들으며 고경은 정방이 장삼의 지시를 받고 행화주막을 살폈다는 사실을 알게 되었다.

“팔십 명이나 나가고도 아직 배가 정박하고 있더란 말이냐?”

장삼의 질문에 정방은 고개만 끄덕였다.

“아무래도 예감이 좋지 않아. 세명에게 가봐야겠다.”

흔적이 발견됐다는 보고를 받은 요영충은 꺼림칙한 느낌을 버리지 못하고 추격에 나섰다. 한림아 일행이 예상과 달리 너무 쉽게 눈에 띄었다는 것이 마음에 걸렸다.

이런 느낌은 눈 위에 찍힌 두 개의 발자국을 보는 순간 더욱 강해졌다. 아무리 간과하려 해도 두 개의 발자국은 너무나 작위적이었다. 중상을 입은 한림아는 어딘가에 숨겨두고 또다시 수작을 부리고 있음이 분명했다.

그렇다고 발자국을 추적하지 않을 수도 없었다. 처음 계획이 실패했을 때를 대비해 준비하고 있던 이천의 금의위 위사들이 사방 백 리에 포위망을 완성시켰다고 해도 한 겹의 포위망으로 날고 뛰는 무림의 고수를 가두기는 불가능했다.

포위망은 단지 도주로를 파악하고 압박을 가하기 위해 펼친 것일 뿐 포위망에 감지된 적을 제압하는 것은 어디까지나 추격대의 일이었다. 발자국을 쫓지 않는다면 그들은 포위망을 뚫고 유유히 사라질 것이 분명했다. 설혹 발자국을 남긴 자들 중에 한림아가 포함돼 있지 않다 하더라도 제거 대상임에는 틀림없기에 요영충은 발자국을 쫓을 수밖에 없었다.

밤부터 움직여 온 추격조를 소행촌에 남겨놓고 배에서 쉬고 있던 예비 병력으로 두 시진가량 발자국을 쫓았을 때, 눈은 거의 녹아 발자국은 진흙탕 위에 나타나기 시작했다.

"밤새 내린 눈이 다 녹아버렸군. 별스런 날씨야."

"자네는 강북 출신이지? 이곳에선 눈이 녹는 게 정상이야. 눈이 내리다 못해 쌓이기까지 했던 날씨가 오히려 기사(奇事)라면 기사라네."

추격대의 제일 앞에서 발자국을 살피는 자들의 대화를 들으며 요영충은 짜증이 나기 시작했다. 추적 전문가라며 앞장선 두 사람은 한참 동안 땅바닥에 난 흔적을 살피며 엉뚱한 얘기만 하고 있었다.

"서두르시오. 이러다 날 저물겠소."

요영충이 채근하자 그제야 두 사람은 어깨를 으쓱하며 요영충에게 다가왔다.

"한 시진 전에 지나갔습니다. 두 사람이군요."

"날랜 자들인데 일부러 흔적을 남기느라 지체하고 있습니다."

두 사람의 설명에 요영충은 절로 조급한 마음이 생겼다.

처음의 생각대로 한림아는 어딘가에서 밤을 기다리고 있는 게 분명했다. 이런 요영충의 조급함을 읽었는지 요영충의 옆에 있던 장수가 재빨리 말을 걸었다.

"놈들의 움직임에 따라 포위망도 이동하고 있으니 걱정 안 해도 될 게요."

"그래도 걱정입니다. 이러다간 다른 곳에 허점이 생길 테니까요."

"어두워지기 전까지 마을로 돌아가면 되는 것이 아니오?"

장수의 물음에 요영충은 고개를 끄덕였다. 그는 수군의 지휘를 맡은 장수로 수군에선 귀장(鬼將)으로 통하는 배적(裴籍) 장군이었다. 지금도 그는 뛰어난 전술가답게 요영충의 마음을 읽었을 뿐 아니라 돌아가는 상황을 훤히 꿰뚫고 있었다.

비록 이번 일의 총지휘권이 요영충에게 있다지만 자신의 지휘 아래 실행한 어제의 작전이 실패한 마당이라 요영충은 배적 장군의 의견을 무시할 수 없었다.

"그렇지요. 그러자면 지금쯤 놈들을 잡았어야……."

삐익!

요영충이 말할 때 멀리서 날카로운 호각 소리가 울렸다. 오 리가량 떨어진 숲에서였다.

"아직까지 저기서 얼쩡거리고 있었다면 생각보다 더 대단한 자들이군."

배적은 중얼거리며 호각 소리가 난 곳으로 발길을 옮겼다. 한번 시작된 호각 소리는 끊이지 않고 이어졌는데 호각 소리가 날 때마다 병사들의 긴장은 고조되었고 요영충도 조바심이 났다.

그러나 배적의 걸음은 조금 빨리 걷는 정도를 벗어나지 않았다. 선두의 배적이 이러니 추격대 전체의 움직임도 빠를 리 없었고 요영충은 더욱 답답해졌다.

"좀 더 빨리 가야 하지 않겠습니까?"

요영충이 묻자 배적은 고개를 저으며 말했다.

"호각 소리가 다가오고 있지 않소."

배적의 대답에 가만히 귀를 기울여 보니 과연 호각 소리는 점점 가까워지고 있었다.

"한 시진 전에 이곳을 지나간 자들이 아직까지 뭐 하고 있었겠소? 저들은 우리를 기다리고 있는 거요. 잠시 후면 우리 앞에 모습을 보이고 다시 도주하려 하지 않겠소? 우리는 그때를 노려 저들을 잡으면 되는 거요."

배적의 설명을 듣자 요영충은 느끼는 바가 있었다. 저들의 목적은 추격대를 유인해 한림아가 안전하게 빠져나갈 수 있게 시간을 벌려는 것이다. 요영충은 이 사실을 누구보다 잘 알고 있으면서도 조급한 마음에 잠시 맥을 놓치고 있었던 것이다.

"이곳이면 적당할 듯한데……."

요영충은 숲이 시작되는 곳에 멈춰 배적을 바라봤다. 요영충의 말에 배적이 고개를 끄덕이며 동감을 표했다.

"추 천호와 종 천호는 을조를 이끌고 좌측 십 장 밖으로 가 숲에 은신하시오. 병조는 나를 따라 우측으로 가고 갑조와 궁수들은 요 장군이 맡아주시겠죠? 놈들의 이목을 속이자면 멀리 매복해야 하는데 어떻게, 일각만 버틸 수 있겠습니까?"

배적의 질문에 요영충은 다소 자존심이 상했다. 조의 편성에서부터 지휘까지 혼자 끝내놓고 기껏 하는 말이 일각은 버틸 수 있겠냐니…….

"충분합니다. 늦으면 내가 다 잡아버릴 테니 배 장군이야말로 너무 늦지 않게 와야 할 겁니다."

배적의 명령에 따라 이십여 명씩 무리를 지은 병사들이 퍼져 나갔다. 그사이 호각 소리는 더욱 가까이 다가왔다.

좌우로 퍼져 나간 위사들이 숲으로 들어가고 채 이각이 지나지 않아 숲에서 두 사람이 뛰쳐나왔다.

요영충은 잡목을 헤치고 나온 두 사람을 한눈에 알아봤다. 한쪽 날이 톱처럼 생긴 기형검을 든 젊은이는 영민학(英旻鶴)이란 자였고 장창을 쥔 늙은이는 서문용(徐文溶)이란 자였다.

"요영충!"

그들도 요영충을 알아보고 욕하듯 이름을 외쳤다.

"어느 고인들인가 했더니 난창(亂槍)과 교검(狡劍)이셨군. 한데 어쩌자고 그러고 있는 거요? 우리 눈에 띄었으면 이제 도망가야 하는 거 아니요? 우리를 최대한 엉뚱한 곳으로 끌고 다녀야 하는 거 아니었소?"

"네놈들 정도는 나 혼자서도 충분하다!"

요영충의 말에 자신들의 계획이 탄로난 것을 안 영민학이 발끈해서 소리쳤다. 서문용은 당장이라도 뛰쳐나갈 것은 같은 영민학을 창대로 막으며 눈을 가늘게 하고 주위를 살폈다.

원래의 생각은 숲에서 추격대를 맞아 적당히 상대한 후에 달아나는 거였는데 어찌 된 일인지 숲을 벗어나서야 추격대를 만난 것이다. 그것도 추격대는 겨우 사십여 명. 저들이 비록 금의위의 위사들이라고는 하지만 궁수가 이십에 도검을 든 자가 이십이면 둘이서 해볼 만한 숫자였다. 어쩌면 요영충을 죽일 절호의 기회인지도 몰랐다.

"어째서 쏘지 않는가?"

궁수들에게 제일 좋은 기회는 서문용과 영민학이 숲에서 뛰쳐나와 방비를 갖추지 못한 시점이었는데 아직까지 시위를 놓고 있지 않은 것에 대한 서문용의 질문이었다.

"왜일 것 같소?"

요영충이 소리없이 웃으며 되묻자 서문용은 아차 싶었다. 요영충은 후위로 돌아가 포위망을 강화할 요량으로 시간을 벌고 있는 것이었다.

서문용은 더 늦기 전에 도망가야겠다고 생각했지만 영민학은 전혀 그럴 마음이 없는 것 같았다. 영민학은 이 기회에 요영충을 죽이고 싶은 눈치였고, 사실 강궁을 등지고 도망가기도 쉽지 않아 보였다.

여기까지 생각을 마친 서문용은 영민학을 막고 있던 십 척 창대를 치움과 동시에 외쳤다.

"민학, 쳐라!"

숲으로 몸을 돌릴 수 없는 바에야 처음의 계획대로 밀고 나가는 수밖에 없었다. 뒤로 못 가면 앞으로 가는 것이다. 영민학이 적당히 상대하다가 세불급하면 몸을 빼자는 당초의 계획까지 잊지 않기를 바라는 수밖에 없었다.

"쏴라!"

요영충의 명령이 떨어졌다. 아홉 발을 한 번에 쏠 수 있는 수질구궁노(繡質九弓弩)와 강궁에서 쇠줄 퉁기는 소리가 이어졌다.

창과 검을 겨누며 쇄도하는 서문용과 영민학을 향해 이백여 발의 화살과 강전이 쏟아졌다. 수질구궁노가 비록 강궁에 비해 위력이 약하다곤 하지만 불과 이십여 보 떨어진 거리에서 격출된 강전은 눈에 보이지 않을 만큼 빨랐다. 이미 여러 차례 수질구궁노의 위력을 확인한 바 있는 요영충은 이번 공격에 어느 정도 자신이 있었다.

따따따따따땅!

그러나 서문용의 창대는 직격되는 모든 화살을 쳐내고 있었다. 무엇으로 만들었는지 상하좌우로 낭창거리며 일순간 창끝이 수십 개로 분리된 듯 보였다.

창대에 걸린 화살을 팅겨내면서도 서문용의 속도는 전혀 줄지 않았다.

"죽어라!"

서문용의 두 번째 외침은 요영충의 코앞에서 들려왔지만 두 번째 발사는 없었다. 병기의 조합과 전술적 차원에서 궁수가 있을 뿐, 원래 활이 장기인 자들이라도 접근전에선 활을 버려야 한다는 걸 잘 알고 있는 것이다.

하지만 이번엔 활을 버릴 시간도 없었다. '앗' 하는 사이에 일선에서 한쪽 무릎을 굽히고 수질구궁노를 쏘았던 노수(弩手) 하나가 서문용의 창에 목이 꿰뚫렸다. 창의 위력이 얼마나 강했던지 노수의 목을 뚫은 창끝은 이선에서 강궁을 들고 있던 위사의 갑주에까지 닿아 있었다.

"으악!"

비명은 창끝이 닿은 위사의 입에서 터져 나왔다. 창은 갑주를 뚫지 못했지만 서문용의 창은 상대가 창날이나 창끝에 잘리고 찔려야만 죽는 게 아니었다. 이미 내기가 외부로 발출되는 경지에 있는 것이다.

그사이 영민학도 일선의 궁수에게 다가들었다.

"물러서라!"

갑작스런 상황에 놀란 요영충이 장검을 빼 들며 소리쳤다. 요영충의 명령이 있기 전에 궁수들은 벌써 활과 노를 버리며 뒤로 빠지고 있었지만 이번에도 영민학과 서문용이 더 빨랐다.

"어딜!"

'사악' 하는 바람 가르는 소리와 함께 한쪽 날이 톱처럼 들쭉날쭉하게 생긴 영민학의 기형검이 일선에 있는 노수의 목을 반쯤 가르고 지나가 뒤에 있던 궁수의 허벅지에 박혔다.

서문용은 창을 뒤로 빼며 왼쪽으로 휘돌렸다. 손목만 가볍게 흔드는 것으로 보였는데도 창날은 궁수의 목을 가르고 왼쪽에 있던 궁수의 갑주까지 부수며 옆구리에 박혔다.

"캑!"

순식간에 궁수 대여섯 명이 쓰러지며 진형이 무너졌지만 금의위 위사들은 크게 당황하지 않았다. 비록 서문용과 영민학의 창검이 무시무시한 위력을 보이고 있지만 그들도 삼십만 군사들 속에서 가리고 가려 뽑힌 용자들이었다. 궁수들 뒤에 서 있던 이십여 명의 도검수들이 일제히 달려나왔다.

중앙의 궁수들을 쓰러뜨리고 요영충을 향해 창을 뻗어가던 서문용은 좌우에서 쏟아져 나오는 도검들을 무시할 수 없었다.

"합!"

기합 소리와 함께 서문용의 창대가 회전하며 도검들을 튕겨냈다.

"으흑!"

서문용의 창과 접했던 자들이 분분히 물러나며 신음 소리를 냈다. 개중에는 무기를 놓치고 손에서 피를 흘리는 자도 있었다. 양손으로 도를 잡았던 자들만이 온전히 무기를 잡고 있었지만 내장이 흔들리긴 마찬가지였다. 내공이 노화순청(爐火純靑)의 경지에 오른 서문용의 창을 막아내기란 쉽지 않은 일이었고, 내장이 터져 즉사하지 않은 것만으로도 금의위 위사들은 남다르다 할 수 있었다.

내부가 진탕된 자들이 주춤거리자 이때를 놓치지 않고 영민학의 검이 날아들었다. 따로 준비한 것은 아니었지만 빈틈없는 창검합공(槍劍合攻)이었다. 비명도 없이 네 사람의 가슴에 구멍이 나는 사이 요영충은 오 척의 장군검을 들어 올렸다.

"죽어라!"

욕지기와 함께 다시 도검수들의 칼이 서문용과 영민학을 노리고 짓쳐들었다.

"흥!"

영민학은 정면에서 베어오는 두 개의 도를 간단히 피하며 몸을 앞으로 기울였다. 도수들의 공격과 촌각의 시간 차를 두고 사선으로 그어지는 검에 몸을 밀어넣는 형상이었다.

'잡았다!'

도수들의 뒤에서 검을 내지르던 검수 이재영은 못해도 영민학의 팔하나는 잘라내리라 여겼지만 영민학의 기형검은 이를 허락하지 않았다.

땅!

불꽃이 튀며 이재영의 검은 기형검의 톱날에 막혔다. 이어 영민학의 검이 기이한 각도로 틀어지며 이재영의 검을 아래로 밀쳐 냈다. 이재영은 영민학의 입꼬리가 치켜 올라가는 것을 보며 이건 아니다 싶었다.

이렇게 밀어내다 순간적으로 검끝을 돌려 찌르는 건, 약한 놈들을 상대할 때 그도 잘 쓰는 수법이었다. 위기를 느낀 이재영은 영민학의 검을 떨쳐 내고 뒤로 물러나려 했지만, 기형검의 톱날에 물린 이재영의 검은 꼼짝도 하지 않았다.

'검을 버려야 해!'

철저히 전장에서 단련된 그에게 검은 단순히 도구에 불과했다. 살아남을 수 있다면 검이 아니라 팔다리 하나쯤은 언제라도 버릴 수 있었다.

'지금!'

지금이라면 비스듬히 내리누르는 힘에 영민학은 헛손질을 할 것이고, 그 틈에 누군가 공격을 하면 쉽게 잡을 수 있을 것이다. 생각과 동시에 이재영은 검을 놓았다. 그러나 영민학은 이재영의 생각처럼 움직여 주지 않았다. 검을 버릴 것을 미리 알기라도 했다는 듯, 영민학의 검은 빙글 돌아 이재영의 목을 찔러왔다.

"으악!"

점처럼 보이는 검봉이 미간으로 다가오자 이재영의 입에서 미리 비명이 터졌다. 검이 닿기도 전에 찌릿한 기운이 느껴졌고, 이재영은 자신의 죽음을 의심치 않았다.

'이렇게 죽는구나!'

이재영은 눈을 질끈 감았다. 수많은 죽음을 보았고, 적잖은 목숨을 거둬오면서 언젠가 자신도 죽을 것을 알았지만 이렇게 죽게 된다고 생각하니 너무도 허망했다. 모든 것이 후회스럽고 아쉬웠다.

몸이 뒤로 넘어가며 손바닥에 축축한 땅이 만져졌다.

'고통은 별로 없구나. 단칼에 깨끗이 끝난 모양이군.'

쿵!

엉덩방아를 찧으며 주저앉은 이재영은 어쩐지 죽는 데 시간이 너무 오래 걸린다 싶어 살짝 실눈을 떴다. 눈앞에는 여전히 검이 보이고 있었지만 찌를 듯 날카로운 검봉이 아니라 손바닥보다 넓은 검면이 눈을 가리고 있었다. 이재영은 이것이 영민학의 기형검이 아니라 요영충의 장군검이란 걸 알고 있었다. 이렇게 넓은 검을 쓰는 사람은 그가 알기로 요영충밖에 없었다.

이재영은 넓은 검면의 중간에 걸려 있는 영민학의 검을 보고 자신이 살아 있음을 느꼈다. 이재영은 목숨을 보존했음에 감사하며 엉덩이를 끌고 허겁지겁 뒷걸음질쳤다.

영민학의 기형검은 요영충의 장군검을 물고 있었지만 쉽게 떨쳐 낼 수 없었다. 이는 요영충의 검이 중병인데다 인(刃)의 요결을 취하고 있기 때문이었다. 이때를 노리고 누군가 영민학을 공격한다면 영민학은 위기에 빠질 테지만 주위는 온통 서문용의 창 그림자로 덮여 있었다. 위사들은 누구도 서문용의 창과 마주하지 않으려 했기에 주위는 넓게 벌어지며 일 장여의 공간이 생겨났다.

짧은 순간 검을 마주하고 있던 영민학은 내공을 끌어올려 요영충의 검을 옆으로 흘려 버렸다.

끼이이이이익!

영민학의 기형검이 귀에 거슬리는 소리와 함께 불똥을 튀기며 장군검을 타고 미끄러져 내리다가 장군검의 호수에 막혀서야 멈췄다. 영민학이 접근해 오자 요영충은 있는 힘껏 반보각(半步刼)을 내질렀다. 하지만 영민학의 발이 더 빨랐다.

빡!

“윽!”

영민학의 발끝이 정강이뼈를 차자 요영충은 숨이 멎을 듯한 고통을 느꼈다. 디딤발을 차인 요영충은 한순간 온몸에 힘이 빠지며 칼을 맞댄 자세 그대로 무너져 내렸다. 요영충은 급히 팔에 힘을 주었지만 이미 한쪽 무릎은 땅에 꿇려져 있고 위에서 내리누르는 영민학의 힘에 더해 장군검의 무게까지 감당해야 했다.

“이익!”

이를 악문 요영충의 이마에 핏줄이 불거지고 이빨 사이로 신음인지 기합인지 모를 소리가 흘러나왔다. 점점 내려오는 자신의 검을 보며 요영충은 오래 버틸 수 없다는 걸 알았지만 이재영처럼 검을 버리고 물러날 수도 없었다. 당장이라도 자신의 장군검에 의해 이마가 갈라질 판이나 검을 놓고 뒤로 물러섰다가는 그 즉시 목이 달아날 것이 분명했다. 목이 잘리지 않는다고 해도 검을 놓고 물러날 수는 없었다. 어찌 무인이 검을 버릴 수 있단 말인가. 지금 할 수 있는 일은 누군가 서문용의 창을 뚫고 들어와 주기를 바라는 수밖에 없었다.

‘제발 누구라도……!’

따다다당!

“민학!”

무언가 튕겨내는 소리와 서문용의 외침이 동시에 울렸다. 요영충은 무엇이 어떻게 돌아가는지 알 수 없었지만 영민학의 누르는 힘이 사라지는 것을 느꼈다.

영민학은 일시에 힘을 거두고 두 발을 땅에서 들어 올려 요영충의 힘에 몸을 맡겼다.

팍! 팍! 팍!

영민학이 있던 자리에 화살이 날아와 꽂혔을 때 영민학은 요영충의 밀어내는 힘을 이용해 훌쩍 뒤로 몸을 날렸던 것이다.

영민학이 사라지자 요영충은 자신의 힘을 조절하지 하지 못해 앞으로 기울었다. 요영충은 길게 땅을 가르듯 내려친 검을 재빨리 회수하며 주위를 살폈다. 숲으로 들어갔던 을조와 병조가 나타나 주위를 포위하고 물러났던 궁수들도 합세해 활을 겨누고 있었다.

영민학이 요영충을 상대하는 사이 서문용의 창에 다섯 명이 쓰러졌지만 을조와 병조가 합세해 포위하니 서문용도 함부로 한쪽만을 공격할 수 없게 되었다.

서문용은 한차례 날아온 강전들을 쳐내고 영민학과 나란히 섰다.

'한발 늦었구나!'

뒤로 돌아오는 적이 있다는 걸 알고 포위되기 전에 빠져나가려 했건만 요영충에게 매달려 시간을 허비한 것이 실착(失錯)이었다. 요영충을 내버려 두고 포위망을 뚫었어야 했다.

영민학도 자신의 실수를 알아챘지만 뒤늦은 후회였다.

"조금 늦었습니다!"

반대 편에서 멋쩍게 소리치는 배적을 보며 요영충은 고개 숙여 감사를 표했다. 상황으로 봐서는 조금 늦은 듯했지만 싸움이 시작되고 채 반 각도 지나지 않았으니 실제로는 대단히 빠른 움직임이었다. 배적의 등장이 조금만 늦었어도 자신은 죽고 정면 역시 뚫렸을 것이다.

요영충은 천천히 물러나 궁수들 사이에 섰다.

"자, 그럼 다시 시작해 볼까?"

요영충은 한결 여유를 찾은 모습으로 천천히 손을 들어 올렸다.

저 손이 내려오면 노수들이 현도―방아쇠―를 당길 것이고, 강노의 발사를 시작으로 칠십이나 되는 금의위의 위사들이 일제히 달려들 것이다. 한 방향이라면 몰라도 이렇게 사방에서 밀려드는 적을 상대로 창검합격(槍劍合擊)을 사용할 순 없었다.

'등을 지고 서로를 지켜주는 수밖에…….'

서로 말은 하지 않았지만 서문용이 한 발 내딛자 영민학은 서문용의 의도를 알아채고 등을 돌렸다.

장삼은 고경을 앞세우고 세명이 있다는 고묘로 향했다. 장사의 말대로 노파심에 유난을 떤 것으로 끝나길 바랬지만 예감이 좋지 않았다. 수상반을 세우고 팔 년. 세상은 전쟁으로 미쳐 돌아가는데 그동안 복에 겨운 평온을 누렸는지도 몰랐다.

고경은 장사나 정방의 말처럼 장삼이 괜한 걱정을 한다곤 생각지 않았다. 사제인 이세명은 몸이 불편했지만 아무리 궂은 날에도 반드시 작업장에 나오는 근면한 성격이었다. 그런 이세명이 아직까지 소식이 없다는 건 크든 작든 필히 변고가 있는 게 분명했고, 사부로서 제자의 안위를 염려하는 것은 지극히 당연한 것으로 생각되었다.

하지만 그렇다고 지금 장삼의 행동이 모두 이해되는 건 아니었다. 사제를 걱정한다면 횡하니 달려가 확인해야 할 텐데 장삼은 그렇지 않았다. 옷을 갈아입고 여러 가지 물건을 챙기고 하며 시간을 허비한 것도 모자라 일부러 묘와산을 돌아가는 먼 길을 택해 걷고 있었다.

이 길은 땔감을 구하러 다닐 때나 다닐 뿐 통행로로는 이용하지 않는 길이었다. 마을과 강을 끼고 도는 빠르고 넓은 길을 놔두고 누가 산길로 다니겠는가.

강 둑길로 갔더라면 밥 한 끼 먹는 시간 동안 충분히 갈 수 있는 거리를 산길로 돌아가자니 그 두 배가 걸렸다.

"저곳입니다. 저 아래로 내려가면 고묘가 두 개 나오는데 왼쪽에 잠자리가 있고 오른쪽 아래에 배가 있습니다."

고경이 손가락으로 강 쪽을 가리키며 말하자 장삼이 고개를 끄덕였다.

"너는 이곳에 있거라."

장삼이 어깨에 메고 있던 망태기를 내려놓으며 말했다.

"네?"

고경은 이유를 몰라 반문했다.

장삼은 망태기에서 챙겨온 물건 꺼내던 손을 멈추고 고경과 눈을 맞췄다. 그리고 다시 한 번 같은 말을 되풀이했다.

"이곳에서 기다려라."

장삼은 소매를 걷어 올리고 망태기에서 꺼낸 비구를 채웠다. 고경은 손목과 손등을 지나 손가락 어림까지 올라오는 검은색 비구가 어디에 쓰이는 물건인지 잘 알고 있었다.

"이곳에 있다가 일각이 지나도록 내가 나오지 않거든 행화주막에 가서 관군에게 알려라."

장삼은 비구 위로 작은 쇠고리를 얽어서 만든 철 토시를 덧씌우고 고리를 묶어 단단히 고정시켰다. 고경은 병사들이나 하는 비구 위로 무거워 보이는 철 토시까지 하는 장삼을 보며 고개를 끄덕이지 않을 수 없었다.

"네."

장삼은 고경의 대답을 들으며 망태기에서 가죽신을 꺼내 들었다. 고경은 장삼이 망태기를 바닥에 깔고 앉아 젖은 발싸개를 새것으로 교체

하고 바짓자락을 각반으로 마무리하는 것을 보며 신기해했다.

"몸을 잘 숨기고 있어야 한다."

장삼은 각반의 끈을 단단히 묶고 마지막으로 가죽신을 신으며 일어섰다.

"네."

"잊지 말거라. 일각이다."

장삼은 거듭 다짐과 확인을 받고서야 망태기를 들고 강가로 향했다. 고경은 장삼이 챙겨 들고 간 망태기에 어떤 물건이 남아 있는지 알고 있었다. 비구와 철 토시, 마른 발싸개와 가죽신, 그리고 쇠사슬로 이어진 잘 갈린 낫 두 자루. 올 때 챙긴 물건들 중 나오지 않은 것은 낫 두 자루뿐이었다.

장삼은 강가로 내려와 고경의 모습이 보이지 않게 되자 망태기에서 낫을 꺼내 들었다. 손잡이가 가느다란 쇠사슬로 이어진 두 자루의 낫은 장삼이 수적 생활을 할 당시에 사용하던 무기였다. 수상반을 세우면서 창고에 내던지고 살피지 않았으니 이제쯤 녹이 슬 만도 한데 낫은 방금 날을 세운 것처럼 하얗게 빛나고 있었다.

'아직도 미련을 버리지 못하고⋯⋯.'

이름난 장인이 만든 물건이기도 했지만 그것만으로는 이렇게 날이 서 있을 리 없었다. 쇠란 정기적으로 기름 칠을 해주고 잘 닦아주지 않으면 녹이 스는 물건이니 누군가 손질을 해오고 있던 것이 분명했다. 장삼은 쇠사슬을 팔뚝에 두르고 낫 두 자루를 한 손에 쥐었다.

'무겁군.'

효수겸(梟首鎌)이란 별명을 가지고 있는 이 낫은 나무 손잡이에 날을 박은 일반 낫과 달리 날에서부터 손잡이에 이르기까지 하나의 쇠로 만들어진 물건이었다. 손잡이에 나무를 덧대어 묶고 가죽으로 감아 보통 낫처럼 보이긴 하지만 무게는 그 두 배나 되었다.

장삼은 효수겸의 무게를 느끼며 조금씩 아래로 내려갔다. 천천히 내려가며 주위를 살피자 오른쪽으로 굴이 보였다. 장삼은 소리가 나지 않도록 조심하며 입구로 다가갔다. 천장으로 연기는 나오지 않고 있지만 훈훈한 공기가 느껴지는 걸로 봐서 불을 피우고 있음이 분명했다.

장삼은 마른침을 삼키고 소리가 나지 않도록 더욱 조심하며 고묘 안으로 들어갔다.

고경은 나무 뒤에서 장삼의 뒷모습을 지켜보다가 장삼이 강 둑 아래로 사라지자 속으로 열까지 셌다. 열을 세고 나서 고경은 나무 뒤에서 나와 장삼이 사라진 방향으로 걷기 시작했다. 평소라면 절대로 장삼의 말을 어길 고경이 아니었지만 이번엔 궁금한 것이 너무 많았다.

멀쩡한 장사가 몸져누운 것과 사제를 걱정한다면서 먼 길을 돌아온 장삼, 싸움터에서나 쓸 법한 기물들, 장삼의 이상한 언행들, 그리고 오래전 할아버지가 했던 허풍까지 생각나자 고경은 도저히 참을 수가 없었다.

"삼십 년 전인가, 몽고 놈 역관이 내 이종사촌 되는 누이를 욕보이고 죽인 일이 있었어. 자넨 그때 너무 어렸으니 모르겠구만. 하여간 그것이 어려서부터 얼굴이 반반해 혹시나 화를 당할까 여간 걱정이 아니었지. 그래서 일찍 시집보냈던 건데 나이 먹어 그런 화를 당할 줄 누가 알았겠누. 그때 누이의 서방도 몽고 놈들한테 맞아 죽고 열다섯 살, 여덟 살 하던 두 조카 놈들은 내가 배에 태워 도망 보내지 않았겠나. 그런데 이놈이, 그러니까 큰놈이 칠 년인가 팔 년쯤 지나서 다시 나타났지 뭔가. 한밤에 난데없이 나타나서 날 깨우더군. 세월이 좀 흘렀어도 한눈에 알아볼 수 있겠더라고. 깜짝 놀라서 어서 도망가라고 했더니만 그놈이 날 보고 씩 웃더군. 아버지, 어머니 복수를 하러 왔다는 거야. 도망치게 배를 내줘서 고맙다는 말도 하더구만. 그래서 난 허튼생각하지 말고 몸이나 숨기라고 했지. 그놈은 실실 웃으며 돌아가더군. 자네도 알잖아? 행화주막에서 몽고 놈들 삼십여 명이 하룻밤에 죽어 나간 거. 그게 그놈이 나타났던 날에 있었던 일이야. 그동안 나 혼자만 알고 죽 숨겨왔는데 이제 몽고 놈들이 완전히 쫓겨갔으니 하는 말일세. 그 일 이후에 또 일 년인가 지나서였지 아마? 이번엔 작은놈이 나타나서는 전에 배로 도망치게 해줘서 고맙다며 금붙이를 주더군. 외지에서 고생하는 것 같아서 내가 돌려주니까 그놈이 하는 말이, 자기가 소호채의 두령이라는 거야. 큰놈은 그 유명한 수룡왕이고. 나는 그놈이 허풍을 떠는구나 하고 돌려보내면서 '그럼 호아수채(虎牙水寨) 놈들을 좀 혼내다오' 했더니 '알았소' 하고 돌아가더군. 자네도 알겠지만 호아수채 놈들이 좀 사나웠나? 근데 그 이후로 호아수채가 불타고 수적들은 싹 사라졌지 않겠나. 뭐? 헛소리 말라고? 아니, 그럼 내가 아들 같은 자네들 앞에서 없는 말 지어내겠나?"

고경이 이 얘기를 들은 건 수상반의 수련공이 되기 전이었다. 동네 아저씨와 술을 먹던 할아버지가 한 얘기였는데 당시엔 수상반의 장씨 형제와 친척이란 것만 귀에 들어왔었다. 친척이면 수련공으로 쉽게 받아들여 주겠구나 싶어서 기억해 둔 얘기였다. 그동안 잊고 있다가 얼마 전 장사가 왕년에 수적이었다고 자랑할 때 다시 떠오른 기억이기도 했다.

'수룡왕이라고?'

고경은 반신반의하면서도 큰 기대를 하며 장삼이 들어간 고묘로 향했다.

　홍대아는 누군가 어깨 흔드는 것을 느끼며 눈을 떴다. 번(番)을 서던 이필립이었다. 이필립은 손가락을 세워 입을 가리고 턱짓으로 입구를 가리켰다. 누군가 접근하고 있다는 신호였다.

　접근자를 느낀 건 이필립만이 아닌지 호노는 물론 한림아조차 잠에서 깨어 고묘 입구를 주시하고 있었다. 한림아를 지키는 신분으로 어쩌자고 적진 한가운데서 태평하게 잠을 잘 수 있단 말인가? 홍대아는 깊이 잠들었던 자신을 질책하며 잠자던 자세 그대로 땅에 귀를 붙였다. 지청술(地聽術)을 펼치고 귀를 기울이자 멀지 않은 곳에서 다가오는 걸음 소리가 분명히 들렸다.

　'한 명?

　가볍지만 조심성이 없는 걸음에 추격대치곤 숫자가 너무 적었다. 홍대아가 이런 말을 하려고 고개를 들 때였다. 입구를 가리고 있던 거적이 들춰지며 한 사람이 나타났다. 무엇을 감췄는지 한 손을 뒤로 하고 허리도 별로 굽히지 않은 채 빠르지도, 느리지도 않게 들어선 사람은 평범해 보이는 노인이었다.

　홍대아는 모두가 이목을 집중하고 있던 이유가 자신이 들은 걸음 소리 때문이 아니라 지금 나타난 오십 대 노인 때문이란 걸 알곤 한숨밖에 나오지 않았다.

　'기척을 숨긴 자가 지척에 다가올 동안 잠이나 자고 있었다니……'

　홍대아는 한심하다는 생각을 하며 거구를 일으켜 세웠다.

　장삼은 거적을 젖히고 들어오면서 세 가지 가정과 그에 대한 대처 방안을 결정하고 있었다.

첫째로 자신의 등장에 놀라고 당황하는 자들이다. 그런 자들이라면 허둥대는 사이에 충분히 제압할 수 있을 테니 별반 신경 쓸 일이 아니다.

둘째로 신속히 대응해 덤벼들 정도의 실력있는 자들이 있을 경우다. 이런 자들을 상대하자면 기습과 선공으로 무리해서라도 일단 한두 명을 죽여 기선을 제압해야 한다.

그리고 셋째로 상대방이 자신의 접근을 알아채고 충분히 대비한 경우다. 이 경우 급하게 들이닥쳤다가는 오히려 큰 낭패를 볼 수도 있는 일이다.

지금의 상황은 그중 세 번째였다. 갑자기 들어왔는데도 어느 한 사람 놀라지 않는 것을 보고 장삼은 진작에 자신의 거동이 발각되었다는 걸 알았다. 여차하면 등 뒤로 숨긴 낫을 휘두를 생각이었지만 모닥불 주위에 눕고 앉아 있는 사람들의 눈빛을 대하니 쉽게 손쓸 수도 없었다.

특히 정면에서 쏘아보고 있는 노인의 시선은 장삼을 위축되게 만들기 충분했다.

홍대아는 허리에 매달린 철퇴에 손을 가져갔지만 공격할 마음이 생기지 않았다. 이필립도 침입자에 대비해 공력을 끌어올리고 있었지만 태연하게 들어와 조용히 서 있는 장삼의 태도에 선뜻 칼을 뽑지 못하는 눈치였다.

호노는 장삼에 대해 호기심이 이는 한편 걱정이 되었다. 이필립이 동굴 주위에 설치해 놓은 모종의 안배가 아니었다면 호노조차도 장삼의 접근을 알아채지 못했을 것이다.

기척을 숨기고 다가왔으니 자신들의 존재를 알고 온 게 분명했고 등 뒤로 무기를 감추고 있을 테니 좋은 의도로 왔을 리 만무했다. 게다가 이필립과 홍대아의 기세에 전혀 굴하지 않으니 고수가 틀림없었다.

장삼은 모닥불 너머의 침상에 이세명이 누워 있는 것을 보았지만 주위가 너무 어두워 안위를 파악할 수 없었다.

"어느 방면의 형제들이기에 함부로 남의 집에 들어오셨소?"

침묵을 깨고 장삼이 먼저 입을 열었다.

아무도 대답하지 않는 가운데 호노는 장삼이 위험할 뿐 아니라 교활하기까지 하다고 생각했다. 장삼이 주인이라고 착각할 수도 있는 질문인 것이다.

"그대의 집도 아닐 텐데?"

호노가 되묻자 장삼은 조금 여유를 가질 수 있었다. 우호적인 목소리는 아니었지만 어쨌든 칼보다 말이 앞서는 자들이라면 간단히 사람을 죽이진 않을 거란 생각이었다.

"나는……."

장삼이 자기소개를 하려 할 때 입구에서 인기척이 났다.

고경은 장삼이 버린 망태기를 주워 들고 고묘로 다가갔다. 장삼이 거듭 강조하며 기다리라고 했기 때문에 기척을 내지 않기 위해 나름대로 최대한 조심했다.

입구에 다다른 고경은 일단 안에서 무슨 소리가 나는지 귀를 기울였다. 별다른 소리가 없자 고경은 만일에 대비하며 조심스럽게 안으로 들어갔다. 뒤꿈치를 들고 소리 내지 않으려 애썼지만 오히려 그게 화근이 되었다.

두 걸음째를 옮겨놓던 고경은 돌부리에 걸려 크게 휘청거렸다. 좀 더 주의했어야 했는데 때마침 안에서 들려오는 말소리에 집중하다 중심을 잃은 것이다. 고경은 급히 손을 휘저어 벽을 짚고 중심을 잡았지만 발소리가 크게 울리는 걸 막을 순 없었다.

장삼은 밖에서 들려온 소리에 움찔했다. 이곳에 있는 네 사람 말고 일행이 더 있다면, 그것도 뒤에서 출구를 막고 있다면 장삼에겐 극히 불리한 상황이었다.

장삼은 고개를 돌려 뒤를 확인하고 싶었지만, 앞에 있는 자들에게서 눈을 떼지 않았다. 빈틈을 보였다간 한순간에 끝이었다. 장삼은 일단 등 뒤의 위협에서 벗어나기 위해 왼쪽으로 한 발을 움직이며 한림아에게 눈을 돌렸다. 최악의 상황이라면 인질이라도 잡아야 한다는 생각에서였다.

밖에서 들려온 소리에 민감하게 반응하고 있는 건 장삼뿐만이 아니었다. 호노를 비롯한 한림아 일행이 장삼을 공격하지 않은 이유는 장삼이 혼자이고 위협적인 행동을 하지 않아서였다. 그러나 밖에서 인기척이 있는 데다 장삼이 불온한 눈길로 한림아를 바라보자 호노는 긴장하지 않을 수 없었다.

장삼의 오른쪽 어깨가 움찔하자 이필립이 먼저 대갈(大喝)과 동시에 장삼에게 달려들었다.

"감히 어딜!"

크게 한 발을 내디디며 다가오는 이필립의 몸에서 바람 가르는 날카로운 소리가 들려왔다. 장삼은 본능적으로 뒤로 물러섰지만 벽에 막혀 갈 곳이 없었다.

이필립의 손에는 언제 뽑았는지 모를 은빛 장검이 들려 있었다. 달려들던 속도에 눈부시게 빠른 발검의 기세가 더해진 놀라운 쾌검이었다.

벽에 막히지 않았더라도 장삼에겐 피할 시간이 없어 보였다. 장삼은 검끝이 코앞에 다가와서야 반사적으로 왼손을 들어 올렸다.

텅!

장삼은 철 토시를 끼운 팔뚝으로 간신히 검을 쳐내고 등 뒤에 감추고 있던 오른손을 떨쳤다.

치르릉!

작은 쇠사슬이 부딪치는 소리와 함께 장삼의 손을 떠난 낫이 곡선을 그리며 이필립의 허리를 쓸어갔다.

장삼이 팔뚝으로 검을 막은 수법에 놀라 이필립은 후속 공격을 이어가지 못했다. 오히려 반격까지 받자 재빨리 검을 회수해 낫을 막아야 했다.

장삼은 쇠사슬을 당겨 튕겨진 낫을 왼손으로 받고 동시에 오른손에 쥐고 있던 낫을 던졌다. 장삼이 던진 낫은 아까와 달리 직선으로 죽 늘어나며 이필립을 쫓았다.

이필립은 검으로 가슴을 지키며 뒤로 세 걸음 물러났고 이 틈에 장삼이 쇠사슬을 당기자 낫은 한림아를 향해 날아갔다.

호노는 장삼의 공격이 한림아를 노린 속임수임을 간파하고 호통 치며 한림아 앞으로 나섰다.

"어림없다!"

그러나 낫은 한림아에게 뻗지 않고 원을 그리며 호노를 지나쳤다. 이필립은 홍대아에게 날아가는 낫을 보며 재차 검을 찔렀다.

홍대아는 날아오는 낫을 보고도 피하거나 막으려 들지 않았다. 홍대아의 이런 무방비한 모습에 장삼은 눈살을 찌푸렸다.

장삼은 한림아를 인질로 잡아 이세명과 맞바꾸고 이곳을 벗어날 생각이었다. 하지만 한림아 일행은 눈치가 빠를 뿐 아니라 손속도 매서워서 이필립 하나만 해도 장삼의 상대가 아니었다.

다행히 철 토시로 검을 막고 병기의 묘용을 살려 득수할 수 있었지만 장삼의 낫은 이런 제약된 공간에 어울리는 무기가 아니었다. 더욱이 이필립 하나를 상대하기도 벅차니 한림아를 잡겠다는 생각은 버려야 했다.

장삼은 왼손의 낫을 이필립에게 던지고 홍대아를 향하던 낫을 회수했다.

장삼의 손짓에 따라 곡선과 직선의 궤적을 그리며 교차하는 두 개의 낫을 보며 호노는 과거 이러한 수법으로 유명했던 한 사람에 대한 소문을 떠올렸다.

'만자쌍겸(卍字雙鎌)!'

이필립은 낫을 쳐내는 대신 옆으로 피하며 장삼에게 검을 뻗었다. 장삼은 그럴 줄 알았다는 듯 입구 쪽으로 반 보 이동하며 쥐고 있는 쇠사슬을 당겼다. 그러자 이필립을 지나친 낫이 이필립의 허벅지 어림을 노리며 당겨졌고, 회수되던 낫은 거적이 쳐진 입구를 향해 날아갔다.

바로 이 한 수가 장삼이 노리던 수였다. 장삼은 가장 약해 보이는 한림아조차 볼모로 잡을 수 없다 판단하고 도망치기 위해 퇴로를 확보하려던 것이었다.

이필립은 장삼의 목에 드러난 허점에 검을 찌르고 싶은 강한 충동을 느꼈지만 뒤에서 날아오는 낫을 막기 위해 검을 돌릴 수밖에 없었다.

“홍 형제는 막으라!”

언제라도 출수할 수 있게 손을 늘어뜨리고 있던 홍대아는 한림아의 목소리에 따라 장삼을 향해 몸을 날렸다. 이필립이 몸을 빼고 홍대아가 대신 그 자리를 차지하는 절묘한 합공이었다.

장삼은 홍대아의 움직임에 주의하고 있었지만 거구인 홍대아의 빠른 몸놀림은 장삼의 예상을 벗어난 것이었다. 장삼은 홍대아의 거구가 눈앞을 가득 메워오는 것을 보면서도 미처 손을 쓰지 못하고 눈을 질끈 감았다. 독한 마음으로 홍대아와 동귀어진할까도 생각했지만 저승 길동무 하나 더 만들어서 뭐가 달라진단 말인가?

“악!”

입구에서 터져 나온 비명에 장삼은 흠칫 놀라며 감았던 눈을 떴다. 변성기가 막 지난 목소리는 장삼의 귀에 익은 것이었다.

고경은 자신의 실수로 인해 안에서 어떤 일이 일어났는진 상상도 하지 못했다. 그저 안에서 아무 소리도 들리지 않기에 마음 놓고 거적을 들춰 안쪽을 들여다보던 참이었다.

하지만 틈으로 보이는 고묘 안의 상황에 고경은 손을 멈추고 숨죽여야 했다. 웬 사내가 칼부림을 하자 장삼이 이를 막고 낫을 던진 것이다. 이어서 그야말로 눈 깜박 하는 동안 장삼의 낫이 이리저리 돌더니 눈앞으로 날아왔다.

홍대아는 만일에 대비해 입구를 주시하고 있었다. 그것은 홍대아가 입구에서 제일 가까이 위치하고 있기도 했지만 지청술로 감지한 조심성없는 가벼운 걸음을 홍대아만이 알아챘기 때문이다. 그리고 두 치쯤 벌어진 거적과 벽 틈으로 호기심 어린 맑은 눈동자가 비치는 것을 본 홍대아는 태연자약하던 장삼의 태도가 돌변한 이유를 짐작할 수 있었다.

고경의 등장에 위협을 느낀 게 분명했다. 그래서 이필립과 한림아를 거쳐 자신에게 날아오는 낫을 보며 홍대아는 장삼의 공격 의도를 알아채 어떻게 대응할지를 놓고 잠시 망설였다.

고경의 존재를 알아챈 건 홍대아만이 아니었다. 바람도 없는데 거적이 움직이는 것을 한림아는 분명히 볼 수 있었다. 평소라면 호노와 이필립도 놓치지 않겠지만 이필립은 지나치게 장삼에게 집중했고 호노는 한림아의 안전과 장삼의 행동에 이목을 모으고 있었다.

한림아는 고경의 눈과 마주치자 한순간에 상황을 파악했다. 그리고 장삼의 낫이 고경을 향하자 홍대아에게 막으라고 한 것이었다.

반쯤 갈라진 거적이 너풀거리는 가운데 홍대아가 오른손으로 낫자루를 잡고 왼손으로 고경의 멱살을 쥐고 있었다.

고경은 자신을 향해 날아들던 낫이 거적을 가르고 눈을 찌르는 섬뜩함에 몸을 움직일 수 없었다. 홍대아가 낫자루를 잡으며 고경을 밀쳐 내지 않았다면 하얗게 빛나는 낫은 고경의 눈을 찌르고 머리를 관통했을 터였다.

갑자기 나타난 고경으로 인해 찾아온 정적은 고경의 눈두덩이가 벌어지며 핏줄기가 솟구치는 것으로 끝났다.

"경아!"

장삼의 외침이 끝나기도 전에 고경의 몸은 홍대아의 손에 매달려 축 늘어졌다.

'사부⋯⋯.'

얼굴이 화끈거리며 온몸에서 힘이 빠져나가더니 경악에 찬 장삼의 얼굴이 붉게 보였다. 장삼뿐 아니라 주변의 모든 것이 붉게 보였다.

'괜찮아요' 라고 말하고 싶었지만 입을 벙긋거릴 힘조차 빠져나간 듯 생각은 목소리가 되어 나오지 못했다. 이내 붉게 변한 시야조차 점점 좁아지더니 세상이 빙글 도는 느낌을 끝으로 고경은 정신을 잃고 말았다.

온기를 내뿜는 모닥불을 사이에 두고 한림아 일행과 장삼이 둘러앉아 있었다. 장삼의 옆에는 고경이 누워 있는데 숨이 고르고 안색도 나쁘지 않아 잠을 자는 것 같았고, 실제로도 호노가 수혈을 짚어놓아 깊이 잠든 상태였다. 고경의 눈썹 위로 친친 동여맨 헝겊만 없다면 어디에도 부상의 흔적은 없었다.

고경의 상처는 뼈가 갈라지는 중상이었지만 홍대아가 낫을 잡아채며 밀쳐 낸 덕분에 안구와 뇌는 다치지 않았고 호노의 응급 처치가 뛰어나 생명을 건질 수 있었다.

장삼은 자신의 실수로 고경이 다치자 한동안 넋이 빠져 있다가 호노의 치료가 끝날 무렵에야 정신을 차렸다. 그리고 마음이 안정되자 한림아의 홍포를 보고 크게 놀랐다.

가슴에 금룡이 수놓아진 홍포는 아무나 입을 수 있는 옷이 아니었다.

'소명왕(小明王) 한림아!'

당대에 홍포를 입고 있는 자는 네 사람. 그중 눈앞에 있는 사람과 비슷한 용모를 가진 사람은 단 한 명. 멸망한 송나라를 다시 건국한 백련교의 교주 소명왕 한림아뿐이었다. 홍포를 입은 사람이 소명왕이 맞다면 백의를 입고 있는 노인은 백련교의 호법 호상면(胡常綿)이고 청의를

입고 있는 두 사람은 통상 십천왕(十天王)이라 불리는 백련교의 호교십
장(護敎什長)일 확률이 높았다.

"만자쌍겸 장무개(張務改) 대협이시지요?"

한림아의 물음에 장삼은 고소를 지었다.

장무개는 고향을 떠나 있으면서 사용하던 이름이었고 만자쌍겸은
아는 사람들이 좋은 쪽으로 부르던 명호였다. 실제로는 사람 목 자르
는 망나니라는 뜻으로 쌍겸수사(雙鎌殊士), 또는 효수겸이라는 별칭으
로 더 많이 불렸다.

장삼이 이들을 알아본 건 이들의 명성이 대단하고 유명해서였지만
이들이 장삼을 알아본 건 전적으로 이들의 안목이 넓어서라고 봐야 했
다.

"그냥 장삼이라는 촌부일 뿐입니다."

장삼이 고개를 흔들며 말하자 호노가 눈살을 찌푸렸다.

"흥, 장삼이라고? 그럴싸한 곳에 숨어 살고 있었구나. 그런다고 배
교자를 잊을 것 같은가?"

호노의 말에 장삼은 눈을 치켜떴다.

과거 수로맹과 장강십삼채 모두가 백련교에 가담했던 것도, 나중에
백련교를 떠났던 것도 사실이었지만 이것은 모두 당시 수룡왕의 결정
에 따랐던 것으로 장삼의 의사와는 무관했다. 또한 수룡왕이 백련교를
등진 때는 이미 장삼이 수적 생활을 마감한 뒤였다.

장삼이 뭐라고 말하려다 그만두자 한림아가 호노에게 나무라는 눈
치를 주었다.

"전부터 장 대협의 위명은 익히 들어왔습니다. 한번 만나보고 싶었
는데 기회가 닿지 않더니 오늘 이렇게 만나게 되는군요. 반갑습니다."

한림아가 포권을 하자 장삼은 감히 허투루 받지 못하고 포권하며 허리를 깊이 숙였다.

"귀인께서 입에 담을 만한 사람이 아닙니다. 예를 거두소서."

장삼의 태도에 한림아는 고개를 끄덕였으나 호노는 여전히 못마땅한 표정이었다. 교인이라면 무릎 꿇고 합장을 해야 했고, 황제를 대하는 것이라면 무릎 꿇고 머리를 조아려야 마땅한데 장삼의 태도는 공손하지만 이도 저도 아니었다.

"장 대협께선 이 아이들과 어떤 관계이오?"

한림아가 대협이라 하니 이필립도 자연 대협이라 부르며 장삼에게 물었다.

"그저 먼 친척이지만 얼마 안 남은 혈연들이지요."

장삼의 대답은 간결했지만 모두에게 수긍이 가는 말이었다. 무릇 칼밥을 먹는 자들 중 일가를 이루고 자손이 번창하는 자는 흔치 않았다. 오히려 은원에 엮이다 보면 무고한 인척이 해를 입는 경우가 더 많았다.

무가를 세우고 스스로를 지키며 뭉쳐 사는 경우도 있지만 그들도 일반인들에 비하면 오히려 사망률이 높은 편이었다. 특출난 실력으로 누대에 걸쳐 세도를 부리는, 통상 세가(勢家)라 하는 집안들을 빼고는 그 숫자가 백을 넘기 어려웠다. 그래서 무림인들은 유난히 혈연을 중시하고 아꼈다.

"이 아이는 제게 오촌 외숙 되는 어른의 장손주고……."

"허, 외종숙의 손자면 외재종질이로구먼. 정말 먼 친척이로세. 그럼 저 아이는?"

장삼이 고경에 대해 설명하자 호노가 혀를 차며 침상을 가리켰다.

아무리 강호인이 혈연을 중요시한다고 쳐도 오촌 외숙의 손자라면 이웃보다 못한 사이일 수도 있었다.

"그 아이는 제 막내누이의 둘째 아들입니다."

"친조카로군요. 그럼 곁에 두어야지 왜 이런 곳에서 혼자 살게 하는 거요?"

이필립이 물었다.

"그건……."

장삼이 쉬이 말을 이어가지 않자 이필립은 말 못할 사정이 있겠거니 하고 더 이상 묻지 않았다. 잠시간 모두 모닥불을 바라보며 아무도 말을 하지 않았다. 어색해진 분위기를 깨볼 요량으로 이필립이 다시 뭔가를 질문하려 하는 순간 장삼이 입을 열었다.

"새벽에 오나라 수군이라 자처하는 자들이 마을에 들이닥쳤습니다. 대선 한 척에 군사는 대략 이백 명가량이고, 그중 팔십여 명은 오전에 둑길을 따라 나가서 아직 돌아오지 않았습니다. 나머지 병사들은 마을 주막과 배에 남아 있고, 내일이 그믐이니 오늘은 달이 그리 밝지 않을 겁니다."

장삼은 묻지도 않았는데 밖의 동정을 자세히 설명하고 자리에서 일어났다. 장삼이 일어나자 홍대아가 따라 일어나며 호노를 쳐다봤다. 자신들의 위치를 아는 장삼을 그냥 보내줘야 할지 호노에게 묻는 것이다.

"촌부가 도와드릴 수 있는 일은 자시에 하류로 배를 하나 띄워 보내 군사들의 이목을 분산시키는 게 고작입니다만… 제가 지금 돌아가지 않으면 성격 급한 제 동생이 혹여 무슨 짓을 할까 걱정이 되는군요."

장삼의 말투는 공손했지만 실상 내용은 보내주지 않으면 큰일이 난다는 은근한 압박이었다.

"네놈이 말로써 우리를 핍박하려는 것이냐?"

"결코 그렇지 않습니다. 동생은 성격이 급하고 사리 분별이 없어 염려하는 것입니다."

"흥, 네놈을 어찌 믿고 놓아준단 말이냐?"

"밀고를 하려면 진작에 했지 이렇게 혼자 오지는 않았을 겁니다."

장삼이 단신으로 세명을 찾아온 것은 만일의 사태에 대비해서였다. 아무 일이 없을 수도 있지만 만일 관군이 찾는 자들이 세명을 잡고 있다면 세명의 안전을 위해서라도 관군을 대동할 순 없었다. 관군들에게 있어 공을 세우고 실적을 올리는 게 중요하지 어린아이의 목숨 따위가 무에 중요하겠는가? 하지만 그건 관군이 찾는 자들이 백련교도들, 그것도 교주인 한림아와 호노를 포함하는 일행임을 몰랐을 때 얘기지 장삼이 이런 사실을 알았다면 결코 혼자 오지는 않았을 터였다. 오히려 차후를 생각하면 관군에게 알리는 편이 세명을 위해 낫다고 할 수 있었다.

"호노, 장 대협을 보내주시구려."

한림아의 말에 호노는 어쩔 수 없다는 듯 홍대아에게 눈짓을 했다. 홍대아가 자리에 다시 앉자 장삼은 침상으로 가 이세명을 살폈다. 수혈을 짚여서인지 소란 속에서도 이세명은 깨어나지 않고 있었다.

"혼자 힘으로 두 아이를 메고 갈 수도 없는 일이고, 저는 점혈법을 모르니 이 아이를 깨워주시겠습니까?"

장삼의 요청에 한림아가 그러라고 말하려 했지만 호노가 고개를 흔들었다.

"그 아이는 오늘 자시가 넘으면 스스로 일어날 것이다. 여기 다친 아이나 데리고 냉큼 돌아가라.”

떠날 때까지 아이를 잡아놓을 테니 허튼짓하지 말라는 소리였다. 그나마 다행이라면, 장삼이 제시한 자시의 도움을 받아들인 것이었다.

“알겠습니다.”

장삼은 호노의 말에 순순히 대답하고 망태기를 챙겨 들었다.

이세명이 무사한 것을 확인했으니 여기 온 목적은 달성한 셈이었고, 칼까지 섞은 마당이니 서로 간에 믿을 만한 무언가가 필요하기도 했다.

장삼은 홍대아의 도움으로 고경을 들쳐 업고 한림아에게 인사를 했다.

“부디 강녕하시기를…….”

한림아는 호노를 시켜 장삼에게 호골산(虎骨酸)을 조금 나눠 주도록 했다. 고경의 상처는 비록 당장은 생명에 지장이 없다 하더라도 덧난다면 매우 위험한 부위였다. 뼈가 갈라진 곳에 염증이 생기거나 창상이 도지면 눈과 뇌에 치명적이어서 호골산과 같은 좋은 금창약이 꼭 필요했다.

장삼은 한눈에 호골산이 귀한 약임을 알아보고 한림아에게 거듭 감사의 말을 하며 고묘를 나왔다. 눈으로 본 건 아니지만 한림아가 위중한 부상을 입었다는 걸 알 수 있었기에 호골산을 덜어준 한림아의 마음이 더욱 고마웠다.

장삼이 돌아오자 수상반에서는 한바탕 소동이 일었다. 장사는 병상을 박차고 나와 누가 그랬냐며 난리를 피우다가 장삼이 자세히 설명해 주자 괜히 가서 고경만 다쳤다고 장삼을 타박했다.

해가 저물자 장삼은 정방을 시켜 고경이 수상반에서 자고 간다고 고경의 집에 알렸다. 일이 바쁠 때도 고경은 반드시 집에 가서 잠을 잤기 때문에 고경의 어머니 오씨는 이상하게 생각했지만 정방이 잘 둘러대서 더 이상 의심하지 않았다.

돌아와 두 시진쯤 되었을 때 장삼은 고경의 이마에 감겨진 천을 벗겨냈다. 지렁이가 기어간 듯한 흔적이 사선으로 오른쪽 이마에서 왼쪽 눈썹으로 이어져 있었다. 이것을 본 장사의 얼굴이 험악하게 일그러지며 장삼을 잡아먹을 듯 소리쳤다.

"까딱하다간 죽일 뻔했잖소!"

장사는 고경의 살이 벌어진 간격을 보고 상처의 깊이를 가늠할 수 있었다. 조금 다쳤다고 할 때는 그런가 보다 했는데 시간이 지나도 깨어나지 않는 고경을 보며 점점 불안해하던 차였다. 고경의 상처는 딱지가 내려앉아 있지만 뼈가 상할 정도의 깊은 것이 틀림없었다.

"그러게 내가 가지 말라고 했잖소! 대체 형은 눈을 어디다 빼놓고 낫질을 한 거요?"

장사가 안절부절못하며 소리치는 사이 장삼은 끓는 물에 삶은 수건으로 고경의 상처를 살짝 닦아냈다. 수건이 상처에 닿자 고경은 혈도가 짚여 잠든 중에도 눈가에 잔경련을 보이며 미약한 신음을 냈다.

"애 잡겠소. 살살 좀 하시오."

계속되는 장사의 잔소리 속에도 장삼은 한마디 대꾸도 없이 고경의 상처를 살폈다.

"의원한테 가야 하지 않겠소?"

장삼은 약초를 달여 식힌 약물로 상처 주위를 다시 한 번 닦아낸 후 조심해서 호골산을 바르는 것으로 치료를 끝냈다. 이 간단한 치료에 얼마나 심혈을 기울였는지 장삼의 코에는 땀방울이 맺혔다. 장삼은 땀을 닦으며 돌아섰다.

"이렇게 둬도 되겠소? 붕대로 잘……."

장사는 장삼이 빤히 쳐다보자 말끝을 흐리며 고개를 돌렸다. 그러나 그것도 잠시, 장사는 눈가에 힘을 주고 장삼을 똑바로 마주 보며 다시 입을 열었다.

"내가 뭘 어쨌다고 그러시오? 내가 틀린 말 했소? 붕대로 안 싸매고 이렇게 둬도 되는 거냔 말이오?"

"일단 딱정이가 생겼으니 약을 바르고 바람이 들도록 그냥 두는 것이 제일 좋다. 쓸데없이 덮어두면 오히려 아무는 속도가 늦어지고 통풍이 안 돼 덧나는 수가 있다."

"의원에게 가보지 않아도 되겠소?"

"이 마을에 의원이 있기나 하냐? 또, 의원을 불러온다 치자. 이 약은 사천당가에서 나온 호골산이 분명한데 이보다 좋은 약이 있을 성싶으냐?"

장삼이 조금씩 언성을 높이며 말하자 장사는 찔끔하며 다시 고개를 돌렸다. 두말할 것도 없이 장삼의 말이 옳았지만 그래도 장사는 할 말이 많았다. 고경을 다치게 한 것은 장삼이니까.

"뭘 잘했다고 큰소리요? 그래, 그렇게 잘나서서 애 얼굴을 이렇게 만드셨소? 약이 좋아 낫는다고 해도 이 상처는 평생 간단 말이오! 뼈를 다쳤으니 궂은 날이면 쑤시고 아플 테지. 아픈 건 둘째 치고 계집들이 따르겠냔 말이오!"

"알고 있으니 그만 닥치란 말이다!"

장사의 반박에 장삼은 할 말이 없었다. 전후사정이야 어쨌든 상처를 입힌 책임에는 변명의 여지가 없었다. 하지만 끝없이 이어지는 장사의 투덜거림을 듣고 있자니 짜증이 나서 한소리 하지 않을 수 없었다.

"왜 이렇게 시끄럽소? 그렇게 떠들다간 포구의 병사들도 다 듣겠소."

정방의 목소리였다.

"이놈아, 조용히 집구석에서 잠이나 잘 것이지 왜 돌아온 것이냐?"

장사는 문을 열고 들어오는 정방에게 인상 쓰며 말했다. 장삼에게 한마디 했다가 되려 큰소리만 듣던 차에 때마침 정방이 나타난 것이다.

"경이가 걱정돼서 잠이 오지 않더이다. 그리고 잠자다가 자시에 일어나는 일이 쉬운 줄 아시오? 그리고 어른을 공경하란 말도 있지 않소. 내가 없으면 노인네 둘이서 배를 띄워야 할 텐데 작은영감이야 그러려니 해도 큰영감까지 낑낑거리게 둘 수는 없잖소?"

정방은 마을에 있는 집에서 이세명과 함께 살고 있었지만 외부 소식을 듣자고 나다니는 통에 밖에서 자는 일이 많았다. 그나마도 이세명이 고묘에서 생활한 후로는 밥 해 먹기 귀찮아 거의 수상에서 자고 있었다. 그러나 오늘은 집에 가서 자라는 장삼의 지시가 있은 터였다.

"그보다 오전에 나갔던 군사들이 돌아옵디다."

정방은 고경의 집에서 나오다 본 광경을 떠올렸다.

"어디서 뭘 하다 왔는지 숫자는 반으로 줄었고, 그나마도 멀쩡한 놈은 몇 없던데 아무리 봐도 패잔병들 같더이다."

"뭐? 그놈들이 그렇게나 당할 놈들은 아닌데?"

군사들이 평범한 병졸들이 아님을 아는 장사는 정방의 말을 쉽게 받아들일 수 없었지만 장삼은 그럴 수도 있다고 생각했다.

"십천왕을 상대로 반이나 살아 돌아왔다면 그게 대단한 거겠지."

십천왕은 호교십장을 일컫는 말이었다. 무림 문파들과 백련교는 전통적으로 사이가 좋지 않았지만 몽고라는 공통의 적을 상대하다 보니 근래에 상당한 교류가 있었다. 그러나 그것은 연수와 동맹을 통해 고수들 간의 만남이 잦아진 것뿐으로 조직의 개방을 의미하지는 않았다. 백련교의 조직이 드러나지 않은 채 고수들이 강호에 자주 모습을 나타내자 사람들은 그들에게 명호를 붙여주었는데 이것은 백련교 내에서의 직함이나 명호와 비슷하기도 했지만 완전히 다른 경우도 많았다.

"십천왕은 세명의 집에 모여 있다고 하지 않았소?"

"내가 본 건 천사장 호상면 노인과 삼천왕 분광검(分光劍)으로 보이는 자, 그리고 몸집이 큰 젊은 놈이라고 했지 언제 십천왕이 다 그곳에 있다고 했느냐?"

천사장은 호노의 명호였고 삼천왕은 이필립이었다.

"덩치가 크고 빠르다는 젊은이는 피부가 좀 검고 눈이 부리부리하지 않았소? 그렇다면 호목흑귀(虎目黑鬼) 홍대아일 거요. 두 해 전에 오천왕에 올랐는데 모르고 있었소?"

정방이 아는 체하며 나섰다. 소행촌은 작은 마을로 강호의 소식을 접할 길이 없었다. 그럼에도 불구하고 정방은 정세 변화나 무림 소식에 밝았다.

"그럼 여덟 명을 상대했다는 건가? 그렇더라도 대단하군. 역시 보통 병졸들이 아니야."

장사는 은근히 가슴을 만지며 중얼거렸다. 아무리 못해도 강호의 이류급 고수들보다는 나은 솜씨였으니, 그런 병졸들이 팔십이나 된다고 하면 생각만 해도 소름이 돋았다.

장삼은 병사들이 상대했을 십천왕의 숫자가 과연 여덟 명이었을지 의문스러웠지만 더 이상 말하지 않고 입을 다물었다. 몇 명이 되었든 십천왕과 싸워서 살아남았다면 그것만으로도 대단한 것이었다.

장삼과 장사가 그렇게 대단하게 평가하는 병사들은 행화주막에 돌아와 저녁을 먹고 있었다. 찢어지고 터진 갑주, 검게 그을리고 피에 얼룩진 것이 영락없이 낭패를 당한 모습이었다. 그래도 식사를 하고 있는 자들은 나은 편이었다. 중상을 입은 자들은 식사는커녕 앉아 있기도 힘들어 이층 객실에 옮겨져 있었고, 그들 중 몇은 목숨이 위험한 상태였다.

삼십여 명의 위사들이 아무 말 없이 젓가락질하는 모습은 엄정한 군기를 나타낼 수도 있었지만 지금은 전혀 아니었다. 한결같이 처진 어깨로 힘없이 앉아 있는 모습은 그들의 복장만큼이나 헝클어져 있었다.

요영충도 병사들과 다르지 않았다. 요영충은 찢어진 오른쪽 소매 밖으로 피가 엉겨붙은 팔뚝을 내보이며 커다란 만두를 한입 베어 먹었다. 아침에는 맛있게 먹었던 만두건만 허기진 지금은 오히려 전혀 맛이 느껴지지 않았다. 도저히 같은 음식이라고 여겨지지 않았다.

"요 장군, 너무 자책하지 마시오. 그래도 난창을 잡았지 않소."

유일하게 상처 하나 없이 깨끗한 모습을 한 배적을 보며 요영충은 반쯤 먹다 만 만두를 내려놨다.

"그렇지가 않습니다. 중군(中軍)이 그렇게 쉽게 무너진 건 전적으로 내 판단 착오였습니다. 그들을 너무 얕보고 위사들을 충분히 대비시키지 못했습니다."

"내가 중군을 지휘했어도 마찬가지였을 거요. 난창이 소천뢰(小天

雷)를 가지고 있을 줄 누가 알았겠소. 그나마 요 장군이 아니었으면 난창을 잡기는커녕 이 자리에 있는 사람은 지금의 반도 못 됐을 거요.”

요영충은 배적이 진심으로 위로하는 것을 알았지만 그렇다고 해서 기분이 나아지지는 않았다. 배적의 말과 달리 난창 서문용은 화탄을 터뜨려 스스로 목숨을 끊은 것이고, 그나마 피해를 줄일 수 있었던 것도 마지막 순간에 배적이 서문용의 자폭 의도를 알아냈기 때문이다. 거기에 자신은 연이어 실패하고 낭패를 당해 거듭 목숨까지 구함받았으니 요영충의 마음이 편할 리 없었다.

“배 장군의 은혜는 잊지 않겠습니다.”

젓가락을 내려놓고 포권하는 요영충의 모습에 배적은 손을 내저었다.

“전장에서 우군을 돕는 거야 당연한 일이지 은혜랄 게 뭐 있겠소? 마음에 두지 마시오.”

“하룻밤 하루 낮 동안 두 번이나 구명을 받았는데 모른 체할 수는 없는 일이지요. 언제고 도울 일이 있으면 말씀하십시오.”

요영충이 깍듯이 예를 올리니 배적은 조금 당황스러웠다. 상황이 어쨌든 지금은 요영충이 상관인데 이렇게 병사들이 보는 앞에서 머리를 숙이니, 건방지다고 생각하며 심통 부렸던 일들이 미안해졌다.

“그럴 것까지야…….”

‘이렇게 고지식하고 꽉 막힌 젊은이를 봤나? 어쩌자고 이런 사람이 이번 일을 맡았는지 모르겠군. 책임감이 강하고 입이 무거우니 제격일 수도 있지만…….’

배적이 보기에 요영충은 군인이기보다 강호인의 성품에 가까웠고, 금의위 같은 곳보다는 전선의 선봉이 어울리는 장수였다.

"저는 이만 쉬어야겠습니다. 위사들도 지쳤을 것이니 편히 쉬도록
해주세요."

요영충은 먹다 만 만두를 놔두고 자리에서 일어나 이층 객실로 향
했다. 계단을 오르는 요영충의 무거운 발걸음이 사라지자 배적은 요
영충이 먹다 만 만두까지 모두 먹어치웠다. 식사를 마친 병사들은 대
부분 식탁에 엎드리거나 의자를 기울여 벽에 기대어 잠을 청하고 있
었다.

"오늘 밤도 조용히 지나가지 않을 테니 모두 눈들 붙여두도록!"

따로 명령을 내릴 필요도 없어 보였지만 배적은 요영충이 부탁하고
간 휴식 명령을 내리고는 자신도 적당한 곳을 찾아 일어났다.

*　　　　*　　　　*

이상한 꿈이었다.

눈이 퍼붓는 장강에 어제 봤던 거대한 배가 불타고 주변에는 시체들
이 떠다녔다.

불타는 배 위에서 사람들이 싸우고 있었는데 그중에는 아는 얼굴도
있었다. 한림아와 호노라는 노인, 그리고 청의를 입은 두 사람.

싸움은 격렬했다. 잘려진 목이 하늘을 날고 사방으로 피가 튀었다.
눈을 뜨고 볼 수 없는 참상이었지만 이상하게 무섭다는 생각은 들지
않았다.

한림아 일행은 싸움에 이겼지만 불길을 피해 강으로 뛰어들 수밖에
없었다. 한림아 일행이 강으로 몸을 던지자 어디선가 크고 작은 배들
이 나타났다. 그들은 강에 떠 있는 사람들을 공격했다. 산 자와 죽은

자를 가리지 않았다. 활활 타오르는 배를 횃불 삼아 강 위에 보이는 모든 사람들에게 활을 쏘고 창칼을 찔러댔다.

어둡고 깊은 강물.
한림아가 가라앉고 있었다.
손을 뻗어보았지만 한림아에게 닿지 않았다. 몇 번을 시도해도 헛손질이었다.
'조금 더! 조금 더!'
이세명은 안타까운 마음에 몸을 버둥거리다 잠에서 깼다.
몸에 힘이 없어 손발을 움직일 수 없었다.
'또……?'
하룻밤에 두 번이나 가위에 눌리다니, 아니, 이건 가위에 눌린 것도 아니었다. 뭔가 이상했다.
이세명은 다시 발가락에 정신을 집중하는 방식으로 몸을 움직여 나갔다.
"청화단은 어찌 되었을지… 삼장과 오장은 무사한지 모르겠군요."
소명왕의 목소리에 근심이 어려 있었다.
"그들은 모두 무사히 빠져나갔을 테니 너무 걱정하지 않으셔도 될 겁니다."
호노는 걱정하지 말라고 했지만 이 자리에 있는 누구도 그들이 무사할 거라 생각하지 않았다. 청화단 무사들과 흩어진 호교십장들은 소명왕이 안전하게 빠져나갈 수 있도록 금의위의 이목을 최대한 자신들에게 집중시키려 했을 게 분명하기 때문이다.
"다른 사람은 몰라도 일장과 십장은 소천뢰(小天雷)와 은뢰구(銀雷

毯)까지 가지고 있으니 어지간해선 잡히지 않을 겁니다."

"부디 그래야 할 텐데……."

"자시까지는 아직 시간이 있으니 좀 더 쉬시는 편이 좋겠습니다."

호노의 청에 다시 자리에 눕던 소명왕의 눈에 이세명이 침상에서 일어나는 게 보였다.

호노와 다른 사람들도 이세명이 일어나는 걸 지켜봤다.

호노는 믿을 수 없었다. 장삼에겐 자시에 깨어날 거라 했지만 세명에게 가한 금제는 내일 아침에나 풀리게 되어 있었다. 한 번도 아니고 두 번씩이나 실수를 한다는 건 있을 수 없는 일이었고, 실수를 했다고 해도 이렇게 큰 시간 차이를 두고 점혈이 풀릴 리는 없었다.

이세명은 천천히 침상에서 내려와 물동이 쪽으로 가서 물을 퍼 마셨다. 그리고는 기지개를 켜고 하품을 했다.

"잘 잤는가?"

소명왕의 물음에 이세명이 고개를 흔들었다.

"꿈자리가 뒤숭숭해서요."

"저런, 우리가 있어 그런가 보군. 미안하네."

"아, 네. 아무래도 그런 것 같지만 미안해하실 필요는 없어요. 원래 잡꿈을 잘 꾸는 편이에요. 그나마 악몽이 아니라 다행이죠."

이세명은 다시 한 번 크게 기지개를 켜고 뒷목을 주물렀다. 목 뒤의 풍부혈(風府穴)은 호노가 점해놓은 혈도 중 하나였다.

"이거 또 배가 고프네."

이세명은 머리를 긁적이며 소명왕 곁으로 와 앉았다.

"어라? 또 밥을 하셨네요?"

이세명이 한 솥 가득한 밥을 보고는 입맛을 다셨다.

“마침 밥을 먹으려던 참이었는데 같이 먹겠나?”

소명왕의 제안에 이세명은 환하게 웃으며 주걱을 들었다.

“헤헤, 집주인이 대접을 해야죠.”

이세명은 나무로 만든 그릇에 밥을 퍼 담았다. 고경이나 정방 등이 와 있을 때가 많았기 때문에 그릇은 충분했다.

밥을 푸면서 보니 그동안 모아놓은 온갖 찬거리가 모두 나와 있었다. 모닥불도 한쪽에 모아놓은 땔감은 전혀 쓰지 않고 비싼 숯만 사용해 피운 것이었다. 아까 받은 은갑을 생각하면 이 정도는 별거 아니겠지만 그래도 아깝단 생각이 들었다.

“쩝쩝, 이제야 간이 좀 맞네요. 꿀꺽! 꿀꺽!”

“밥도 아까보다 더 맛있는데요?”

이세명은 밥을 먹으면서 계속 중얼거렸다. 그러면서도 밥은 제일 빨리 먹었다. 밥 한 그릇을 뚝딱 비운 이세명은 다시 밥그릇에 가득 밥을 퍼 담았다.

“모자라면 좀 더 먹지 그러나?”

두 그릇을 먹고도 모자란 듯 입맛을 다시는 세명에게 소명이 자신의 그릇을 내밀었다. 이세명은 소명왕이 채 반 그릇도 먹지 못한 것을 보고 미안한 마음이 들었지만 사양하지 않았다.

“입맛이 없으신가 봐요?”

“좀 그렇군.”

“근데 제가 얼마나 잤죠?”

이세명은 밖에서 들어오는 빛이 없는 것을 이상히 여기고 물었다.

“글쎄, 지금은 유시가 넘었지 싶군.”

소명왕의 대답에 이세명은 눈을 동그랗게 떴지만 젓가락질을 멈추지 않았다.

"유시라고요? 아이고, 그럼 온종일 잤단 말이네? 사 아저씨가 난리를 쳤을 텐데… 큰일이네. 어쩌다 이렇게 많이 잔 거야?"

이세명은 자신이 점혈을 당했었다는 건 꿈에도 생각지 못했기 때문에 그저 자신이 늦잠을 잤다고 여겼다. 소명왕은 그 경위에 대해 말해 주고 싶었지만 미안하고 부끄러운 마음에 차마 입을 열 수 없었다.

"소형제의 아저씨라면 효수겸으로 유명한 쌍겸수사 장무개, 아니, 장삼 대협을 말하는 것인가?"

꿀꺽!

한림아의 질문에 이세명은 대충 우물거린 밥을 삼키며 고개를 갸우뚱거렸다.

"효수겸? 쌍겸수사요? 장삼이면 삼 아저씨를 말하는 건데… 삼 아저씨를 아세요?"

"강호에 위명이 쟁쟁하신 분이지."

"그야 배를 잘 만들긴 하지만… 그렇게 유명하셨나?"

장삼이 자신의 친척들에게도 정체를 숨기고 산다는 걸 눈치 챈 한림아는 더 이상의 언급을 피하고 세명이 밥 먹는 모습을 지켜봤다.

"아이야, 너는 이곳에 혼자 사느냐? 여기는 꼭 옛 무덤 같다만……."

호노는 장삼의 말을 믿을 만하다고 여겼지만 그 진위를 확인할 요량으로 몇 가지 질문을 해보기로 했다.

"아, 아마 무덤이 맞을 거예요. 홍수에 쓸려갔는지 도굴을 당했는지는 몰라도 빈 관 하나가 남아 있었거든요. 저기 침상 보이죠? 저게 원래는 석관이에요. 뚜껑이 열려 있었는데 다시 닫아놓은 거죠."

관을 침상으로 쓰고 있다는 말에 호노는 물론 한림아도 어이가 없었지만 이세명은 호노나 한림아의 반응에 아랑곳하지 않고 밥을 씹으며 뒷말을 이었다.

"요 몇 달 동안 배를 고치느라 여기서 살다시피 했지만 집은 따로 있어요."

"저런, 그럼 장삼 아저씨나 어른들이 걱정하시지 않느냐?"

"저는 부모님이 없어요. 삼 아저씨는 여기 있는 걸 모르고 사 아저씨는 알지만 걱정 안 하시고……. 음, 다 먹었다."

소명왕의 밥까지 깨끗이 비운 이세명은 슬쩍 솥에 남은 밥을 확인했다. 아직도 꽤 많은 양이 남아 있는 걸 확인한 이세명은 거림낌없이 주걱을 들었다.

그렇게 순식간에 네 그릇을 먹어치운 세명의 모습에 소명왕 일행은 모두 놀라워했다. 밥그릇이 컸기 때문에 세명이 먹은 양은 적어도 오 인분은 되는 양이었다.

"꺼어억!"

입가심으로 그릇에 물을 부어 남은 밥풀 하나까지 말끔히 처리한 이세명의 그릇은 따로 씻을 필요도 없어 보였다. 이세명은 배가 부르자 기분이 좋아졌다.

"소형제는 항상 그렇게 많이 먹나?"

홍대아의 물음에 세명이 고개를 저었다.

"아니요, 부자도 아닌데 쌀밥을 이렇게 많이 먹어서야 언제 돈 벌어서 전답(田畓)을 살 수 있겠어요? 평소에는 이 반만큼도 안 먹어요."

"그런데 오늘은 어쩌자고 그리 과식을 하나? 그러다 탈이라도 나면 어쩌려고?"

소명왕이 걱정스런 표정에 이세명이 씩 웃어 보였다

"아까워서요. 쌀밥은 따뜻할 때 먹어야 맛있잖아요. 음, 이 쌀은 낼모레 부모님 제사 때 쓰라고 사 아저씨가 준 건데… 뭐, 제상에는 밥 두 공기만 올라가면 그만 아니겠어요? 안 그래도 오늘쯤 해먹으려고 했는데 수고를 덜었으니 마침 잘된 거죠. 그런데 어느 분이 이렇게 맛있게 밥을 하셨어요?"

고묘에 무단 침입하고 음식을 마음대로 취한 것에 별반 미안한 마음이 없었던 사람들도 제사에 쓸 쌀을 썼다는 말에 조금 죄책감이 들었다. 특히 호노는 아이를 위해 쌀을 남겨두라던 한림아의 말을 무시하고 주먹밥을 만들기 위해 독을 깨끗하게 비워 밥을 했으므로 미안함이 조금 더했다.

"사실 아까 준 약함은 돈으로 따질 수 없는 귀한 것이지만 이 한 끼의 밥은 그것으로도 모자람이 있구나. 아이야, 너는 따로 바라는 것이 있느냐?"

은괴도 아닌 속 빈 은 상자이니 잘해야 삼십 냥 정도 되는 은덩이가 무에 그리 대단하다는 것인지 이해가 안 갔지만 생각해 보니 엄청나게 큰돈임에는 틀림없었다.

"신경 쓰지 마세요. 이거면 충분해요."

이세명이 품속에서 약함을 꺼내 보였다.

"그러지 말고 뭐라도 부탁해 보게."

소명왕의 말에 이세명이 잠시 생각에 잠겼다 입을 열었다.

"저의 부모님은 오래전에 돌아가시고 저와 형만 남게 되었어요. 부모님이 돌아가신 다음 해에는 홍수로 물길이 바뀌면서 부모님이 남겨주신 논밭도 물에 잠기고 말았죠. 이곳은 남의 종살이할 만한 곳도 없고, 친척들이 있긴 했지만 다들 형편이 어려웠어요. 형은 할 수 없이 저를 고 아저씨네 맡기고 외지로 나갔는데 지금은 소주에서 오왕을 지키는 십조룡(十條龍)에 들어갔다 하니 제법 성공했다 할 수 있죠. 삼 년 전부터는 돈도 보내오고 있고, 저도 아저씨들을 만나 먹고사는 데 별 어려움이 없으니 무에 바랄 게 있겠어요."

세명의 말을 듣고 있던 호노는 세명의 욕심없는 태도에 새삼 감탄하지 않을 수 없었다.

'세상 모든 분쟁과 은원은 사람의 욕심에서 비롯되는 것을… 이 아이는 어려운 환경에서도 만족하고 바라는 것이 없으니 무릇 성인지심(聖人之心)에 달하고 무아의 경지에 들어선 것인가, 아니면 단지 무지하고 무명(無明)하여 나태한 것인가?

"형이 떠나고 난 뒤 저는 한동안 고 아저씨네 집에서 살았어요. 마음씨 좋으신 분들이고 경이 형이나 평이와도 사이가 좋았죠. 하지만 그렇게 살면 안 된다고 생각했어요. 고 아저씨는 먼 친척이라지만 이 좁은 곳에 친척 아닌 사람이 누가 있나요? 앞뒤로 사촌이고, 그 옆으로 팔촌이고, 그 너머에 사돈이고 다 그렇죠. 그리고 저는 이씨고 고 아저씨는 고씨잖아요. 어머니도 고씨가 아니니 벌써 남이나 같은데 언제까지 그곳에서 살 수도 없잖아요? 다행히 삼, 사 아저씨를 만나 일도 배우고 형이 보내온 돈도 좀 있으니 혼자 살 수 있게 되었죠. 그래도 아직은 많이 부족해서 마을 사람들에게 이것저것 도움을 받고 있어요. 우리 형이 그러는데 사람은 농사를 지어야 한대요. 저는 다른 걸 해도 된다고 생각하지만 그래도 자기 먹을 건 자기가 만드는 게 옳다고 생각해요. 그래서 땅이 있었으면 좋겠어요. 이 돈이면 땅을 살 수 있겠죠?"

이세명은 청하지도 않은 자신의 이야기를 풀어놓으며 다리를 죽 펴고 포만감을 즐겼다. 마을에는 자신의 처지를 모르는 사람이 없으니 이렇게 자신의 신세를 남에게 말하기는 이번이 처음이었다.

남에게 자기 얘기를 하는 것이 조금 어색하고 부끄럽기도 했지만 한림아의 어린 시절 이야기를 들어서였는지 얘기를 하는 데 거리낌이 들지 않았다.

'결코 바라는 것이 없음이 아니오, 욕심이 없는 것도 아니며, 다만 과욕을 부리지 않으니, 이는 스스로를 알고 중도를 행함이로구나.'

다 펴지지도 않는 왼쪽 발목을 주무르며 세명이 약함을 들어 보이자 호노는 거듭 감탄하며 고개를 끄덕였다.

"흠, 약간의 땅을 살 돈은 되겠지. 아마 충분할 게야. 하지만 그것은 이미 너에게 준 것이니, 그것 외에 더 바라는 것은 없느냐?"

이세명은 충분하다는 말에 동감하지 않았지만 호노의 물음에 잠시 더 생각한 후 다시 대답했다.

"저는 밥을 좀 덜 먹었으면 좋겠어요. 사 아저씨는 배에 거지가 들어서 그렇다는데 삼 아저씨 말로는 뱃속에 벌레가 살지도 모른대요. 저도 가끔은 뱃속에서 뭔가 꼼지락거리는 느낌이 들기도 해요."

기생충이란 좀 지저분한 것이라 입에 담기가 쉽지 않은데 세명이 우스갯소리하듯 쉽게 말하자 소명왕과 모두는 피식 웃고 말았다.

"내가 보기에 너는 한쪽 발이 불편한 듯한데, 혹 그것을 치료하고 싶지는 않느냐?"

"그러면야 좋겠지만 이건 고칠 수 없다던데요?"

호노의 제안에 세명이 시큰둥한 반응을 보였다. 호노는 아무 말 없이 세명의 왼손 완맥을 잡았다.

"고칠 수 없다면 뱃속의 벌레를 잡아주는 걸로 밥값을 대신하기로 하고 일단 맥이나 짚어 보자꾸나."

이세명은 호노가 편하게 맥을 짚어 보도록 자세를 조금 틀어줬다. 장삼을 통해 이미 여러 의원을 만나본 경험이 있는 세명으로선 별다른 거부감 없이 진맥에 응했다.

단번에 맥을 찾아 잡는 호노의 자연스런 모습에 이세명은 그저 '의원인가 보구나' 하고 생각할 뿐이었다.

호노는 약학(藥學)에 대해선 잘 몰라도 기혈을 다스리는 일은 의원보다 훨씬 뛰어났다. 지금도 한눈에 세명의 다리가 기혈이 뒤틀려 생긴 기형이란 것을 알아보고 고칠 수 있을지를 알아보고 있는 중이었다. 만약 고칠 수 없는 것이라면 세명의 소원대로 내기를 주입해 기생충을 잡아줄 수도 있었다.

호노가 맥을 짚고 한참이 지나도록 말이 없자 한림아는 다소 의아한 생각이 들었다. 진맥하는 시간이 길어질수록 호노의 눈에 의혹의 빛이 떠올랐기 때문이다.

"어디가 잘못됐습니까?"

한림아의 눈빛을 받은 호노는 세명을 바라보며 입을 열었다.

"조금 이상하군요. 아이야, 이제 네 몸을 자세히 살펴볼 테니 혹여 너무 아프거나 하면 말하거라."

말이 끝나기 무섭게 이세명은 손목이 시큰해지며 더운 기운이 팔을 타고 들어옴을 느꼈지만 아프거나 불쾌하지는 않았다. 이세명은 팔을 타고 들어온 기운이 온몸 구석구석을 헤집고 다니는 느낌에 신기해했다.

따뜻한 기운이 지나간 자리는 오히려 시원해지며 기분이 좋아졌다.

한동안 몸을 돌던 기운은 왼쪽 종아리 어림에서 막히며 뜨겁게 달아올랐다. 세명의 미간에 주름이 잡히자 호노는 내기를 돌려 상체로 향했다.

발목에서 기운이 사그라들며 왔던 길을 되돌아 허벅지와 척추를 타고 뒷목을 지나 머리로 올라가려 하자 이세명은 자신도 모르게 흠칫하며 잡힌 손을 움츠렸다. 이세명이 반응을 보이자 호노는 기운을 천천히 거둬들였다.

"어떻습니까?"

한림아의 물음에 호노가 세명의 손을 놓아주며 대답했다.

"처음에는 맥이 잘 잡히지 않아 세맥(細脈)인가 했는데 기식을 살피니 호흡이 느리고 맥이 완만하였습니다. 이는 평범치 않은 일이라 자세히 살폈습니다. 호흡이 길지만 맥이 평해서 한 호흡에 맥이 두 번 뛰니 이것은 지극히 정상입니다. 그러나 마르고 키가 작은 사람은 본시 맥이 부(浮)하고 단(短)한 법인데 이 아이의 맥은 침(沈)하고 장(長)하니 이것은 정상이 아닙니다. 경맥(經脈)을 살피니 경락이 대(大)하고 견(堅)한 것이 마치 강(江)과 같습니다."

설명을 듣고 난 이세명은 물론 한림아나 다른 사람들도 이것이 좋다는 것인지 나쁘다는 것인지 판단이 서지 않았다.

"음, 그럼 뱃속에 벌레가 정말 있는 것인가요?"

세명의 말에 이필립과 홍대아가 콧소리를 내며 실소했지만 호노는 고개를 저었다.

"아이야, 지금 너의 몸은 비록 허한 듯하나 근골이 튼튼하고 마디가 굵은 것이 많이 자랄 징조로구나. 이 겨울이 지나고 봄이 오는 사이에 너는 세 치가 클 것이고, 다시 여름이 가는 동안 세 치가 크고, 또 겨울이 오는 동안 세 치가 클 것이다. 그동안 계속 배가 고플 테니 많이 먹어두려무나. 모두 네 살과 뼈가 될 것이다."

"정말요? 와, 그럼 내년에는 지금보다 일 척은 크겠네요?"

세명이 좋아하며 말하자 호노가 고개를 끄덕이며 입을 열었다.

"하지만 문제가 좀 있구나. 너는 무공을 배운 적이 있느냐?"

"무공이요? 아니요."

세명의 대답에 호노는 눈을 조금 가늘게 하고 다그치듯 물었다.

"지금도 너는 무슨 호흡법을 행하고 있는데 그것은 무엇이냐?"

"호흡법이요? 숨을 쉬는 걸 말하는 건가요? 이것도 무공인가요? 이건 그냥 숨 쉬긴데……."

호노의 진지한 태도에 이세명은 습관적으로 호흡을 고르며 다음 말을 준비했다.

"무슨 문제가 있나요?"

이세명의 물음에 호노는 그렇다는 눈짓을 하고 한림아에게 고개를 돌려 설명을 시작했다.

"이 아이를 진맥해 보니 진기의 유통이 자유롭고 심맥(心脈)이 강화되어 있으니 이는 내공을 수련한 흔적입니다. 그러나 근간을 살피니 기해(氣海)는 비어 있고 족소경은 충만하며 머리에 기운이 뭉쳐 있으니 이는 흔치 않은 일입니다. 몸이 말랐는데도 얼굴이 통통하고 붉은 것이 그 증거지요. 기운이 충만해 얼굴이 붉게 물들고 풍치에서부터 외기를 막고 있으니 기틀을 완전히 갖추었다고 보여집니다. 이는 일상의 행보가 모두 심법의 영향을 받는 단계이니 가벼운 수준이 아니지요. 호흡 한 줌, 말 한마디가 모두 행공의 요결에 따르니 족히 십 년은 수련한 것 같습니다."

"언행이 일치되어 일상의 모든 것이 심법에 따른다 함은 천기종행(天氣從行)의 경지가 아닙니까?"

호노의 설명을 듣고 있던 이필립은 도저히 이해가 안 간다는 눈치였다.

"그렇다면 일 갑자의 내공인데 어찌 십년공부라 하십니까? 십 년의 내공 공부에 그 같은 경지를 이룰 수 있는 무공이 있단 말씀입니까? 본교의 옥불진(玉佛眞)도 그러하진 않다고 들었는데요?"

옥불진은 백련교 교주가 익히는 내공심법이었다. 이필립의 의문을 풀어주려는 듯 한림아가 입을 열었다.

"열심히 수련하면 반 갑자 정도는 되지."

십 년의 수련으로 반 갑자의 내공을 쌓는 비결은 세상에 오직 옥불진밖에 없었다. 뒤로 갈수록 연공이 어려워져서 일 갑자가 넘어서면 소림이나 무당의 신공들과 비슷한 진전을 보인다고 하지만 단기간에 가장 빠른 진전을 보이는 심법이었다. 옥불진이 이럴진대 십년공부에 일 갑자의 내공이라는 것은 금지된 마공(魔功)이 아니면 불가능한 것이다.

"아무래도 무상심법(無常心法)을 익힌 것 같습니다."

"무상심법!"

호노의 말에 모두들 놀라워하며 입을 다물지 못했다. 조용히 듣고만 있던 홍대아조차 경악에 찬 신음을 흘렸고, 정작 이야기의 당사자인 이세명만이 얼떨떨한 눈으로 사람들의 시선을 받고 있었다.

그러나 무공은 몰라도 내공이 어떤 것인지 정방과 장사에게 들어 익히 알고 있던 터라 이세명도 아주 놀라지 않은 것은 아니었다.

하늘을 가르고 땅을 찢는다는 무공의 요체가 모두 내공에 있다고 하지 않던가? 이세명은 자신에게 내공이 있다는 소리를 믿을 수 없었다.

"무상심법이 십 년의 경지에 이르면 기운이 일시에 백회를 찔러 죽거나 미치게 되는데 이 아이는 광명혈(光明穴)에 이상이 있어 조금 다르게 작용하는 것 같습니다."

호노의 설명에 한림아는 고개를 끄덕일 수밖에 없었다. 무상심법에 대해 호노보다 잘 아는 사람은 없었다. 한때 무상심법을 익혔던 호노의 진맥이니 호노가 그렇다면 그런 것이 분명했다.

"이런 궁벽한 곳에 무상심법이 남아 있다니 놀랍군요."

이필립이 새삼스러운 눈길로 세명을 바라보았다. 자세히 살피니 총기가 갈무리된 잔잔한 눈빛이 과연 예사롭지 않아 보였다.

"호노, 무상심법이 맞소? 무상심법의 폐해는 장 대협도 잘 알 텐데 익히도록 방치했다는 게 이해가 가지 않소."

"이미 행공이 이렇게 자연스러우니 몰랐을 수도 있고, 축기(築氣)만 해서는 여간해 부작용이 나타나지 않으니 그냥 둔 것일지도 모르지요."

아무래도 믿어지지 않는 듯 한림아가 되물어도 호노는 단호하게 대답했다.

"아이야, 너의 다리는 언제부터 그렇게 되었느냐?"

"삼 년 전부터요. 뱀에 물린 후로 점점 나빠져서 이렇게 되었어요."

이세명은 다리를 걷어 뱀에 물린 자리를 보여주었다. 발목 어림이 심하게 뒤틀려 안으로 말려들며 발끝이 휘어져 있었다. 종아리 아래로 흉터처럼 남아 있는 두 개의 파란 점을 보며 호노가 고개를 끄덕였다.

"아이야, 네가 어쩌다 무상심법을 익히게 되었는지 모르겠으나, 그

심법은 심신을 단련하고 건강을 지키는 데 아주 뛰어나면서도 매우 위험한 것이다. 내가 보니 너는 독사에게 물린 덕에 지금까지 큰 화를 모면할 수 있었구나. 네가 축기만을 하고 용기(用氣)하는 법을 모르는 듯하니 그 또한 화를 막아주고 있다. 하나 축기만으로도 나중에 큰 화를 당할 수 있으니 너는 당장 그 심법을 그만두어야 할 것이다. 그래서……."

호노의 차분한 음성은 마음을 가라앉히는 힘이 있고 듣기에도 좋았지만 이세명은 자신이 화를 당하게 된다고 하자 기분이 썩 좋지 않았다. 또한 평소에 키가 작아 아이 취급 당하는 것에 불만이 많았는데 호노가 계속 '아이야' 라고 부르는 것도 기분 나빴다.

"소개가 늦었네요. 저는 이세명이라고 해요."

호노의 말을 끊은 밑도 끝도 없는 이세명의 한마디에 모두들 어이가 없었지만 한림아는 이세명의 언짢아하는 기분을 알겠다는 듯 고개를 끄덕였다.

"그래, 본래 이 형이었군."

아이 취급 할 때는 기분이 나쁘더니, 한림아가 이 형이라 불러주니 이세명은 되려 어색해서 우습기까지 했다.

이세명이 자신을 아이라 부르는 게 기분 나쁘다는 투로 말하자 호노는 말투와 호칭을 바꿨다.

"그래서 소형제에게 한 가지 법문을 알려주려고 하네. 이것을 배우면 다리가 나을 뿐 아니라 나아가 대성한다면 불로장생할 수 있을 것이네. 배워보겠는가?"

호노는 세명이 긍정적인 대답을 할 것으로 예상했지만 이세명은 호노의 얼굴을 빤히 쳐다볼 뿐 대답이 없었다.

"이 호흡법은 오래전에 아버지한테 배운 것으로 항상 머리를 맑게 하고 법문과 함께하면 신선이 될 수 있다고 했어요. 이것이 그렇게 나쁜가요? 그리고 어릴 때 배워서 법문은 모르지만 이제는 잠잘 때도 이렇게 숨을 쉬는데 고칠 수 있나요? 형은 저보다 더 오래 했을 텐데 형은 어찌 되나요?"

세명이 눈을 동그랗게 뜨고 질문을 하자 호노는 고개를 끄덕였다.

"과연 그 호흡법은 선인들이 행하는 것으로 법문과 함께하면 신선경에 이를 수도 있는, 고금에 찾을 수 없는 훌륭한 것이다. 하지만 그 기운이 충만하고 법문의 뜻이 너무 높아 사람의 육체와 정신으로 감당하기 힘드니 일찍이 그 방법으로 수행했던 이들은 모두 미쳐서 죽고 말았다. 네가 법문을 잊었다 하나 네 일상의 모든 것이 이미 그 심법을 따를지니, 그 호흡법을 계속하면 결국은 해가 될 것이다. 그러니 이제라도 중단하고 그동안의 축기를 온몸으로 흩어내야 할 것이다. 행하기가 쉽지는 않겠으나 이전에 많은 사람들이 이것으로 목숨을 구했으니 너도 할 수 있을 것이다. 네 형의 경지를 알 수는 없으나 근래에 무상심법을 익힌 자가 나타났단 소식은 듣지 못했으니 아직 경지에 이르지는 않았을 것이다. 후에 네가 형을 만나거든 올바른 행법을 알려주어야 할 것이다."

호노의 말투는 다시 하대로 바뀌었지만 오히려 자연스러웠다. 호노의 대답을 들은 세명이 한림아를 쳐다보자 한림아는 고개를 끄덕였다.

"이 형은 잘 모르겠지만 이분은 강호에서 명망이 높고 무공의 고강함이 첫손에 꼽히는 분이시네."

한림아는 세명에게 믿음을 주기 위해 다소 과장해 말했지만 그게 통했는지 이세명은 한림아의 얘기를 듣고 마음을 정했다.

　호노에게 행법을 배우기로 결심한 이세명은 자리에서 일어나 호노에게 절을 하기 시작했다.

　"가르침을 받겠습니다. 제자 이세명이 사부님을 뵈옵니다."

　세명이 진지하게 말하고 기우뚱한 자세를 바로잡으며 절을 하고 머리를 땅에 닿도록 세 번 찧었다. 삼고구배(三顧九拜)의 시작을 알리는 첫 일 배였다.

　이 모습을 보는 호노는 복잡한 기분에 사로잡혔다. 평생토록 배우고 익히기에도 모자란다며 가르침에 소홀했는데, 이렇게 느닷없이 사부로 모시겠다며 절을 받게 된 것이다.

　이세명이 한 번의 절을 마치고 두 번째 절을 하려 할 때 호노가 손을 뻗어 세명의 어깨를 잡았다.

　"되었다. 이것은 네가 우리에게 베푼 따뜻한 마음에 대한 보답이니 존장에 대한 예우로 절은 한 번만 받겠다."

　이세명은 강호나 무림에 대해 잘 몰랐지만 가끔 정방과 장사에게 강호의 기인을 만나 고수가 된 사람들 얘기를 들었다. 그리고 그런 기인을 만난다면 절을 아홉 번 해서 반드시 사부로 모셔야 한다는 얘기도 들은 바 있었다.

　"배움이 있으면 사부로 모심이 마땅합니다."

　세명이 고개를 숙이고 다시 절을 하려 하자 호노는 세명을 잡고 있는 손에 조금 힘을 주어 못하게 막았다.

　"우리 교(敎)에는 가르침에 구애됨이 없고 선학과 후학이 있을 뿐 스승과 제자가 따로 없다. 그래도 정 네가 배움에 구애됨이 있다면 연후에 교에 찾아와 입교하면 될 것이다."

　"반드시 그렇게 하겠습니다."

이세명은 입교(入敎)라는 말에 거부감이 들었지만 이제 와 말을 바꿀 수도 없는 노릇이라 선뜻 그러겠다고 대답했다.

"우선 네가 익힌 무상심법의 연원에 대해 알려주겠다. 본 교의 전전대 교주님과 소림사의 행장 대사(行莊大師), 무당의 삼풍 진인(三豊眞人) 등이 합심하여 만들었으나 완성되기 전에 적도들에 의해 강호로 유출된 것이다. 그로 인해 많은 사람들이 죽고 다쳤으며 익힌 사람들은 폐인이 되었다. 그 화를 면하자면 무진무상심경(無盡無常心經)을 익히는 것이 가장 좋다고 하나 이는 실존 여부조차 확인되지 않았으니 불가능하다고 본다. 이제 네가 배우게 될 것은 무상심법의 근간이 된 본 교의 심법으로 수련하면 열네 개의 경락을 고루 발달시켜 무상심법의 폐해가 발생하지 않게 될 것이다. 자, 그럼 시작하겠다. 시간이 많지 않으니 눈과 귀를 열고 마음을 모아야 할 게야."

다행히 이세명은 무엇이든 보고 들은 것은 잊지 않을 자신이 있었다.

"미리 말해 두지만 이 법문은 특별한 내공이나 무공의 증진에 도움이 되는 것은 아니다. 그저 그릇된 방법으로 만들어진 내공을 흩어내고 호흡을 바로잡아 내공의 기초를 만들기 위한 것이다. 이를 통해 심신의 조화를 이루고 경락의 위치를 바로잡으면 필시 네 다리도 고칠 수 있을 것이다. 그럼 정좌하거라. 본시 가부좌를 해야 하겠지만 힘들다면 그저 편안히 앉아 허리를 바로 세우거라."

호노는 서두를 끝내고 본격적으로 가르치려는 듯 세명의 자세를 잡아주었다. 처음 하는 가부좌라 어색했지만 발목이 틀어져 있으니 힘들지 않게 가부좌를 하고 앉을 수 있었다.

"먼저 호흡법을 알려줄 테니 다소 어색하더라도 의식적으로 노력하고 밤낮으로 수련해 숨을 쉰다는 의식조차 잊어야 할 것이다. 바르게 앉아 어깨와 가슴이 움직이지 않도록 하고, 숨을 조금씩 깊이 마시되 공기는 폐를 거쳐 심장으로 들어가게 하고, 기운은 바로 배꼽 세 치 아래 단전까지 이르러야 한다. 들이쉬는 숨은 지금과 같이 하고, 멈추는 시간을 지금의 절반으로 줄이고, 내뱉는 숨은 멈추는 시간의 세 배로 늘리니 날숨의 길이가 들숨과 멈추는 시간의 합과 같게 해야 한다. 또한 심장에 이른 공기는 온몸으로 퍼지니 손끝과 발끝에 미치고, 단전에 이른 기운은 시내가 모여 대해를 이루듯 해야 한다."

호노의 설명은 자세했지만 알아듣기 쉬운 건 아니었다. 특히 호흡과 기를 나누어 생각하는 것은 백련교 전통의 수련법으로 상식이 있는 무인이라도 납득하기 어려운 점이 있었다. 그럼에도 불구하고 이세명은 호노의 말을 모두 이해할 수 있었다. 따로 수련을 하고 있지는 않았지만 평소의 호흡에서도 어쩐지 그렇게 행하고 있었던 것 같았기 때문이다. 다만 시간을 배분해 호흡하기가 쉽지 않았고, 기운을 단전까지 내려보내는 일도 어려웠다. 호흡과 분리된 기운은 가슴 어림까지 내려갔다가 자연스럽게 다시 올라왔기 때문에 기를 단전에 모으는 일은 생각처럼 되지 않았다.

단전에 기감을 느끼게 하는 일은 내공심법의 가장 기초적인 수련이었지만 이세명은 몇 번을 반복해도 기운이 뻗질 않았다.

"어렵지 않으나 쉽게 되지도 않을 것이다. 처음이 어려운 법이니 서두르지 말고 정신을 집중하거라."

호노는 자신이 그랬던 것처럼 세명도 어려움을 겪으리라는 걸 알고 있었다.

"사람은 누구나 숨을 쉰다. 어디 사람뿐이겠느냐? 네 발 달린 짐승도, 하늘을 나는 새도, 물속을 헤엄치는 물고기도, 땅속을 기어다니는 벌레조차 숨을 쉬고 산천의 초목도 공기를 마시고 내뿜는다. 사람도, 짐승도 숨 쉬기를 의식하지 않고 살아가며, 또한 그 안의 기운을 조절한다. 안정되고 편안할 때는 낮고 호흡을 고르게 하여 모으고, 위급하고 급박할 때는 깊고 빠르게 하여 순환하며 힘을 쓸 때에는 멈추어 발출하니, 이것은 누구에게 배우지 않았음에도 자연스럽게 기운을 운용하는 것이다. 이처럼 기의 운용은 쉬운 것이며 자연과 조화되어 자연스러운 중에 행하는 것이 가장 좋으니, 따로 그 방법을 논하지 않음이 옳다 하겠다. 하지만 네가 배운 호흡법은 들이쉬고 멈추기를 길게 하고 내쉬기를 짧게 하며 기운을 상단전에 모으니, 이는 인간이 태어나서 시작하는 본래의 호흡과 크게 다른 것이다. 무릇 모이면 무겁고 흩어지면 가벼운 것이 이치니 아무리 가벼운 한 줌의 기운이라도 이와 같아서 모이면 아래로 가게 되니 이는 물과 같은 것이다. 기운이 모이고 모여 단단해지고 커지기를 반복해 흘러넘치면 위로 올라 쌓이니 일찍이 도가에서는 이렇게 해서 머리까지 기운이 쌓이고 온몸을 가득 채우고 넘치면 천계가 열리고 선계에 들게 된다 하였다. 이를 빨리 하고자 하는 인간의 바람이 네가 배운 무상심법을 만들었으니 모래 위에 쌓은 누각과 다르지 않다.”

호노의 설명이 계속되는 중에도 이세명은 호흡에 신경 쓰며 치솟는 기운을 잡으려 애쓰고 있었다.

“네가 법문을 잊었다 하나 눈을 감고 선정에 들어 심안(心眼)을 이곳에 두니 이는 네가 잊었다는 법문의 묘리에 따른 것이다.”

호노가 눈을 감고 있는 세명의 눈앞에 손가락을 가져가자 이세명은 눈을 감고 있는 중에도 호노의 손가락을 느낄 수 있었다.

"눈을 뜨고 이곳을 보아라."

지시에 따라 눈을 뜨자 호노는 세명의 눈앞에 있던 손가락을 비스듬히 내려 정좌하고 앉은 무릎 근처에서 멈추었다.

"법당의 부처님처럼 눈은 뜨되 힘은 빼고 이곳을 보아라. 의식은 호흡에 모으고 기운은 단전에 모으며 시선은 항상 이곳에, 여기에 두어야 한다."

호노는 내렸던 손을 치우며 설명을 계속했다.

"손을 보는 것이 아니다. 손이 있던 공간을 보아라. 눈을 감고 인당에 의식을 놓으면 불성과 일체가 되어 번뇌를 잊게 되나 눈을 뜨고 마음을 아래에 두면 망상이 일어 번뇌가 성할 것이다. 사람의 마음은 이와 같이 약하고 시시때때로 흔들리는 것이 정상이나 너는 그동안 그것을 경험하지 못했을 것이다."

호노의 말처럼 이세명은 이런 저런 생각에 사로잡혀 숨결이 거칠어지고 있었다.

"호흡에 집중해라. 마음은 아래에 두고 정신은 호흡에 두는 것이다. 호흡에 집중하면 망상이 떨쳐지고 기운이 모여들 것이다. 기운이 모여 마음이 편해지고 호흡하는 의식을 잊게 될 날이 올 것이다."

이세명은 호노의 한마디 한마디를 모두 이해했지만 실행에 옮기기는 쉽지 않았다. 호흡에 정신을 집중하면 시선이 흩어지고 기운이 요동 쳤다. 시선을 고정하고 기운을 잡으려 하면 호흡이 이전처럼 되고 하여 여간 어려운 것이 아니었다. 거기에 순간순간 잡생각이 끼어드니 갑갑하고 좀이 쑤셔 가만히 앉아 있기도 쉽지 않았다.

'가만히 앉아서 숨 쉬는 것이 이렇게 힘들고 어려운 일이었다니…….'

세명이 곤란해하거나 말거나 상관없이 호노의 설명은 계속되었다.

"눈이 흔들리는구나. 공간을 보는 것이 어려우면 여기 일렁이는 불꽃을 보아라."

호노는 모닥불을 살짝 뒤집어 불꽃이 일어나게 만들었다.

"시선은 불꽃에 두지만 눈으로 보는 것이다. 눈은 보되 보는 것을 잊고 마음은 두어도 둔 것을 잊는 것이다."

호노의 설명에 따라 모닥불에 시선을 고정한 이세명은 한결 편안함을 느꼈다.

"십여 년을 넘게 해온 호흡법이니 고치기 쉽지 않을 것이다. 이제 네게 법문을 들려줄 테니 따라하거라."

호노가 천천히 법문을 읊기 시작했다.

"남녀불청불언어(男女不聽佛言語), 악병전신견염군(惡病纏身見閻君), 일수수화도병사(一愁水火刀兵死), 이수인간절연화(二愁人間絶緣火), 삼수질병온황사(三愁疾病瘟瘟死), 사수남녀불단원(四愁男女不團圓), 오수천하인민란(五愁天下人民亂), 육수유로무인행(六愁有路無人行), 칠수만산호랑주(七愁滿山虎狼走), 팔수주야불안녕(八愁晝夜不安寧), 구수편지호인희(九愁遍地好人希), 십수불견태평춘(十愁不見太平春)."

일정한 속도와 운율로 길게 늘어지는 법문이 모두 끝났을 때는 앞의 구절이 생각나지 않을 정도였다. 느리게 이어진 호노의 음성이 끝나자 세명의 목소리가 이어졌다.

"남녀불청불언어, 악병전신견염군, 일수수화도병사, 이수인간절연화, 삼수질병온황사, 사수남녀불단원, 오수천하인민란, 육수유로무인행, 칠수만산호랑주, 팔수주야불안녕, 구수편지호인회, 십수불견태평춘."

한 자도 틀리지 않고 정확히 따라 하자 한림아는 속으로 가볍게 감탄하며 조금 의아한 생각이 들었다.

'짧다고는 해도 팔십 자가 넘는 법문을 한 번 듣고 정확히 따라 하다니, 게다가 음률도 똑같지 않은가? 이 소형제는 실로 총명하구나. 하지만 호노는 어쩌자고 십자불계를 들려주며 심법의 법문이라 하는 것인가?'

홍대아와 이필립도 한림아와 같은 의문을 가졌는지 고개를 갸우뚱거렸다.

"이 법문은 실로 귀한 것이니 앉으나 서나, 먹거나 쉬거나, 잠을 잘 때에도 호흡과 병행해야 할 것이며 행할 때에는 항상 지금과 같은 속도로 암송해야 할 것이다. 지금처럼 소리를 내어 읊으면 좋으나 호흡이 어려우면 묵송하여도 될 것이다. 단, 속도는 지금과 같이 행해야 할 것이다."

호노의 말에 따라 이세명은 법문을 떠올리며 호흡을 시작했다. 그러자 신기하게도 숨 쉬기가 더욱 편해지며 마음도 가라앉았다. 이 모습을 보고 호노는 다시 설명을 이어갔다.

"무극(無極)이 태극(太極)이다. 태극(太極)이 동(動)하여 양(陽)을 생(生)하고 동(動)이 극(極)하면 정(靜)하나니, 정(靜)하여 음(陰)을 생(生)한다. 정(靜)이 극(極)하면 다시 동(動)한다. 한 번 동(動)하고 한 번 정(靜)함이 서로 그 뿌리가 되어 음(陰)으로 갈리고 양(陽)으로 갈리니 양의(兩儀)가 맞서게 된다. 양(陽)이 변(變)하고 음(陰)이 합(合)하여 수(水), 화(火), 목(木), 금(金), 토(土)를 생(生)하니 오기(五氣)가 순차(順次)로 퍼지며 사시(四時)가 돌아가게 된다. 오행(五行)은 하나의 음양(陰陽)이요, 음양(陰陽)은 하나의 태극(太極)이요, 태극(太極)은 본래 무극(無極)

이다. 오행(五行)의 생(生)함이 각각 그 성(性)을 하나씩 가지니 무극(無極)의 진(眞)과 이오(二五)의 정(精)이 묘합(妙合)하여 응결(凝結)된다. 건도(乾道)는 양(陽)이 되고 곤도(坤道)는 음(陰)이 되어 두 기(氣)가 서로 감(感)하여 만물(萬物)을 화생(化生)한다. 만물(萬物)이 생(生)하고 생(生)하여 변화(變化)는 다함이 없다."

이번 설명은 뜻이 깊어 쉽게 와 닿지 않았다. 또, 처음의 법문을 암송하며 들어서인지 잘 기억되지도 않았다. 세명이 어려워하는 눈빛을 하자 호노는 손을 들어 세명의 독송을 멈추도록 하고 다시 설명을 이어갔다.

"이는 세상 만물이 생하고 동하는 이치를 담은 법문으로 소싯적에 우연히 선인에게 얻은 것이다. 그 후로 나는 교에 투신해 교의 무공을 익혔지만 근자에 와서 생각해 보면 선인의 이치가 또한 교리에 어긋남이 없더구나. 너는 잘 외우고 있다가 처음의 법문 없이도 자연스럽게 호흡할 수 있는 날이 오거든 이 법문을 따라 수련하여라."

백련교의 무공은 교인이 아닌 자에게는 전수할 수 없게 되어 있고, 그나마도 신분에 따라 익힐 수 있는 무공 수위도 정해져 있었다. 또한 백련교의 무공을 알려준다 해도 지금의 세명에게는 자칫 해가 될 수 있었다. 무상심법으로 만들어진 상단의 기운을 흩어내지 않고는 어떠한 내공 수련도 위험할 뿐이었다. 이에 따라 호노는 백련교의 무공을 전하지 않고 자신이 알고 있는 상승의 무리(武理)만을 전하고 있는 것이다. 하지만 이것은 정말로 상승의 무리인지라 세명 같은 초보자에게는 일말의 도움도 되지 않는 것이었다. 그래도 호노는 세명에게 무언가 전해주고 싶은 마음이었다.

　호노는 반복적으로 두 번째 법문을 들려주었다. 두 번째 법문은 길고 어려운 말들로 되어 있었지만 잘 듣고 두세 번 따라 하자 정확히 암기할 수 있었다. 호노는 세명이 정확히 암기한 것을 확인하고 다시 처음의 법문을 암송하며 호흡에 집중하도록 했다.

　세상을 비추기엔 턱없이 모자란 하현달이 높은 구름에 가려 어슴푸레한 윤곽을 드러냈다. 그나마도 없는 것보다는 나았지만 물과 뭍의 경계는 여전히 불분명했고 물과 하늘의 경계도 뚜렷하지 않았다.
　소행촌 주변도 별반 다르지 않아서 간간이 민가의 등불이 보이기는 했지만 묘와산의 굴곡조차 확인할 길 없는 미약한 밝기였다. 이와는 대조적으로 강변의 행화주막은 군사들이 밝혀놓은 횃불로 주위를 환하게 비추고 있었다.
　“젠장, 눈물이 날 지경이군.”
　군선에서 장강을 살피던 종호에게는 행화주막의 이 밝은 불빛이 눈에 거슬렸다. 암조공(闇照功)이라는 야안공을 익힌 종호는 별빛 하나에 의지해 주위의 사물을 구별할 수 있었다. 암조공을 펼치더라도 대낮처럼 분명하고 명확하게 사물이 구별되지는 않았지만 멀리서 움직이는 물체의 크기와 형체를 분간하는 데는 어려움이 없었다. 그믐 밤에 폭우만 겹치지 않는다면 십 리 밖에서 날아가는 까마귀 정도는 확인할 수 있을 정도였다.
　“제길!”
　종호는 인상을 구기며 눈을 감고 옷소매로 눈물을 닦았다. 희미한 빛에 의존하는 암조공은 강한 빛에는 오히려 약점이 되어 낮에 펼쳤다가는 실명하는 수도 있었다. 그래서 지금처럼 주위에 횃불이라도 어른

거리면 쉽게 눈이 피로해지는 것이다.

잠시 눈을 감고 피로를 푼 종호는 다시 장강으로 시선을 옮겼다. 낮에 죽은 추전우를 생각하면 이 정도의 안통은 아무것도 아니었다. 추전우는 무공 입문과 군문(軍門) 투신까지 함께한 둘도 없는 친우였다. 난세를 평정해 영웅이 되자는 꿈을 안고 전장에서 함께 보낸 청춘. 종호는 문득 그와 지냈던 추억에 젖어 이름을 불러보았다.

"전우……."

복사꽃이 피던 연무장, 사매를 차지하기 위한 목검 대련, 엄하지만 다정했던 사부, 대사형과 결혼한 사매, 원군에 짓밟힌 사문, 산적 생활과 군문 투신, 사선을 넘나들던 무수한 전투…….

그리고 마지막으로 독사처럼 달려들던 영민학의 검에 외마디 비명과 함께 고통으로 일그러지던 추전우의 모습. 그 마지막 모습이 머리 속을 떠나지 않았다.

시체로 덮인 전장을 누비며 죽음에 무감해질 대로 무감해졌건만 종호는 추전우의 주검 앞에서 목 놓아 울었다. 노모가 죽었을 때도, 사랑했던 사매가 죽었을 때도 눈물 한 방울 흘리지 않았건만 이십 년을 함께한 친구의 죽음은 가슴을 쥐어뜯는 듯한 고통과 슬픔을 가져왔다.

"이놈들, 어서 나와라, 어서……."

종호는 다시 암조공을 전개했다. 어둠을 뚫고 강변의 윤곽이 잡히고 쉼없이 너울거리는 강물과 그 너머로 시야가 확장될수록 가까이 있는 불빛이 밝기를 더해가며 눈을 어지럽혔다.

"썅!"

자신이 펼칠 수 있는 최대한의 암조공을 펼치자 가까이 있는 불빛들이 눈을 찔렀다. 저절로 욕이 튀어나올 정도로 불빛은 눈을 피로하게 만들었지만 종호는 암조공의 수위를 낮추지 않았다.

하류를 주시하라는 요영충의 명령이 있었지만 종호는 상, 하류를 모두 감시했다. 추적의 기본도 모르는 상관의 말은 애초 귀에 들어오지도 않았다. 오직 추전우를 죽인 영민학과 백련교 고수들을 모두 도륙 내겠다는 일념으로 종호는 무리해서 암조공을 행했다.

그리고 마침내 하류 쪽으로 고개를 돌리던 종호는 무언가 움직이는 것을 발견하고 시선을 모았다.

"흐흐, 이제야 나왔느냐?"

작은 배 하나가 마을 밖 산자락에서 나와 강에 막 띄워지고 있었다. 강과 맞닿은 야산 어디서 배가 나왔는지 모르겠지만 일단 눈에 들어온 먹이를 놓칠 종호가 아니었다. 종호는 암조공을 풀고 이를 갈며 선교로 뛰어들어 갔다.

이필립은 고묘 입구로 나와 하늘을 살피고 있었다. 몸에 익은 시간 감각으로 암굴에 갇혀서도 열흘 정도는 반 시진 이내로 시간을 맞출 수 있으니 굳이 별자리를 살피지 않아도 대충의 시간을 짐작할 수 있었다.

그러나 정확한 시간을 알자면 낮에는 태양을, 밤에는 별을 보는 것이 가장 좋았다. 익숙한 지형 지물을 이용하면 달의 위치만으로도 일각의 오차도 없이 시간을 알 수 있었지만 지금은 기준 삼을 지물이 없었다.

별과 달을 모두 살피고 높이와 거리를 가늠해야 했다. 달빛도 희미한 중에 별을 살피는 일이 쉽지 않았지만 가끔씩 높은 구름 사이로 별 한두 개가 드러나기도 했다. 이필립은 한동안 하늘을 지켜본 끝에 대천성(大天星)의 위치를 확인하고 지체없이 고묘 안으로 몸을 돌렸다.

"시간이 되었습니다."

이필립이 시간이 되었음을 알렸다.

"배를 준비하겠습니다."

홍대아가 철퇴를 챙겨 들며 밖으로 나갔다.

"소형제, 미안하네만 양식을 좀 덜어가겠네."

이세명은 호노가 알려준 법문을 읊조리듯 입술을 달싹거리며 호흡에 집중한 모습이었다.

이필립은 세명의 대답을 기다리지 않고 건량을 챙기기 시작했다. 용도를 알 수 없는 넓은 천을 찾아내 바닥에 깔아놓고 말린 고기와 주먹밥이 섞이지 않도록 주의하며 둘둘 말아 보퉁이를 만들었다.

이세명은 이필립이 세간을 다 뒤지고 상당량의 건량을 챙기도록 아무런 말이 없었다.

절간의 불상인 양 가부좌를 틀고 앉아 있는 세명의 이런 태도는 지켜보는 호노와 소명왕을 크게 놀라게 만들었다. 호흡과 법문에 집중한 지 한 시진이 되어갈 무렵인 약 일각 전부터 이세명은 지금의 모습으로 고정되었다.

숨을 쉴 때마다 가볍게 들썩이던 어깨의 선이 정지하고 잔경련을 일으키며 깜박이던 눈꺼풀도 차분히 내려앉아 있었다. 비단 몸의 움직임만 사라진 것이 아니었다. 고묘 안 어디에도 세명의 기운은 남아 있지 않았다. 분명 눈앞에 있건만, 세명의 기운은 느껴지지 않았다.

이세명을 지켜보던 호노는 눈을 감고 오른손을 천천히 들어 올렸다.

소명왕은 호노가 이세명과 영감을 나누려 한다는 걸 알고 숨을 죽였다. 눈에 보이지는 않지만 호노의 손을 따라 한 가닥 기운이 흘러나왔고, 호흡을 따라 세명의 몸 안으로 들어갔다.

잠시 후 호노가 손을 거두고 눈을 떴다.

"제가 도와줄 것도 없이 이미 광명계로 들어섰습니다. 어쩌자고 이런 곳에서 십 년 만에 교수(敎首)가 나온 것일까요?"

호노의 탄식에 소명왕은 담담히 웃었다.

"하늘의 일을 어찌 알겠습니까? 그저 경사스러운 일이니 잠시나마 기뻐합시다."

세명이 읊조리고 있는 첫 번째 법문은 사실 무공 구결도 아니고 심법 요체도 아닌 백련교 경전 중의 한 구절이었다. 이것을 호흡의 길이에 맞춰 정확한 호흡을 할 수 있도록 적당한 길이의 법문을 암송케 한 것이었다.

호흡법 또한 가장 기초적인 토납법으로 단전에 기감을 느끼고 경락을 자극할 수 있는 일종의 도인술이었다. 가장 정통적이면서도 일반적인 호흡법을 통해 비정상적인 세명의 호흡을 바로잡기 위한 호노의 조치였다.

여기에 이세명의 호흡을 돕기 위해 알려준 선정법(禪定法)만이 백련교 전통에 의한 것으로 마음을 가라앉히고 교의(敎意)를 통각(通覺:백련교에서 득도나 대각의 의미로 사용되는 말)하게 하는 수련법이었다.

이 불을 보고 참선하는 것을 견화참정(見火參淨)이라 해서 백련교에서는 극히 중요시하고 있었다. 물론 이것도 무공과는 무관한 것으로 산란한 세명의 마음을 바로잡기 위한 방편으로 알려준 것이었다.

견화참정을 통해 선정에 드는 것을 '광명계에 든다', 또는 '광명계를 연다'라고 해서 백련교에서도 교수(教首:신자를 이끄는 백련교의 지도자)급 인물이어야 가능한 일이었다.

드물게 초교 입신한 자가 견화참정을 통해 교의를 깨닫고 교수가 되는 일은 있지만 비교도인 세명이 이러한 경지에 들었다는 것은 놀라운 일이었다.

"아쉽지만 일어나야지요. 이제 홍화(弘火)에 접했으니 이 아이와의 인연이 여기서 끝나지는 않을 겁니다."

호노가 차분히 말하며 자리에서 일어났다.

"형제, 교연이 닿았으니 필시 교수가 되겠지. 부디 고난에 처한 교를 일으키고, 대신녀를 도와 밝은 불씨를 세상에 널리 뿌려주게."

이세명이 외부의 어떠한 자극도 느낄 수 없다는 걸 알면서도 소명왕은 간곡한 투로 말하고 호노의 부축을 받으며 일어났다.

"가시지요."

이필립은 보퉁이를 왼쪽 어깨를 가로질러 검대를 통과하도록 해서 가슴 부근에 매듭 지어 단단히 묶고 앞장섰다.

이필립은 호노와 소명왕이 편히 지나갈 수 있도록 문의 거적을 젖혀 들고 있다가 모두 지나가자 내려놓았다. 그런 뒤 이필립은 한쪽 구석에 있는 돌멩이를 치우고 무언가를 집어 들었다.

이필립이 잡은 것은 귀뚜라미였다. 이 귀뚜라미는 일견 평범해 보이지만 보인충(報人蟲)이라고 불리는 귀한 것이었다. 보인충은 평소에는 울지 않다가 누군가 다가오면 우는 습성이 있었다. 일반 벌레들과 다른 이런 습성은 타고난 것이 아니라 훈련에 의해 습득된 것으로 중원에는 이 조련법을 아는 이가 없었다. 이필립도 우연히 원 황실에서 초빙한 서장의 라마승을 죽이고 이 한 마리의 보인충을 구할 수 있었다.

"수고했다. 이제 다시 들어가야지?"

이필립은 새끼손가락만한 죽통을 꺼내 귀뚜라미를 넣었다.

이필립이 고묘에 들어가기 전 보인충을 풀어둔 덕분에 장삼의 접근
도 쉽게 알 수 있었던 것이다. 이필립은 보인충을 넣은 죽통을 품에 갈
무리하고 서둘러 고묘를 나섰다.

"아이고, 저 커다란 놈이 어찌 저리도 빠르단 말이냐?"

장사는 멀리서 다가오는 군선을 보며 죽는소리를 했다.

"저놈 빠른 걸 이제야 아셨소? 새삼스럽게 왜 그러쇼?"

장사는 함께 노를 젓던 정방의 퉁명스런 말에 죽고 싶냐는 듯 눈을
부라렸다.

"저놈은 덩치가 커서 제 속도를 내기까지 시간이 걸린다고 했던 놈
이 누구냐?"

장사의 말에 정방은 입만 씰룩거릴 뿐 할 말이 없었다. 군선의 속도
는 여러 번 봐서 알고 있었지만 출발에서부터 가속을 붙이는 데는 적
어도 반각이 걸린다는 게 정방의 생각이었다. 해서 삼백 장 정도의 여
유를 두고 배를 띄운 것이데 군선은 출발하고 얼마 지나지 않아 이백
장까지 따라붙고 있었다. 이제 가속이 붙은 군선에 이런 소선의 속도
는 비할 바가 아니었다.

"에잇, 내가 잘못했으니 어서 노질이나 해요! 이러다 정말 잡히겠
소!"

장사는 당장이라도 정방의 머리를 한 대 갈겨주고 싶었지만 어쨌든
지금은 노질을 해야 했다. 그러나 군선의 속도는 점점 더 빨라지고 있

었다.

"안 되겠다. 여기서 배를 버리자."

쉴 새 없이 노를 저었지만 군선은 어느새 백오십 장 안으로 접근해 있었다. 이 속도로 가면 일각도 지나지 않아 따라잡힐 것이 뻔했다.

"아직 안 돼요. 저기 꼬리목을 돌아야 한단 말입니다!"

묘와산이 끝나는 곳, 강과 맞닿은 그곳을 소행촌 사람들은 꼬리목이라 불렀다. 묘와산의 꼬리 부분에 해당하는 그곳에서 장강은 급하게 꺾였는데 정방은 그곳에서 배를 버릴 계획이었다.

"이놈아, 군선이 뒤통수에 붙었는데 아직도 그 소리냐?"

장사는 배를 버리자고 하면서도 노 젓는 손에 힘을 배가시켰다. 애초에 삼백 장 밖에서 배를 띄울 때는 군선이 알아채지 못할 것을 걱정했는데 막상 배를 띄우기 무섭게 발각된 걸로 봐서 군선에는 이목이 밝은 자가 있는 게 틀림없었다. 강 둑을 따라 쫓아오는 군사들은 이제야 행화주막을 벗어나고 있으니 군선의 움직임은 대단히 빠른 것이었다.

"익! 이잇! 잇!"

빨라진 장사의 노질에 보조를 맞추는 정방의 입에서 신음처럼 잇소리가 새어 나오기 시작했다.

"젊은 놈이 낑낑거리기는……."

불화살이 연이어 쏘아져 올랐지만 시야를 밝히기엔 턱없이 모자랐다. 소선과의 거리도 상당해서 불화살의 밝기로는 열에 하나 정도가 어렴풋이 소선의 윤곽을 잠깐 동안 보여줄 뿐이었다.

"속도를 더 높일 수는 없겠습니까?"

　요영충의 물음에 배적이 고개를 저었다.

　"이 배는 지금 최고의 기동을 보여주고 있는 중이오. 일이 끝나면 격군장과 격군들에게 포상이라도 줘야 할 판이오."

　요영충이라고 어찌 배의 속도를 모르겠는가. 그저 손에 잡힐 듯하면서도 쉽게 잡히지 않는 소선을 보고 있자니 답답한 마음에 한마디 한 것뿐이었다.

　"강을 건너는 것이 아니라 강을 따라 내려가다니… 저 배는 아무래도 속임수 아니겠소?"

　배적의 의견에 요영충도 전적으로 동조의 뜻을 나타내며 입을 열었다.

　"어제부터 계속 위계만을 쓰는군요. 지겹지도 않은지……."

　요영충은 뻔히 속임수임을 알면서도 무시할 수 없는, 이 간단한 위계가 얼마나 대단한 것인지 뼈저리게 느끼고 있었다.

　"난창처럼 잡아서 확인하는 수밖에 없겠지요."

　이제 소선과의 거리는 백 장으로 좁혀져 있었다.

　"화전을 쏘아라!"

　배적의 명령에 따라 계속해서 불화살이 쏘아져 올라갔다. 이제 완만한 포물선을 그리며 앞으로 쏘아지는 불화살 끝에 소선의 윤곽이 확실하게 잡히고 있었다.

　소선과의 거리가 가까워지며 화전의 불빛이 소선을 비추는 시간이 길어질수록 요영충의 눈가에는 조금씩 힘이 들어갔다. 불빛에 비춰진 모습으로 볼 때 노를 젓는 사람은 둘이었다.

　소명왕은 부상이 심해 노를 저을 상태가 아니니 이 시간에 소명왕은 다른 곳으로 도주하고 있음이 분명했다.

소선에 타고 있는 자들의 신분도 모호했다. 청화단이나 십천왕들은 모두 청색 옷을 입고 있었는데 배를 모는 자들은 어둠과 구별되지 않는 것으로 보아 검은색 계열의 옷을 입고 있는 것 같았다.

주변의 백련교도들과 연락이 닿은 것인지, 아니면 다른 조력자가 있는 것인지……. 여러 생각들이 요영충의 눈살을 더욱 찌푸리게 만들었다.

"강노를 준비해라!"

배적의 명령이 떨어지기가 무섭게 몇 개의 강전이 발사되었다. 사정거리를 재는 것이다. 아무리 쇠줄로 발사되는 강전이라도 삼십 장 이내가 아니면 정확도와 살상력이 떨어진다. 어찌어찌 맞는다고 해도 관통시킬 수가 없었다.

"헉헉, 안 되겠소. 그만 내립시다."

정방이 거친 숨을 몰아쉬며 말하자 장사가 코웃음을 쳤다.

"이놈아, 저기 꼬리목까지는 가야… 어이쿠!"

장사 옆으로 강전이 떨어져 내렸다. 큰 위력은 없었지만 화살의 사정권에 든 것이다. 빠르게 다가오는 군선을 보며 장사는 마른침을 삼켰다.

"힘내라! 꼬리목을 돌아야 한다!"

장사는 정방을 재촉하며 노를 저었다. 이제 꼬리목과는 불과 십 장 남짓한 거리였지만 그사이에 군선이 따라올 것만 같았다. 마음 같아서는 당장이라도 배를 버리고 싶었다. 하지만 그랬다간 강 둑에 닿기 전에 발각될 게 뻔했다.

"젠장! 형님은 어디서 이런 일을 맡아와 가지고는!"

“헉헉헉……!”

장사의 투덜거림에 평소 같으면 한마디 쏘아붙였을 정방이지만 대꾸할 기운도 없는지 거친 호흡과 노질만 반복했다. 쉬지 않고 노질에 전념한 덕분에 소선은 꼬리목에 도달할 수 있었다.

그사이 군선도 무서운 기세로 거리를 좁혀왔다. 그리고 군선이 가까워질수록 날아드는 강전의 횟수와 위력이 배가되었다.

슈웅!

한 발의 강전이 위협적인 소리를 내며 장사의 귀밑을 스치고 지나갔다. 비록 거리가 있다고는 해도 길이가 짧고 검은빛을 내는 강전은 어둠에 묻혀 전혀 보이지 않았다. 환한 대낮에도 구분하기 어려운 강전을 어둠 속에서 피하기는 불가능했다.

팟! 파악!

몇 발의 강전이 소선에 날아와 박혔다. 외벽에 박힌 강전은 안쪽으로 촉을 내밀고 안쪽에 박힌 강전은 밖으로 촉을 내밀었다. 사람이 맞으면 관통은 못하더라도 뼈에 박혀들 정도는 되었다.

‘살상 거리!’

장사는 본능적으로 위기를 느꼈다.

“뛰어라!”

강물이 바위 절벽에 막혀 급히 허리를 트는 꼬리목을 돌지 않으면 군선의 이목이나 강전을 피할 수 없는데도 장사는 소선이 꼬리목에 이물을 내밀기 무섭게 강물로 뛰어들었다. 정방은 ‘아직’이라고 하려다 말고 장사의 뒤를 따라 강물로 뛰었고, 곧 이어 수많은 강전들이 날아들었다. 소선 주변으로 폭우 퍼붓는 소리를 내며 강전들이 쏟아지고 소선은 순식간에 고슴도치로 변했다.

　소선을 방패 삼아 배의 측면에 붙어 있던 정방은 빗나간 강전들이 강물을 찢으며 내는 소리에 등골이 오싹했다. 보이진 않았지만 물속에서도 위력을 잃지 않고 먹잇감을 찾아 전진하며 작은 소용돌이를 만드는 강전의 위력이 살갗을 통해 전해졌다.

　'조금만 늦었더라면…….'

　정방이 잠시 안도하고 있을 때 장사가 정방의 어깨를 두드렸다.

　'앞으로.'

　물속이라 말은 하지 않았지만 정방은 장사의 의도를 정확히 파악하고 고개를 끄덕였다.

　장사와 정방은 소선의 측면을 붙잡고 헤엄을 쳐 꼬리목을 돌았다. 군선에서는 쉼없이 강전과 화전을 쏘아 올렸지만 이미 꼬리목에 가려진 소선이 보일 리 없었다.

　무사히 꼬리목 뒤로 소선을 밀고 온 두 사람은 수면에 떠올라 참았던 숨을 내뱉었다. 그러나 아직 안심하기엔 일렀다. 두 사람은 말없이 눈빛을 교환하고 소선을 크게 흔들기 시작했다.

　"하나! 둘! 셋!"

　정방은 장사의 구령에 맞춰 소선을 흔들다가 강하게 내리눌러 배를 뒤집었다. 강전으로 구멍이 난 데다 미리 준비한 모래 가마니가 매달려 있어 소선은 쉽게 가라앉았다.

　두 사람은 배가 가라앉는 것을 보며 깊이 숨을 들이키고 다시 물속으로 들어갔다.

　소선이 가라앉은 자리는 한동안 파문이 일며 공기 방울이 올라왔지만 오래가지는 않았다.

눈앞에서 소선을 놓치고도 요영충은 그다지 어두운 눈빛이 아니었다. 오히려 그럴 줄 알았다는 듯 강변을 따라 쫓아온 위사들에게 수색을 맡기고 뱃머리를 돌리도록 명령했다. 하류 쪽으로 추격대를 유인했다면 소명왕은 상류 쪽으로 도망간다는 뜻이었다.

"멀지 않은 곳에 있을 테니 잘 찾아보시오."

요영충은 종호를 불러다 상류 쪽을 살피도록 했다. 종호의 요청으로 모든 불을 끈 상태였기 때문에 종호는 마음만 먹는다면 수평선처럼 아련히 보이는 건너편 강 둑까지 볼 수 있었다.

암조공을 펼치는 종호의 눈은 전체가 검은자위로 뒤덮이듯 동공이 확대되어 갔다.

"더 볼 것도 없군요. 십 리 밖에 편주가 있습니다. 벌써 강을 반이나 지났군요."

갑판의 불을 끄고 겨우 촌음의 시간이 지났을 뿐이지만 누구 하나 종호의 말을 의심하지 않았다.

"불을 켜지 말고 이대로 갑시다. 최대한 소리도 내지 말고."

배적은 요영충의 지시대로 명령을 내렸다. 적이 알아채고 물속으로 도망가면 이 넓은 장강에서 찾을 길이 없었다. 어제의 실패도 그렇거니와 좀 전에 놓친 소선을 봐도 알 수 있는 일이었다. 아무리 야안공에 능한 자라도 물속까지 볼 수는 없었다. 일단 적의 이목을 속이고 최대한 가까이 다가가서 도망갈 여유를 주지 말아야 했다.

"전군은 엄숙하라. 격군장은 군호로 북을 대신하라."

배적은 크지 않으면서도 모든 사람들이 들을 수 있도록 내력을 실어 명령했다. 배적의 명령이 전달되자 배는 소리없이 나아가기 시작했다.

"종 천호는 방향을 지시하게."

종호는 손가락으로 강의 우측 중심을 가리켰다. 불빛이 없으니 수신호도 할 수 없는 상황에서 소리도 크게 못 지르니 명령 전달에 다소 시간이 걸렸지만 군선은 무리없이 나아갔다.

"십 리라……. 이 속도면 강을 건너기 전에 잡을 수 있겠소?"

요영충의 물음에 배적은 고개를 끄덕였다.

"소선으로 강을 건너자면 반 시진은 걸릴 겁니다. 종 천호가 보기엔 어떤가?"

"소선은 상당히 빠릅니다. 강을 건너기 전에 잡을 수 있을지……."

"전속 전진! 소리가 나도 좋다! 속도를 높여라!"

종호의 우려에 배적은 요영충의 지시를 기다리지 않고 배의 속도를 높일 것을 명했다. 이에 대해 요영충은 아무런 제지도 하지 않았다.

잠시 후 커다란 노가 일제히 강물 때리는 소리를 내며 군선이 속도를 내기 시작했다.

요영충은 종호가 바라보는 방향을 응시했다. 아무리 안력을 돋우어도 강과 하늘조차 분간할 수 없는 어둠뿐이었지만 저 너머에 소명왕이 있을 것이 분명했다.

생전 처음 노를 잡아본다는 홍대아의 걱정대로 배는 거칠게 흔들렸다. 그러나 천생 신력에 내력까지 운용하여 노를 젓는지라 소선의 속도만은 대단해서 한 번의 노질에 일 장씩 앞으로 나가고 있었다.

"제 걱정은 안 하셔도 됩니다."

소명왕이 애써 미소를 지으며 말했지만 호노는 진작부터 소명왕이 흘리는 식은땀을 보고 있었다. 수면을 튕기듯 나아가는 진동에 상처

부위가 충격을 받은 것이다. 그렇다고 배를 천천히 몰 수도 없는 일이었다.

"아직 멀었나?"

호노가 이필립에게 물었다.

"거의 다 왔을 듯싶습니다만……."

이필립도 배의 속도와 지나온 시간을 얼추 계산했을 뿐 흐릿하게 보이는 강변까지의 정확한 거리는 잴 수 없었다.

"파도 소리가 들리는군요. 마치 바다에 나온 것 같습니다."

소명왕은 자신에게 집중된 호노의 관심을 돌려볼 요량으로 말을 붙여봤지만 호노의 시선은 소명왕에게서 떨어지지 않았다. 그러면서도 소명왕의 걱정을 덜어주기 위해 수긍하는 표정을 지었다.

"그렇군요. 이런 소리를 듣는 게 얼마 만인지… 맙소사!"

호노는 파도 소리에 귀를 기울이다 갑자기 놀라며 몸을 뒤로 돌렸다.

"무슨……?"

무슨 일이냐고 묻는 이필립을 제지하고 호노는 한 손을 귀로 가져가며 지나온 곳을 가리켰다. 호노의 손짓에 따라 이필립은 최대한 귀와 눈을 열고 집중했다. 그러자 호노가 놀란 이유를 알 수 있었다.

"이런! 대체 언제?"

어둠에 잠겨 정확히 볼 수는 없어도 무언가 주위의 어둠과 이질적인 것이 다가오며 소리를 내고 있었다. 소명왕이 파도 소리라고 말한 것은 분명 그것이 내는 소리였다.

"군선입니다! 거리는 이백 장 이내! 곧장 다가옵니다!"

이필립의 음성에 다급함이 묻어 나왔다. 설명을 듣는 소명왕의 안색도 굳어졌다.

"아직 뭍까지는 멀었는가?"

"대략 오십 장 정도 남았습니다."

이필립이 최대한 안력을 돋우며 말했다.

"늦어!"

호노의 다급한 외침에 홍대아는 노를 쥔 손에 힘을 주어봤지만 이미 최대의 속도를 내고 있었기에 더 이상 빨라질 여지가 없었다.

'지난밤처럼 누군가 소선을 움직여 가고 그사이 강 둑으로 헤엄쳐 간다면……'

호노는 짧은 순간 이런 생각을 하다가 고개를 저었다. 물속에 들어가기엔 지금 소명왕의 상태가 너무 좋지 않았다.

"호노, 아무래도 상황이 좋지 않습니다. 나를 두고 배를 떠나세요."

호노의 생각을 읽기라도 한 것처럼 소명왕이 말했다.

"그럴 수는 없습니다."

"시간이 없습니다. 이대로 가다간 모두 죽고 말아요."

슈우욱!

소명왕이 말하는 사이 화전이 밤하늘을 가르며 올라갔다. 화전은 정확히 소명왕이 탄 소선을 향하고 있었다.

슈욱! 슈욱!

화전이 계속 발사되었다. 그사이 군선은 더욱 가까이 다가왔다. 이제는 군선의 노가 강을 때리는 소리를 분명하게 들을 수 있었다. 파도치는 소리완 완연히 다른 소리였다.

종호가 지시한 방향으로 쏟아진 화전은 정확하게 소선의 위치를 알려주었다. 암흑 같은 어둠에 가려 있던 소선이 드러나자 위치를 놓칠세라 명령도 안 한 화전이 계속 발사되었다.

소선이라곤 믿어지지 않는 속도로 이동하고 있었지만 군선에 비할 바가 아니었다. 십여 개의 화전이 쏟아지는 사이 군선은 소선에 바짝 다가갔다.

"정선!"

배적의 우렁찬 명령에 따라 정선을 알리는 북소리가 울렸다. 소선과는 이제 삼십 장도 안 되는 거리였다.

"포문을 개방하라!"

요영충은 배적이 화포를 쓰겠다고 할 때 내키지 않았지만 허락할 수밖에 없었다. 소선의 속도가 만만치 않아서 만에 하나라도 강가에 닿기 전에 잡지 못한다면 또다시 놓칠 우려가 있었다. 또한 가까이 접근했다가 호노가 난입한다면 낭패를 볼 수도 있었다. 다시는 백련교 고수들의 위용을 몸으로 경험하고 싶지 않았다.

소명왕이 호노에게 내리라고 하는 중에도 소선은 빠르게 강변으로 나아갔고 군선은 그보다 더 빠르게 소선을 향해 다가왔다.

"호노, 이곳을 벗어날 방법은 이것뿐임을 아시지 않습니까?"

"그럼 제가 배를 몰겠습니다! 삼장, 오장은 폐하를 모셔라!"

호노는 홍대아에게 손을 내밀며 자리를 바꾸려 했지만 홍대아가 노를 내놓지 않았다.

"폐하를 모시는 일은 호법께서 하셔야지요. 배는 제가 맡겠습니다."

홍대아는 노질을 멈추지 않고 말했다. 호노는 미미하게 고개를 끄덕이고 소명왕을 향해 돌아섰다.

이제 거리낄 것이 없다는 듯 환하게 불을 밝힌 군선이 비스듬하게 멈춰 서며 자세를 바로잡고 있었다. 화전이 만든 약한 불빛을 받은 소명왕의 안색이 창백한 가운데 붉은 기운을 더해 더없이 초췌해 보였다.

"삼장은 나와 폐하를 보필한다!"

호노는 군선의 움직임이 멈추는 것을 보며 시간이 없음을 직감했다.

"폐하 조금만 견디시옵소서."

호노는 장포를 벗어 소명왕의 팔과 자신의 팔을 묶기 시작했다. 이제 화전의 도움 없이도 육안으로 강변이 확인되는 거리였다. 불과 십여 장. 노질 몇 번이면 도착할 거리였지만 당장 물로 뛰어들어야 했다.

쾅! 쾅!

화포 소리에 놀라 호노는 급히 소명왕을 끌어안고 몸을 날렸다. 이필립도 바로 뒤를 따랐다. 이필립의 몸이 채 수면에 잠기기도 전에 소선 주위로 물기둥이 치솟았다. 거리가 가깝다고는 해도 놀랍도록 정확한 포격이었다.

포격의 여파로 소선이 뒤집힐 듯 요동 치는 속에서도 홍대아는 노질을 멈추지 않았다. 하지만 단 한 발의 포탄도 소선 주변 일 장을 벗어나는 일이 없었고, 이십여 발의 포탄이 쏟아진 끝에 결국 소선은 두 동강이 나며 물기둥과 함께 솟아올랐다.

부서진 소선이 다시 조각나고 튀어오르길 반복하며 손바닥만한 나무토막으로 화할 때까지 포격은 계속되었다.

훗날 명사(明史)에는 지정 26년 '웅천부로 향하던 소명왕이 물에 빠져 죽었다' 는 짧은 공식 기록만이 남았다. 소명왕의 죽음을 둘러싸고 무수한 소문이 떠돌았지만 그 진위를 아는 자는 많지 않았다. 또한 다

음 해 제주와 정주, 박주에서 있었던 백련교도들의 민란은 기록에 남지
않았으며 소주에서 전개되던 장사성과 주원장, 두 오왕의 치열했던 마
지막 전쟁에 묻혀 소문조차 크게 나지 않았다.

第二章 옥불현신(玉佛現身)

장강 푸른 물결에 안개가 걷히면
노랫소리가 장강의 안개 사이로 울려 퍼졌다

장강 푸른 물결에 안개가 걷히면
장강 푸른 물결에 편주를 띄우고
장강 푸른 물결에 그물을 던지어
장강 푸른 물결에 얼굴을 비추고
장강 푸른 물결에 고기를 잡아서

노랫소리가 장강의 안개 사이로 울려 퍼졌다. 이미 해가 나고 한참 이 지난 후라 많이 옅어지긴 했지만 십 장 밖을 알아보기 힘든 건 매일반이었다. 노래는 가사없는 웅얼거림이나 콧노래로 바뀌기도 하면서 멈추지 않고 강의 적막함에 대적했다.

자세히 들으면 일정치 않은 음률과 변성기에 들어선 걸걸한 목소리가 결코 귀에 즐겁지 않은 편이었지만 강에는 누구 하나 욕할 사람도

없었고 정작 노래를 부르는 장본인은 자신의 즉흥 노래에 대만족이었
다.

　얼굴에는 아직 앳된 기운이 남아 있기는 하지만 검게 그을린 피부와
옷소매를 뚫고 나온 굵직한 팔뚝, 마디 굵은 손가락으로 봐서는 아이라
부르기 힘든 모습이었다. 이제 막 청년기에 들어선 듯한 사내의 입에
서 노래가 끊겼다.

　노래의 즉흥 가사가 떠오르지 않아 잠시 음률만 흥얼거리던 청년의
손에서 그물이 던져졌다. 기세 좋게 허공에 던져진 그물이 하늘을 덮
을 듯 넓게 펴졌다가 떨어져 내렸다.

　촤악!

　그물이 수면에 물방울을 만들며 가라앉자 잠시 멈췄던 청년의 노래
가 이어졌다.

　장강 푸른 물결에 포화가 울리면
　장강 푸른 물결에 노를 저어서
　장강 푸른 물결에 이 몸을 던질까.

노랫가락에 맞춰 그물을 당기는 청년의 팔뚝에 힘이 들어갔다.

　장강 푸른 물결에 그물을 거두면
　장강 푸른 물결에 고기도 많구나.
　장강 푸른 물결에 내 님을 보내고
　장강 푸른 물결에 머리를 풀어서

그물을 따라 올라오는 자잘한 물고기 속에 팔뚝만한 잉어 한 마리가 보였다. 커다란 잉어를 보고도 청년은 별반 흡족한 표정이 아니었다. 완전히 걷어 올린 그물 속에는 크고 작은 물고기들과 자라, 메기도 있었다. 청년은 그중 손가락만한 잔물고기들은 강에 놓아주고 큰 것들만 광주리에 담았다.

이미 여러 번 그물을 던진 듯 광주리는 물고기로 가득했지만 청년은 다시 그물을 던지기 위한 준비를 시작했다.

자리를 옮겨가며 몇 번의 투망을 반복하고서야 청년의 얼굴에 만족한 미소가 비쳤다. 어망을 거두고 콧노래를 흥얼거리며 노를 잡아가던 청년의 눈이 이채롭게 빛났다. 산자락의 굴곡을 따라 돌아드는 바람이 무언가에 부딪쳐 흔들리는 소리를 냈다. 안개에 가려진 시야 너머에 무언가 나타난 것이다.

"어이! 어이!"

노를 잡던 손을 멈추고 청년은 소리를 질렀다. 대답이 돌아오지 않자 청년은 다시 소리를 지르며 자신의 위치를 알렸다. 청년은 대답 대신 들려온 바람 소리에 급히 노를 저어 자리를 벗어났다.

스윽!

십 장 밖에서 나타난 흐릿한 배의 형상이 동북쪽으로 부는 바람을 타고 하류로 내려가고 있었다. 전체적으로 옆으로 넓게 퍼진 모양에서 한눈에 쌀을 나르는 미곡선임을 알 수 있었다.

"어이! 어이!"

대답없는 미곡선을 향해 청년이 일어나서 소리치자 상갑판에 나와 있던 수부 하나가 청년에게 고개를 돌렸다. 청년을 발견한 수부는 '저건 뭐야?' 하는 멀뚱한 표정으로 바라보고만 있었다.

파앗!

돛에 바람 부딪치는 소리가 분명하게 들릴 정도로 미곡선이 다가오자 청년은 다시 한 번 손을 흔들어보지만 미곡선에서는 여전히 반응이 없었다. 미곡선이 지나가며 생겨난 너울에 청년의 작은 배가 흔들렸다. 청년은 잠시 중심을 잃어 주저앉았다가 다시 일어서서 미곡선의 고물을 향해 주먹을 흔들며 소리쳤다.

"형씨들, 장강의 형제끼리 인사는 하고 다닙시다!"

대답없는 미곡선이 만든 너울이 지나가자 청년은 노를 저어 한곳으로 향했다.

안개에 가려 아무것도 보이지 않아도 강에서는 원하는 방향을 잡을 수 있었다. 물이 흐르는 쪽은 언제 하류이니 지남철의 도움 없이도 방향을 아는 것은 간단한 일이었다.

안개가 낮게 깔린 강과 달리 산을 끼고 모여 있는 강변 마을은 거짓말처럼 안개가 걷혀 태양이 비치고 있었다.

마을을 둘러싼 은행나무 때문에 소행촌이라 불리는 마을. 마치 은행나무 숲에 마을이 있는 것처럼 마을 전체가 노랗게 물들어가는 모습이 청년의 눈을 즐겁게 했다.

청년의 노질에 따라 소선은 마을의 유일한 선착장으로 향했다. 선착장에는 청년의 소선과 비슷한 크기의 작은 배들이 줄지어 매어 있었다.

"세명아, 많이 잡았냐?"

선착장에서 들려온 목소리에 세명의 고개가 돌아갔다. 둥그스름한 얼굴에 사람 좋은 웃음을 흘리고 있는 사내, 선착장을 관리하는 정재두였다.

"잉어 몇 마리 하고 메기, 자라도 있고 궐어(鱖魚:쏘가리)도 한 마리

잡았네요."

이세명이 줄을 던져 주자 재두가 받아 말뚝에 묶었다.

"계어를 잡아 다행이구나."

계어는 궐어의 다른 이름이었다.

"그러게요. 이런 촌에서 송서계어(松鼠桂漁)를 찾는 놈도 그렇지만 찾는다고 해주려는 아주머니도 참 대단하세요."

배가 선창에 안전하게 멈추자 이세명은 물고기 광주리를 들고 배에서 내렸다.

"주부(主簿) 어른 부탁도 부탁이지만 세 냥을 준다는데 뭘들 못하겠냐?"

"밥 한 끼에 세 냥이나 준다구요? 그런 장사 몇 번만 더 하면 부자 되겠어요."

이세명이 광주리를 어깨에 메고 걷자 재두가 광주리를 잡아챘다.

"이리 내라."

"괜찮아요. 놔두세요."

이세명이 재두의 손을 슬쩍 뿌리치고 앞서갔다. 강 둑을 올라가는 이세명의 몸이 왼쪽으로 조금씩 흔들렸지만 걸음은 제법 빨랐다.

"정말 많이 좋아졌는걸?"

재두가 중얼거리며 이세명의 뒤를 따랐다.

비록 조금씩 다리를 절고는 있어도 안정된 움직임이었다. 불과 일 년 전까지만 해도 심하게 다리를 절며 힘겹게 걸었는데 지금은 어디서도 그런 모습은 찾아볼 수 없었다.

거기에 뭘 먹었는지 키도 한 자나 커서 거의 재두의 키에 육박했다. 조금 말라 보이긴 했지만 마을 사람들의 표현처럼 '용 됐군'이란 말이 결코 과하지 않았다.

선착장 바로 위에는 행화주막이 있었다.

"아주머니, 저 왔습니다!"

세명이 행화주막으로 들어서며 주인 임씨를 찾았다. 십여 개의 탁자
가 널찍하게 퍼져 있는 식당 어디에도 사람의 모습은 보이지 않았다.
특별한 일이 없으면 진시 초반은 손님이 없는 시간이었다.

"아주머니!"

주방 쪽을 향해 임씨를 불러보았지만 역시 아무 대답도 없었다.

"아침 장사 끝내고 장에 가셨다."

뒤따라온 재두가 들어서며 세명의 어깨를 잡았다.

"사흘 만에 장에 가시다니 별일이네?"

"다 그 송서계어 때문이 아니겠냐?"

이세명은 임씨가 없다는 말에 기분이 좋아졌다.

"그럼 셈은 형이 하는 거요?"

이세명의 얼굴에 은근히 미소가 어렸다.

"아니다. 놓고 가면 다음에 준다고 하더구나."

"쳇, 괜히 좋아했잖아? 거기다 외상이라고?"

같은 물건을 놓고도 임씨보다는 정재두가 항상 좋은 가격을 쳐주었
기에 하는 말이었다.

"가격은 내가 쳐줄 테니 염려 말고 물건이나 놓고 가거라. 돈은 어
머니 오시면 받아가고."

"와, 이게 웬 횡재야!"

이세명이 광주리를 바닥에 놓자 정재두가 계산대 옆에 있던 항아리
를 열었다.

"어디 보자. 계어가 제법 크구나. 육십 문이면 되겠느냐?"

육십 문이면 평소의 다섯 배가 넘는 가격이었다. 재두의 가격 책정에 이세명은 눈을 동그랗게 떴다가 고개를 끄덕였다.

"되고말고요."

이세명은 재두의 맘이 변할세라 광주리에서 계어를 꺼내 항아리에 넣고 일어섰다.

"자라와 메기, 잉어 세 마리도 놓고 가야지."

"쳇, 그럼 그렇지. 난 또 계어 한 마리에 육십 문이나 준다는 줄 알았지."

이세명은 혀를 차며 광주리를 비웠지만 투덜거리는 말과 달리 얼굴은 여전히 웃고 있었다. 모두 준다고 해도 육십 문이면 평소보다 후한 가격이었던 것이다.

광주리를 통째로 비우자 재두가 웃으며 잉어 한 마리를 꺼내 광주리에 다시 담았다.

"가서 어르신들 탕이나 끓여 드려라."

재두가 잉어 한 마리를 돌려주자 이세명은 더욱 기분이 좋았다.

"고마워요."

셈을 마친 이세명은 행화주막을 나와 빠르게 걷기 시작했다. 일찍부터 서둘렀지만 계어를 잡는 데 예상보다 많은 시간을 보내고 말았던 것이다.

"늦었는걸?"

이세명은 급한 마음에 걸음을 조금씩 빨리하다 급기야 뛰기 시작했다. 속도가 빨라짐에 따라 몸의 흔들림도 많아지고 시야가 불분명했지만 전혀 불편하지 않았다.

얼굴에 부딪치는 바람에 머리카락이 흩날리는 것과 몸이 더워지며 땀이 나는 것이 좋았다. 왼발을 디딜 때마다 발바닥에 체중이 실리는 어색한 느낌도 나쁘지 않았다.

서너 달 전까지만 해도 달린다는 것은 상상도 할 수 없는 일이었다. 이렇게 달릴 수 있게 된 건 불과 한 달 전. 새로운 호흡법을 시작하고 여덟 달이 지나면서부터였다.

"안녕하세요?"

"조심해 달려라!"

마을 사람 몇을 지나치며 인사하는 중에도 세명의 발은 멈추지 않았다. 마을 사람들도 세명의 달리는 모습을 이미 몇 차례나 보았기에 별로 놀라지 않았다.

한참을 달려서 수상반에 도착한 이세명은 숨을 고르고 땀을 닦았다.

수상반의 마당에는 십여 명이 탈 수 있는 제법 커다란 배가 완성되어 가고 있었고, 인부들이 배의 안팎에서 각자의 작업에 열중하고 있었다.

이세명이 마당에 들어서자 역청을 바르던 인부 하나가 세명을 발견했다.

"이제 오느냐?"

"곽 아저씨, 안녕하세요? 공 아저씨, 안녕하세요?"

이세명은 마당에서 일하던 사람들에게 차례로 인사를 하며 작업장으로 갔다.

문이 활짝 열린 작업장에는 두 명의 인부가 목재를 다듬고 있었다.

"반 아저씨, 포 아저씨, 안녕하세요?"

"늦었구나."

포 아저씨라 불린 중년인이 가볍게 고개를 끄덕이자 반 아저씨라 불린 사내도 대패질을 멈추고 세명에게 인사를 건넸다.

"네, 재두 형이 궐어를 잡아달라고 해서요. 그런데 사형들이 안 보이네요? 아저씨들도 안 계시고……."

"경이는 일찍 와서 사 어르신과 나갔다. 정방은 아직 안 왔고, 삼 어르신은 안채에서 손님을 맞고 있구나."

최근 들어 장사와 고경의 외출이 잦았다. 한창 바쁠 때 없어져서 장삼이 대노하는 일까지 있었다. 그 사건 이후로 외출 빈도가 좀 줄었다가 요 며칠간 일거리가 줄자 둘은 매일 밖으로 나갔다.

세명이 호기심에 같이 가려고도 해봤지만 두 사람은 장삼이 화낼 거라며 껴주지 않았고, 고경에게 따로 물어봐도 웃기만 할 뿐이었다. 말은 하지 않았지만 세명도 짐작 가는 바가 있었기에 더 이상 신경 쓰지 않았다.

안채라고 해야 작업장에서 삼 장 정도 떨어진 곳에 있는 방 두 칸짜리 초옥이 전부였다. 잘 다듬어진 마당이 딸린 장삼, 장사 형제의 생활 공간이었다.

작업장을 나온 이세명은 안채에서 느껴지는 이상한 기운에 고개를 갸웃거렸다. 묘와산을 등지고 왼쪽으로 강이 내려다보이는 아담한 초옥이 평소와 다르게 어색하게 느껴진 것이다.

이세명은 처음 가보는 곳에 와 있는 듯한 생소함에 주춤거리며 조심스럽게 안채를 향해 발길을 옮겼다.

한 걸음, 두 걸음…….

초옥에 다가가던 이세명은 드디어 평소와 다른 점을 발견하고 잠시 걸음을 멈췄다. 초옥 앞에는 처음 보는 사람이 강을 바라보며 뒷짐을

지고 서 있었다.

　불타는 듯한 붉은 옷에 붉은 건(巾)을 쓰고 있는, 어디서든 눈에 띌 것 같은 중년인이었다. 눈에 띄는 복장에도 불구하고 마치 초옥이나 마당의 일부인 듯 서 있었다.

　그 독특한 차림새에도 불구하고 거부감없는 중년인의 특이한 풍채에 이세명은 오히려 자신이 이곳에 어울리지 않는 존재처럼 느껴지기까지 했다.

　이세명은 초옥으로 다가가며 중년인을 자세히 살폈다.

　가슴까지 오는 검은 수염 사이로 언뜻언뜻 하얀 수염이 섞여 있고 붉은색 사방평정건 아래로 보이는 귓가의 머리도 흑백을 가리기 힘들었다. 일견 실제 나이를 짐작하기 어려웠기에 이세명은 대충 그의 나이를 사오십 대의 중년으로 짐작했다.

　또한 붉은 포의 위에 붉은 전포를 덧입고 붉은 건에 붉은 화자(靴子:가죽 장화)를 신고 있었는데, 이는 모두 한족의 전통 복식이면서도 예법에 맞지 않는 구색이었다. 그렇지만 이런 사실을 모르는 세명의 눈에는 그저 멋들어지게 보일 뿐이었다.

　"음."

　이세명은 일부러 인기척을 내며 다가갔지만 중년인은 강에서 시선을 떼지 않았다. 이세명은 못 들었는가 싶어 조금 더 가까이 다가가 허리를 숙였다.

　"어르신, 안녕하세요?"

　이번에는 들었는지 중년인의 어깨가 돌려졌다. 중년인은 강물을 향하던 눈길 그대로 이세명을 바라보며 미미하게 고개를 끄덕였다.

　이세명은 무언가 대답을 기다렸지만 중년인은 아무 말 없이 이세명을 바라보고만 있었다. 잔잔하고 깊은 중년인의 눈길에서는 아무런 감정 변화도 느껴지지 않았지만 이세명은 어쩐지 '너는 누구냐?' 라고 묻고 있다고 생각했다.

"저는 이곳에서 일하는 견습공인데요……."

이세명은 자신을 소개하며 한두 마디 붙여볼까 하다가 관두었다. 말을 해야 할 것 같기는 했지만 장삼을 찾는 내방객이라면 십중팔구 배를 주문하러 왔을 터이니 그럴 필요가 없었다. 게다가 밖에 있는 걸 보면 안에서 장삼을 만나고 있을 누군가의 하인—그렇게 생기지는 않았지만—비슷한 사람이 아니겠는가.

이세명은 하던 말을 얼버무리며 다시 한 번 허리를 살짝 굽실거리고는 초옥으로 몸을 돌렸다. 찜을 하든 탕을 하든 잉어는 싱싱할 때 요리해야 맛있다.

이세명이 부엌 쪽으로 막 한 발을 옮기려 할 때였다.

중년인이 팔을 뻗어 세명의 앞길을 제지했다. 이세명은 갑자기 나타난 팔에 놀라 중년인에게 고개를 돌렸다.

중년인은 예의 무심하고 잔잔한 눈빛으로 세명을 보며 고개를 흔들었다. 아무런 설명도 없지만—들어가지 못한다—는 단순하고도 분명한 의사 표현이었다. 이세명은 고개를 끄덕이며 한 발 물러났다.

'말로 하자구요.'

이세명은 속으로 중얼거리며 초옥을 살폈다. 배의 수주와 관계된 일이라면 길어야 일각 안에 모든 얘기가 끝날 것이니 기분 나빠도 조금만 참으면 그만이었다. 짧은 시간 이세명은 중년인과 안에 있는 사람에 대해 상상해 봤다.

인근에 이렇듯 대단해 보이는 하인을 부리는 세도가는 없으니 멀리서 온 사람들이 분명했다. 어쩌면 배를 주문하러 온 게 아닐지도 모른다는 생각이 들었다.

장삼이 과거에 알고 지내던 장강의 호걸들―수적이라고 해야 맞겠지만―이나 은원을 청산하러 온 강호의 고수일지도 몰랐다. 장삼의 과거에 대해 몰랐다면 모를까 지난겨울에 있었던 사건으로 고경에게 들은 바가 있는 이세명은 이런 저런 상상을 하며 시간을 보냈다.

과연 이세명의 예상은 빗나가지 않아서 잠시 후 방문이 열리며 의외의 사람이 나왔다.

장삼에 앞서 나온 하얀 면복을 입은 이십 대 중반의 여자를 보며 이세명은 잠시 넋을 잃고 말았다. 입고 있는 소복보다 더 하얀 피부, 선명한 눈썹과 큰 눈, 묶지 않아 길게 늘어진 머리에 이마를 가리고 있는 붉은 띠…….

이제까지 살면서 이보다 더 아름다운 여인은 본 적이 없었지만 이세명을 얼어붙게 한 건 그녀의 눈이었다.

깊이를 알 수 없는 검은 눈동자가 스치는 순간 이세명은 심장이 멎는 것 같은 충격을 받았다.

"마침 잘 왔구나. 저 아이가 그 아이입니다."

장삼의 목소리에 이세명은 정신을 차리고 허리를 숙여 인사했다.

여인의 눈이 다시 이세명에게 향하자 이세명은 감히 마주 보지 못하고 눈을 내리깔았다.

"소협이 교주님의 존체를 수습했다지요?"

'교주님' 이라는 말에 이세명은 깜짝 놀라며 고개를 끄덕였다.

"예……."

이세명이 알기에 '교주님' 이라는 말을 쓰는 사람은 오직 한 부류밖에 없었다.

"세명아, 이분들을 모시고 범바위에 다녀오너라."

이세명은 두말없이 고개를 끄덕이고 주방으로 들어가 잉어가 든 광주리를 내려놓고 나왔다.

"가시지요."

이세명이 앞장서자 여인과 중년인이 뒤를 따랐다. 장삼은 안채를 벗어나 수상반 입구까지 따라 나왔다.

"그럼 멀리 가지 않겠습니다."

"호의에 감사드립니다."

배웅을 받고 돌아서는 여인의 뒷모습을 보며 장삼의 눈빛에 불안한 기색이 떠올랐다. 저만치 가는 이세명의 모습이 사라질 때까지 장삼의 근심 어린 표정은 계속되었다.

범바위는 소행촌의 강 건너편에 있는 바위였다.

범바위라는 이름만 놓고 봐서는 호랑이를 닮았겠거니 하고 생각하기 쉽지만 이 바위가 그렇게 불리게 된 데에는 사연이 있었다.

소행촌 맞은편에 있는 화현 홍림포구에서 십여 리 정도 떨어진 강변에 있는 이 바위는 어느 쪽에서 봐도 호랑이를 닮은 구석이라곤 눈곱만큼도 없었다. 호랑이는커녕 어떤 동물과도 비슷하지 않았고, 그저 인근에서 보기 힘든 커다란 돌덩이에 불과했다.

그럼에도 불구하고 이 바위가 범바위로 불리는 까닭은 이 주변 지역이 주기적으로 홍수 피해를 입기 때문이었다. 홍림포구 주변 마을들은 제방과 묘와산의 보호를 받는 소행촌과 달리 강변 저지대의 숙명인 상습 침수 피해에 시달리는 곳이 많았다.

많은 비가 오면 어느 정도 대비하고 피난할 수 있겠지만 대단치 않은 비나 맑은 날씨에도 상류 지역에 내린 큰비로 인해 피난도 못 가고 화를 당하는 일까지 있었다.

그러던 어느 해, 유난히 큰 홍수가 지나간 벌판에 커다란 바위가 튀어나와 있었다. 이 바위는 물살에 떠내려왔다고 보기에도, 흙이 쓸려간 땅속에서 도드라졌다고 보기에도 너무 컸다.

이를 두고 상서롭다며 평소 묘와산 정기에 눌려 범람이 잦다고 생각하던 사람들은 이 바위를 소행촌과 마주한 강변으로 옮겨놓고 범바위라 불렀다.

묘와산의 기세를 꺾어 홍수 피해를 덜어보자는 염원이었지만 이후에도 해마다 침수는 계속되었다. 하지만 이전처럼 큰 홍수는 없었기에 사람들은 이를 모두 범바위 덕이라 여겼다.

이세명은 뒤따르는 두 사람에게 신경 쓰지 않으려 애썼지만 주의가 자꾸 뒤로 집중되고 있었다. 이들이 백련교에서 나왔다는 것만으로도 무척 신경이 쓰였다.

정식으로 입교하지는 않았지만 호노에게 백련교에 들겠다고 약속한 일이 있다 보니 관심이 가는 것을 어쩔 수 없었다.

뒤로 정신을 집중하며 강 둑길을 걷던 이세명은 문득 지금 가고 있는 길이 낯설게 느껴졌다. 하루에 두 번씩 지나가는 길이고, 좀 전에 지나갔던 길인데도 불구하고 처음 와본 곳인 듯 생경한 기분이 들었다.

조약돌 밟히는 소리, 얼굴을 스치는 바람, 숨 쉬는 공기와 같이 평소라면 무감히 지나치던 사소한 것들이 민감한 자극을 주며 신경을 긁고 있었다.

'이건……'

이세명은 조금 전 수상반에서 이런 느낌 받았던 것을 기억하고 급히 고개를 돌려 뒤를 보았다. 한 걸음 뒤에서 오던 소복여인은 강을 보며 걷다가 하마터면 이세명과 부딪칠 뻔했다.

"왜 그러지요?"

세명은 여인의 물음을 무시하며 여인 뒤에 있는 홍의중년인을 뚫어지게 응시했다. 중년인은 예의 무심한 눈길로 세명을 마주 보았다.

이세명을 올려다보던 여인의 시선이 중년인을 향하자 중년인의 눈가에 희미한 주름이 잡혔다. '웃는 것인가?' 하는 순간 눈가에 잡혔던 주름은 사라지고 무표정한 얼굴로 돌아온 중년인은 손을 빠르게 움직여 수신호를 만들어냈다.

'벙어리?'

중년인이 벙어리임을 알게 되자 수상반에서 대답하지 않는다고 속으로 욕했던 게 너무 미안했다.

한마디라도 알아들을까 싶어 수화를 지켜봤지만 이세명의 눈에는 의미없는 손동작의 연결로만 보였다. 그러나 이것은 형식과 체계를 갖춘 고급 수화로 일상사는 물론 시와 문장까지도 표현할 수 있었다.

여인은 중년인의 수화가 끝나기를 기다렸다가 이세명에게 말했다.

"같이 걷기 거북하면 앞서가세요. 삼 장 정도 떨어져서 가면 될 거예요."

중년인의 수화를 통역한 것인지, 중년인의 수화를 보고 자신의 의견을 말하는 것인지는 알 수 없었지만 이세명은 대답없이 고개를 끄덕이고 빠른 걸음으로 앞서 나갔다.

여인의 말대로 삼 장 정도 떨어지자 온몸을 휘감던 쭈뼛거리는 기운이 사라지고 예민해진 감각도 원래대로 돌아왔다. 평화롭고 정겨워서 권태롭기까지한 것들.

주변을 감싸며 낯설게 느껴지던 모든 것들이 익숙하게 다가왔다. 이세명은 발에 힘을 주어 땅바닥을 밟아보았지만 자갈 밟히는 소리 따위는 들리지 않았다.

'후~ 대체 이게 어떻게 된 일이야?

이세명은 한숨을 내쉬며 뒤에 있는 중년인을 보았다. 붉은 옷 이외에는 이상한 점이 없었다. 오히려 하얀 옷을 입은 여인이 더 눈에 띄었다.

삼 장이나 떨어진 거리였는데도 여인의 검은 눈동자가 선명하게 보였다.

'헉!'

여인의 눈과 마주친 순간 이세명은 심장에 찌릿한 통증을 느끼며 급히 고개를 돌렸다.

이세명은 중년인의 주변에서 느껴지는 이질감이나 여인을 바라볼 때마다 느껴지는 충격에 대해 이해할 수 없었다. 하지만 결코 좋은 징조는 아닐 거란 생각이 들었다. 이세명은 한 손으로 가슴을 잡고 걷기 시작했다.

행화주막에 도착했을 때 식당에는 두 사람의 손님이 있었는데 정재두의 모습은 보이지 않았다.

손님들은 마을 사람들로 세명도 익히 아는 사람들이었다. 이세명은 앉아 있는 이들에게 인사를 하고 주방으로 향했다. 주인 임씨는 아직

오지 않았고 재두 혼자 점심 장사를 준비하느라 부산한 모습이었다.

"어쩐 일이냐, 이 시간에?"

재두는 솥뚜껑을 열고 국자로 국물을 퍼서 맛 보며 인상을 썼다.

"강 건너게 배 좀 내줘요."

"내가 선주냐?"

재두는 세명에게 국자를 내밀었다. 이세명은 국물을 불어가며 살짝 입을 대고 맛 보았다.

"간이 좀 세지?"

"아뇨,. 국수 국물은 이 정도가 좋아요. 거기에 파 좀 넣고 국수 풀면 맛있을 걸요? 아주머니는 재료를 너무 아껴서 좀처럼 이런 맛이 안 나죠."

"그래? 곧 오실 텐데 재료 낭비했다고 한소리 듣지 않으려면 물 좀 타야겠군."

재두는 솥에 물 몇 국자를 넣고 뚜껑을 닫았다. 주방 문을 반쯤 열고 서 있는 세명의 뒤로 행화주막의 입구가 보였다. 재두가 막 행화주막에 들어서는 그림자를 발견하고 나가려는데 세명이 비켜주지 않았다.

"배 좀 내줘요."

주막에 들어선 남녀는 탁자에 앉지 않고 세명을 보며 서 있었다.

"네 손님이야? 강을 건너려면 우씨한테 부탁해야지. 우씨가 없다면 모를까 남의 영업에 지장을 줘서야 되겠냐?"

우씨는 식당에 앉아 있는 사람 중의 하나였다. 배를 가진 마을 사람 중 하나였고 농업을 주업으로 하고 어업을 부업으로 하는 대다수의 소행 촌민들과 달리 어업을 주업으로, 여객 운송을 부업으로 하는 유일한 사람이었다.

"삼 아저씨 손님이에요. 직접 안내해야 할 곳이 있어서……."

"강 건너에 안내할 곳이 있다고? 어쨌든 우씨가 좋아하지는 않겠지만 삼 어르신 손님이라면 별 말이야 못하겠지. 아침에 탔던 이씨 배를 써라."

"고마워요."

"놈, 새삼스럽게 고맙기는."

세명이 주방 문에서 물러나자 역시나 우씨가 세명을 노려보고 있었다. 재두와의 대화를 다 듣고 있었음이 분명했다. 이세명은 못마땅한 표정을 짓고 있는 우씨에게 해명하려 다가갔지만 우씨가 손을 내저었다.

"됐다, 얘기 다 들었다. 삼 어르신 손님이라면 내가 돈 받을까 싶어서 네게 물질을 맡겼다니, 다만 섭섭할 뿐이다."

소행촌뿐 아니라 인근의 거의 모든 배들이 수상반에서 만들어졌다. 그렇지 않다고 하더라도 크고 작은 수리를 모두 수상반에서 하고 있으니 사공들 중 장삼의 부탁을 거절할 사람은 없었다.

우씨도 다르지 않아서 싼 값에 배를 만들어준 장삼에게 항상 고마운 마음을 가지고 있었다. 이런 사정을 잘 아는 이세명은 우씨의 오해를 풀어줘야겠다고 생각했지만 지금은 백련교 사람들과 일이 있으니 다음으로 미뤄야 했다.

이세명은 행화주막을 나와 선착장으로 내려갔다. 주막에서부터 백련교 사람들이 바짝 붙어 따라왔지만 어째서인지 이상한 느낌을 주는 거부감이 일지 않았다.

삼 장 밖으로 벗어나면 괜찮다지만 작은 배에 함께 탈 일을 걱정했는데 가까이 다가와도 아무렇지도 않자 오히려 이상했던 것이다.

중년인과 여인이 배에 오르자 이세명은 노를 젓기 시작했다. 배가 좁아 중년인과 여인이 고물 쪽 가로대에 함께 앉고 이세명은 그들을 마주 보고 앉아야 했다.

여인의 눈과 마주치고 싶지 않은 마음에 이세명은 고개 숙여 시선을 중년인의 무릎에 두고 노를 저었다. 아무도 말을 꺼내지 않는 가운데 소선은 차츰 소행촌에서 멀어지며 강심을 향해 나아갔다. 아침에 강을 뒤덮던 안개는 흔적도 없이 사라지고 탁 트인 시야가 눈을 시원하게 했다.

가벼운 침묵이 흐르는 가운데 세명의 손을 따라 노의 연결쇠가 삐걱이는 소리와 노가 수면을 치는 소리, 물결이 찰랑거리며 배를 때리는 소리만이 들려왔다. 세명에겐 익숙하고 정겨운 소리들이 다소 답답했음인지 얼마 안 가 여인이 말을 걸어왔다.

"소협은 우리가 누구인지 아나요?"

"대충요."

이세명은 의식적으로 고개를 조금 더 숙여 여인의 발목에 시선을 두며 대답했다.

"대충이라… 그래요, 우리는 소협이 생각하는 그곳에서 왔어요. 하지만 우리가 정확히 누구인지는 모르지요?"

"네……."

이세명은 이들의 정체가 궁금하기도 했지만 한편으로는 알고 싶지 않았다.

지난겨울에 있었던 백련교 사람들과의 접촉 이후 나름대로 백련교에 대해 알아봤지만 좋은 말은 들은 적이 없었다.

'도(道)란 옳고 그름을 논할 수 없어도 교(敎)란 이름 앞에서는 너무나 분명하게 시시비비가 가려지니, 나는 이것이 좋은지 나쁜지 알 수 없구나' 라는 장삼의 말이 그중 가장 나은 편이었고, '몽고 놈들을 몰아내는 데 힘 좀 썼다지만 사교 집단이라는 게 다 그렇고 그런 거 아니겠어?' 라는 장사의 말이 그 다음으로 좋은 평가였다.

마을 사람들은 백련교란 말보다는 명교나 홍건군이라고 해야 알아들었고, 모두 '교(敎)'나 '홍(紅)' 자만 들어도 치를 떨었다. 수년 전에 홍건군의 일단과 몽고군이 묘와산 근처에서 전투를 벌여 논밭을 엉망으로 만들었기 때문이다.

"나는 유란하(劉蘭河)라고 해요. 이분은 내 숙부님이신 유초백(劉礎白)이에요."

여인의 소개에 이세명은 깜짝 놀라 고개를 번쩍 들었다.

이세명의 반응에 여인은 미소를 보였고 중년인은 피식 웃었다. 세상에 알려진 백련교의 이야기 중 좋은 것이 없었지만 개중에 가장 나쁜 소리는 흡혈을 한다는 소문과 음란한 짓으로 사람의 정기를 뽑는다는 소문이었다.

바깥 소식에 정통한 정방이었다면 이 두 사람을 보는 순간 정확히 이들의 신분을 알아냈을지 몰라도 이세명은 이름까지 소개받고도 유란하에 대한 것밖에 아는 게 없었다.

정방을 통해 듣기로 유란하는 백련교의 대신녀로 소명왕의 정혼녀였으며 소명왕 사후 교통을 이어받아 교주 위(敎主位)에 올랐다는 여인이었다. 그리고 동남들을 잡아들여 음욕을 채우고 그들의 정혈을 뽑아 마공을 익히는 마녀라고 듣기도 했다.

소명왕이 동녀들의 음기를 취하다 변을 당했다는 소문이 있고 보면 별로 믿을 만한 내용은 아니었고, 정방도 근거없는 얘기라고 부연을 붙였지만 막상 유란하의 정체를 알고 나니 제일 먼저 그 소문이 떠올랐다. 거기에 유란하의 눈을 대할 때 생기는 이상한 현상까지 생각하니 약간의 두려움이 일었다.

이세명은 놀란 마음을 숨기며 태연한 척 노질을 계속했다.

"강호의 소문이란 믿을 게 못 된답니다. 그렇지 않다면 장 대협께서 소협을 우리와 함께 보냈겠어요?"

이세명은 자신이 놀랐던 것이 부끄러워 얼굴을 붉혔다.

하지만 강호의 소식을 접하고 사는 사람이라면 비록 유란하를 보고 놀라지 않더라도 유초백을 마주할 자신이 없을 터였다. 유초백은 백련교의 태상호법이던 유복통의 동생으로 최근에 와서 전전대 교주이던 한산동에 비견되고 있는 고수였다.

지금은 태상호법으로 유란하를 보필하고 있지만 소명왕 사후 흔들리던 백련교의 교권을 장악하고 내부 반란 세력을 숙청한 자였다.

말을 못해서 엄구대수(嚴口大手)라 불리며 유복통의 후광으로 팔장로의 말석을 차지하고 있다는 세간의 평가와 달리 그의 무위는 두 명의 백련교 장로를 한 자리에서 쳐 죽이는 엄청난 것이었다. 오왕에게 붙어 소명왕을 팔고 내분을 일으켰던 장로들과 그 일당을 하룻밤 동안 혼자 제거했다 해서 수교혈수(守敎血手)란 새 명호를 얻었고, 그 일이 강호에 와전되며 생혈을 빤다고 소문나게 만든 장본인인 것이다.

유란하의 소개 뒤에 찾아온 짧은 적막을 깨고 유초백이 수화로 말을 꺼냈다.

"먼저 큰일을 해주어서 무어라 감사의 말을 해야 할지 모르겠군요. 이곳에 오기 전까지 교주님의 사체를 찾을 수 있다고는 생각조차 하지 못했어요.”

여기에서 유초백의 수화가 멈추었지만 유란하의 이야기는 계속되었다.

“우리는 교주님이 비명에 가셨다는 소식을 접하고도 장례조차 치르지 못했답니다. 갑자기 들이닥친 군사들에게 교단을 짓밟히고, 영문도 모르고 천 리나 쫓겨간 곳에서 비보를 접했으니까요. 신점(神占)을 치고 또 치고… 믿을 수 없었어요. 다 죽었다던 호교신장과 청화단원들도 살아 돌아왔는데 교주님이 돌아가셨다니… 믿고 싶지 않았는지도 모르지요. 하지만 호 장로가 돌아오자 모두 인정해야 했지요. 그런 경황에 반도들까지 가세해 내분을 일으켰고, 그렇게 내우외환이 계속되니 은신처에서 다시 몸을 숨겨야 했어요. 이제 더 숨을 곳도 없어 중원을 떠나야 할 지경까지 오니 늦게라도 그분을 찾지 않으면 영원히 볼 수 없을 거란 생각에… 그렇게 여기에 왔지요. 그저 위령제라도 지내지 않으면 가슴이 아파서 견딜 수가 없을 것 같았어요. 그런데 뜻밖에도 그분의 묘가 있다는 얘기를 들었어요. 이곳에 오지 않았다면, 장 대협을 찾지 않았다면 영원히 알지 못했겠지요. 장강을 그리도 좋아하시더니…….”

멈추었던 유초백의 손짓이 마지막에 와선 급히 여러 동작을 그리며 이어졌다. 수화를 하는 유초백도, 통역을 하는 유란하도 담담한 표정을 하고 있었지만 유란하의 목소리는 미세하게 흔들렸다.

유초백의 수화가 멈춰졌다 이어졌기 때문에 이세명은 어디까지가 유초백의 말이고 어디까지가 유란하의 말인지 분간할 수 없었고, 자신에게 하는 말인지 유란하의 혼잣말인지도 구분되지 않았다. 다만 치마를 움켜쥐고 가늘게 떨고 있는 유란하의 손을 보며 이세명은 그녀가 감정을 억제하고 있다는 걸 짐작할 수 있었다.

멀리 강물을 바라보는 유란하의 눈가에 물기가 어렸지만 유란하는 눈물을 흘리지 않았다. 유란하의 이런 모습이 이세명의 심금을 울리며 가슴 한구석을 뭉클하게 했다.

유초백이 위로의 뜻이 담긴 수화를 건네자 유란하는 애써 미소 지었다.

"걱정 말아요. 나는 이제 대신모인 걸요."

대신모(大神母)는 교주에 오른 대신녀를 말하며 오백 년 백련교의 긴 역사에도 대신모가 나오기는 유란하가 두 번째일 정도로 극히 드문 일이었다.

불교에서 출발한 백련교가 불교와 다른 점은 신접을 통해 법을 설하는 대신녀가 있다는 점이었다. 이것은 중원에서 발생한 미륵종에 천산을 넘어온 배화교가 융합되며 남긴 전통이었다.

대신녀는 병자를 치료하고 귀신을 쫓을 수 있는 영험이 있어서 일반 신도들에게 구휼과 자비의 상징이며 기복과 신앙의 대상이었다. 의선각(醫善閣)과 만신당(萬神堂)만을 관리하는 대신녀가 칠당십오각의 전권을 가지고 있는 교주와 같은 대우를 받는 이유가 여기에 있었다.

한 발을 속세에 담그고 있는 교주와 달리 법회와 의식을 주관하며 천신과 접하고 청정한 생활을 유지하기 때문에 오히려 교주보다 신성시되는 경향도 있었다. 해서 교주가 된 대신녀는 영속의 일체로서 더 이상 교주도, 대신녀도 아닌 현신미륵불, 또는 대신모로 불리며 지극히 추앙받는 존재가 되는 것이다.

유란하는 감정의 조절이 빨라서 언제 눈물을 글썽였냐는 듯 평정을 유지했다. 마음속의 슬픔이 어찌 그리 쉽게 가실까만은 일단 겉으로 보기에는 그랬다.

유초백은 안타까운 마음으로 유란하를 지켜보다 세명을 향해 수화를 만들어냈다.

"그날 있었던 얘기를 들려주지 않겠어요?"

이번에도 유란하가 통역했지만 세명으로서는 여전히 유초백의 말인지 유란하의 말인지 분간이 되지 않았다.

"그날은… 그러니까… 섣달그믐에서 하루가 빠진 날이었지요……."

이세명은 서서히 그날의 기억 속으로 빠져들었다.

*　　　*　　　*

조그맣게 일렁이던 불꽃이 점점 커지며 어느 순간 거세게 일어나 온몸을 감싸왔다. 전신에 감겨드는 불꽃을 보면서도 이세명은 호흡과 법문에 정신을 집중했다. 불꽃은 더욱 커져 세상을 다 태우고도 남을 거대한 불길로 변했고, 거대해진 불길은 세명을 향해 거세게 몰아쳤지만 그의 내부에는 일말의 두려움도 일지 않았다. 불길은 2명의 몸을 타고 소용돌이쳤다. 그리고 온 세상으로 퍼져 나갔다. 이세명은 불길이 퍼져 나가는 것을 보았다. 아니, 느꼈다. 눈으로 보지는 않았지만 눈으로 보는 것보다 생생하게 느꼈다. 그러나 불길이 세상으로 퍼져 나가는 중에도 아무런 감정이 일지 않았다. 이세명은 두려움도, 안도함도, 기쁨도, 슬픔도 없는 자신이 전혀 이상하지 않았다. 법문과 호흡에 집중하고 있는 자신, 아무런 동요도 없이 세상을 느끼고만 있는 자신, 그리고 이런 이 둘을 관조하는 자신과 그 너머에서 사고하는 자신까지. 이세명은 수없이 많은 자신의 모습 속에서 진실한 자신의 모습을 찾기 시작했다.

결국 거대한 불길이 세상 모든 것을 태우고 스스로를 태워 재조차 남기지 않고 사라졌을 때 이세명도 수많은 자신의 모습을 내포하고 있는 자신을 발견했다. 관조하지도, 의식하지도 않고 그저 존재하는 자신의 모습은 마치 태어나기 이전부터 존재하고 있었던 것처럼 느껴졌다.

불길이 사라진 공간. 이세명은 아무것도 없는, 그저 공(空)함만이 남아 있는 곳에서 온몸을 감싸는 공함과 내부를 가득 채우는 알 수 없는 충만함을 만끽하고 있었다.

이세명은 자신의 내부를 가득 채우고 있는 충만함이 무엇인지 궁금했다. 관조(觀照), 자신의 내부는 또다시 공(空)함. 그러나 내부의 빈 공간은 밖의 공함과는 달랐다. 밝은 공함. 밝음이라고밖에 표현할 수 없는 무언가가 사방을 가득 채우고 있었다. 이세명은 밝음의 근원을 찾아 움직였다. 중심. 티끌보다 작은 한 점에서 빛이 흘러나오고 있었다. 이세명은 자연스럽게 빛에 끌려 밝음의 근원 가까이 다가갔다. 빛이 밝으면 어둠도 깊어진다고 했던가? 그러나 어디서도 빛이 만들어내는 그림자는 보이지 않았다. 그제야 이세명은 자신의 모습을 볼 수 있었다. 손도 없고 발도 없고, 눈도, 귀도 없었다. 그래도 모든 것을 듣고 보며, 만지고 느낄 수 있었다. 이세명은 당황함도, 느긋함도 없이 가만히 자신의 모습을 들여다보았다. 영혼과 육체가 분리되어 있지 않고 의식과 무의식이 하나로 통해 있다는 것을 깨닫는 데는 촌각의 시간도 걸리지 않았다. 보려는 순간 알 수 있었다. 외부에 대해 닫혀진 오감과 무한히 확장된 의식, 생각과 사고의 정지, 생각하지 않고 느끼며 사고하지 않고 안다는 것이 모두 자연스러웠다. 내부를 향해 열려진 오감은 빛을 보고 있었지만 만지고 들을 수도 있었으며 심지어 맛을 보고 냄새를 맡을 수도 있었다.

형식없이 존재하는 의식의 자유로움 속에는 시간의 흐름도, 공간의 구별도 무의미했다. 알고자 하는 것은 알고 있고, 보고자 하는 것은 보았음을 느낀 순간 이세명은 빛의 한 점에 존재하고 있었다. 더 이상 중심과 근원의 구분이 없었다. 빛은 의식 속에 녹아 있고 의식은 내외의 구분을 벗어났다. 그리고 내부에 머물던 빛은 밖으로 비집고 나와 온 세상으로 퍼져 나갔다.

수평선 위로 태양이 머리를 내밀고 떠오르자 잔잔한 물결이 금빛으로 찰랑거렸다. 따스한 햇살은 언제나처럼 편중됨없이 골고루 퍼져 나갔다. 이세명이 앉아 있는 고묘 안에도 햇볕은 여지없이 찾아와 아침을 알렸다. 고묘의 바닥을 타고 길게 늘어지며 이세명의 다리와 가슴을 타고 올라와 이마에 닿은 햇빛은 어느새 고묘 전체를 환하게 비추었다.

이세명의 반개한 눈이 파르르 떨리며 천천히 떠졌다가 다시 감겼다. 한 겹의 눈꺼풀을 감아 깨어나지 않을 수 있다면 영원히 깨어나고 싶지 않았다. 그러나 야속한 햇빛은 눈꺼풀을 뚫고 들어와 망막을 자극했다.

이세명은 가만히 눈을 뜨고 쏟아지는 황금 물결을 느껴보았다. 맛도, 향도 없고 그저 따스한 느낌과 눈부신 밝음만이 전해져 왔다. 지난밤 있었던 일들은 모두 꿈인 것일까? 자유롭던 의식의 여운이 온몸에 남아 있건만 기억을 떠올리려 해도 어느 것 하나 분명하게 생각나지 않았다.

태양은 고묘에 오래 머물지 못했다. 하루 중 극히 짧은 시간만이 허락된 빛은 고묘의 천장에서부터 점차 종적을 감췄다. 그림자가 이마를 지나 눈 밑에 걸치자 태양이 시야에서 사라졌다. 이세명은 고묘 밖으로 빠져나가는 빛을 보며 안타까움에 저도 모르게 눈물을 흘렸다. 차가운 바람에 섞여 들려오는 새소리가 이렇게 슬펐던 적은 없었다.

태양이 고묘에서 완전히 빠져나가고 고묘는 다시 어둠에 묻혔다. 입구 주위에서 부서지는 햇빛으로 사물을 구별할 수 있었지만 차라리 없느니만 못했다. 지난밤 기억의 편린을 붙잡고 아쉬워하는 자신이 너무 처량했다. 이세명은 눈물을 닦고 고묘 안을 살폈다. 모닥불은 싸늘히 식은 재로 변해 있고 곳곳에 가재도구들이 어지러이 놓여 있었다.

"그들은 갔구나."

곳곳에 어질러진 흔적들을 보고 있자니 지난밤의 일이 꿈이 아니어서 더욱 아쉬웠다.

'차라리 꿈이었으면 그저 잊으면 되는 것을…….'

이세명은 천천히 일어나 몸을 살펴보았다. 오래 앉아 있었는데도 몸은 날아갈 듯 가벼웠고 왼발도 평소보다 움직임이 자연스러운 것 같았다. 그리고 신경 써서 호흡을 확인했다.

"오래 걸린다더니 이렇게 쉽게 고쳐졌군."

이세명은 들이마시고 내뱉는 이 간단한 호흡이 어째서 어려웠는지 이해가 되지 않았다.

"일수수화도병사, 이수인간절연화……."

이세명은 법문을 확인하며 호흡을 맞춰보았다. 자연스럽게 이어지는 호흡과 법문을 확인하고 고묘 밖으로 걸어나갔다.

맑게 개인 화창한 날씨였다. 이세명은 입구에 서서 강물을 보며 기지개를 켰다. 그러자 신선한 공기가 폐 속 깊이 들어가며 가슴속에 남아 있던 아련한 슬픔을 말끔히 걷어냈다.

"상쾌하구나."

이세명은 몇 번 더 깊이 숨을 들이쉬어 아침의 기운에 취해들었다.

이세명은 마을에서 느껴지는 어수선한 분위기에 아랑곳하지 않고 수상반으로 향했다. 가는 길에 보이는 행화주막에 들러볼까도 했지만 어제 하루 수상반에 가지 않은 것을 상기하고 곧장 수상반으로 갔다.

수상반은 여느 때와 달리 인부들의 모습이 보이지 않았다. 화창한 날씨라면 으레 마당에 벌여져 있어야 할 작업대도 차려 있지 않았다. 갸우뚱거리며 안채로 들어서도 여전히 조용한 것이 평소와 달라도 너무 달랐다.

"아저씨, 저 왔습니다!"

이세명이 문밖에서 기별을 넣자 곧 소란스럽게 문이 열리며 장사가 뛰쳐나왔다.

"이놈! 살아 있었구나!"

"네?"

장사는 환한 얼굴로 세명을 얼싸안았다. 뒤이어 장삼과 정방이 나왔는데 모두 한시름 놓았다는 표정이었다.

"들어오너라."

세명이 방에 들어와 처음 본 것은 침상에 누워 있는 고경의 모습이었다. 언뜻 보면 잠을 자는 듯했지만 방에서 진동하고 있는 약 냄새와 침상 옆에 있는 대야와 물수건이 그렇지 않음을 말해 주고 있었다.

“앉거라.”

장삼이 의자를 권하자 이세명은 장삼을 마주하고 앉았다. 장사와 정 방도 의자를 끌어다 앉으며 세명에게 주목했다.

“저, 고 사형은 어디가……?”

“별거 아니다. 그보다 어제 일에 대해 말해 주겠느냐?”

이세명은 장삼의 질문을 받고 잠시 말문이 막혔다. 언제나처럼 조용 한 얼굴로 앉아 있는 장삼의 눈은 모든 것을 다 알고 있다고 말하고 있 었다. 장삼뿐 아니라 자신을 바라보는 장사와 정방에게서도 같은 느낌 이 전해져 왔다.

어디서부터 말을 해야 할지 몰라 잠시 주저하던 이세명은 백련교 사 람들이 장삼에 대해 했던 말이 생각났다.

“어제 오셨나요?”

“갔었다.”

혹시나 하는 질문에 장삼이 간단히 대답하자 이세명은 처음부터 말 하기로 하고 말문을 열었다.

“잠을 자다 깨어보니 그들이 있었어요. 저는 계속 잠든 척하며 그들 이 하는 양을 지켜보다가 깬 것을 들켰죠.”

“자시 전에 깨었단 말이냐?”

호노가 가한 금제를 이세명이 두 번씩이나 스스로 풀고 일어났을 거 라고는 상상도 하지 못했다. 장삼이 이세명에게 들으려던 이야기는 이 세명이 제압당하는 과정에 있었을지 모를 위협이라든가 깨어난 후 보 았을 군선의 포격 등에 관한 것이었지 그 중간에 있었던 이야기는 기 대도 하지 않았다. 호노가 자시에 일어나도록 손을 썼다면 그전에 일 어나는 것은 불가능했기 때문이다.

"예, 아마도 아저씨가 다녀간 다음이었던가 봅니다."

"그래? 그렇다면 그들을 다 봤겠네?"

"분광검, 호목흑귀, 천사장, 소명왕도 모두 보았느냐?"

장사가 나서자 기다렸다는 듯이 정방이 껴들었다. 이세명은 정방이 늘어놓는 거창한 인물들에 대해 얼핏 들었던 적은 있었지만 어제 만났던 사람들이라곤 생각지도 못했다.

"아, 그 백련교 사람들이……."

"아니, 그럼 통성명도 없이 헤어졌단 말이냐?"

"내가 그런 고수들을 만나면 절부터 하라고 누누이 강조했건만."

장사와 정방이 어이없다는 표정으로 한마디씩 하자 이세명은 머리를 긁적이며 장삼의 눈치를 살폈다. 장삼은 탁자를 두드려 장사와 정방에게 조용히 하라는 신호를 보내고 다시 질문했다.

"그래, 별일은 없었느냐?"

"예, 모두 좋은 분들이라……."

이세명은 장삼이 말하는 별일이란 것이 무엇인지 생각하느라 잠시 말을 끊었다.

"좋은 분들? 그럼 뭔가 얘기는 해봤나 보네?"

"뭐 얻은 건 없냐? 듣기로 소명왕은 정이 많고 손이 헤프다는 말이 있던데."

장사와 정방이 그새를 못 참고 동시에 입을 열자 장삼이 탁자를 손바닥으로 내려쳤다. 장삼이 장사와 정방을 한 번씩 응시하자 둘은 찔끔거리며 마저 하려던 말을 삼켜야 했다.

"식량을 좀 내어주고 다친 분에게 이것을 받았고……."

세명이 품에서 약함을 꺼내놓기가 무섭게 장사와 정방의 손이 약함을 향해 내밀어졌다. 정방은 장사보다 좀 멀리 있었음에도 재빨리 약함을 낚아채 갔고 장사는 헛손질을 하고 말았다. 장사가 소리없이 으르렁거리자 정방은 실실거리며 약함을 살폈다.

"오, 이거 그냥 은덩이가 아닌데?"

"어디, 나도 좀 보자."

장사가 정방 옆으로 붙으며 약함의 뚜껑을 살폈다.

"이거 한옥 약함이로군."

장사는 이전에 이런 약함을 가지고 다닌 적이 있어 만져 보고 금방 그 재질을 알아봤다.

"정말요? 어쩐지 좀 차다 했지."

"이 정도 크기면 한 오백 냥은 받겠다."

"오백 냥이나? 그럼 거기 들어 있던 약은 대체 얼마짜리였단 소리야?"

물론 장사는 그 약에 대해서도 짐작 가는 바가 있었다.

"음식이나 약이나 더워서 좋을 게 없으니 한옥 약함에 넣고 다니면 좋기야 다 좋지. 그렇더라도 오백 냥이나 나가는 약함에 달랑 한두 냥짜리 청심환을 넣고 다닌다면 고려청자에 탁주를 담은 꼴이지. 못해도 활명단은 넣고 다녀야 어울린다고 할 수 있지."

장사와 정방의 대화를 들으며 이세명은 한옥 약함의 가치가 은자 오백 냥이라는 소리에 귀가 번득 틔었다. 오백 냥이면 소행촌에서 살 수 없는 물건이 없었다. 전답은 물론 집과 작은 배를 사고도 남을 돈이었다.

장사가 한옥 약함에 흥미를 잃을 무렵 이세명은 자신이 받은 게 한옥 약함만이 아니라는 걸 기억했다.

"수염이 하얀 어르신이 다리를 고쳐 주신다면서 법문과 호흡법을 알려주셨습니다."

이번에는 장사와 정방은 물론 장삼도 강한 호기심을 나타냈다. 이세명은 자신이 배운 것을 숨길 생각이 없었으므로 누군가 묻기만 하면 바로 알려주려고 했다. 하지만 누구도 선뜻 나서지 않고 입맛만 다시고 있었다. 부모 자식 사이에도 비결은 함부로 전하지 않는 법인데 아무리 친하다곤 하지만 대놓고 배운 바를 알려달라기엔 너무 염치가 없다는 게 모두의 생각이었다.

이런 점에선 장삼과 장사는 물론 정방도 강호인이라 할 만했고, 이세명은 이해할 수 없는 부분이었다. 모두 알고 싶어하는 눈치라 이세명은 그냥 말하기로 결심했다.

"천천히 깊이 숨을 들이쉬었다가 잠시 멈추고 숨을 내쉬는데 그 비율은 이와 일과 삼입니다. 처음에는 다소 어렵지만 하다 보면 익숙해져서 숨 쉬기가 편안해져요."

설명을 듣는 세 사람의 표정을 살피던 이세명은 장사와 정방의 인상이 구겨지는 걸 보며 역시 처음에는 힘들구나 하는 생각을 했다.

"천사장 호상면이 알려준 게 그것뿐이냐?"

정방의 물음에 이세명은 씩 웃어 보였다.

"법문이 있어요. 호흡만 하면 좀 어렵지만 법문과 함께 하면 좀 편해지죠. 법문을 알려 드릴게요. 일수수화도병사, 이수인간절연화, 삼수질병온황사, 사수남녀불단원, 오수천하인민란, 육수유로무인행, 칠수만산호랑주, 팔수주야불안녕, 구수편지호인회, 십수불견태평춘. 들숨에 두 구를 하고 멈추면서 한 구, 내쉬면서 세 구를 하면 되죠."

법문을 들은 장사와 정방은 아리송한 얼굴이었다.

"일수수화… 뭐라고? 어디서 들어본 것 같기도 하고. 다시 말해

봐라."

"그래, 한 구씩 천천히……."

이세명은 장사와 정방의 요청대로 한 구씩 법문을 말해 주었다. 하지만 정방과 장사는 이번에도 제대로 다 주워담을 수 없었고, 이세명은 또다시 법문을 들려주었다.

"에잇, 어디다 적어두든가 해야지."

"그래, 그게 좋겠다."

정방이 탁자 위의 지필묵을 챙기자 장사가 맞장구를 쳤다. 그러나 장삼의 한마디에 붓을 집어가던 정방의 손이 멈췄다.

"그럴 필요 없다, 멍청한 것들."

"형은 그새 다 외운 거요?"

장사의 질문에 장삼은 한심하다는 표정을 숨기지 않았다.

"외우고 자시고 할 것도 없다. 이건 십자불계다. 백련교도들은 죄다 알고, 백련교 구경만 해본 나 같은 어중이떠중이도 아는 법문이 아니냐."

장삼의 설명을 듣고 장사가 머리를 쳤다.

"맞아! 어디서 들어봤다 했지!"

정방도 뜨악한 표정을 지었다가 붓을 내려놨다.

"뭐 이런 지랄 같은……. 애를 데리고 장난이라도 쳤나?"

정방의 실망스런 말투에 이세명은 자신이 겪었던 이상한 체험과 다음 법문도 알려주려고 했다.

"으음……."

하지만 막 말을 꺼내려는 순간 들려온 신음 소리에 기회를 놓치고 말았다.

“물…….”

고경이 깨어나며 손을 움직이자 장삼이 급하게 일어나 달려갔고 장사와 정방도 후닥닥 일어났다. 이세명은 제멋대로 내팽개쳐진 의자들을 보며 고개를 갸웃거렸다.

대단치 않다던 말과 달리 허둥대는 장삼의 반응도 그랬고, 모두 침상으로 뛰어가는 모습이 예사롭지 않았다.

이세명은 천천히 일어나 절룩이는 다리를 끌고 침상으로 다가갔다.

고경은 시원한 물이 목을 타고 넘어가자 그제야 정신을 차렸다.

화끈거리는 이마에 저절로 올라가는 손을 제지하는 장삼과 걱정스런 얼굴을 하고 있는 장사, 실실거리는 정방, 고개를 내미는 세명의 모습이 차례로 고경의 눈에 들어왔다.

“사부님…….”

고경은 어지럽게 돌아가던 칼 빛과 자신을 향해 몸을 날리던 장삼의 마지막 모습을 떠올렸다.

“집에는 잘 말해 놓았다. 조금 더 누워 있거라.”

장삼의 말이 수면제라도 되는 것처럼 고경은 웃으며 눈을 감았다. 고경이 잠든 것을 확인하고 난 장삼이 안도의 한숨을 내쉬었다.

“저… 무슨 일이지요?”

세명의 질문에 장삼도, 장사도, 정방도 일순 말을 잃었다.

고경은 한 시진 후에 일어나 정신을 차렸고, 그사이 이세명은 정방을 통해 어제 소행촌과 자신의 거처에서 있었던 일들을 듣게 되었다.

정방은 장삼과 장사의 과거에 대해서도 적당히 사실을 말해 주어 세명을 놀라게 만들었다. 장삼과 장사가 강호의 고수였다니…….

그리고 이세명은 자신이 배운 무공이 하잘것없다는 얘기도 들었지만 신경 쓰지 않았다. 아직 하루도 지나지 않았지만 이세명은 다리가 나아가고 있다는 확신이 있었다.

정방이 들려준 이야기 중 가장 놀라운 것은 간밤에 백련교 일행이 탄 배가 군선의 공격을 받아 침몰했다는 것이다.

포격 소리가 반 시진이나 계속돼 소행촌 사람들이 불안한 밤을 보냈다는 얘기에 이세명은 자신도 들었다며 대충 넘어갔다. 그러지 않으면 이상한 체험을 얘기해야 하는데 적당히 설명할 자신이 없었다.

고경은 정신을 차리자 빠르게 체력을 회복해 갔다. 상처가 깊긴 했지만 일단 위험한 고비는 넘겼다는 장삼의 설명이었다.

고경의 상태가 안정되자 장삼은 이세명에게 앞으로 함께 수상반에서 기거하자고 했지만 이세명은 고개를 저었다. 형이 돌아왔을 때보다 당당한 모습을 보여주고 싶다는 말은 삼키고 그저 혼자 사는 게 편하다는 말만 했다. 하지만 마음이 놓이지 않으니 당분간만 수상반에서 함께 있자는 청까지 거절하진 못했다.

고경은 집에 들어갈 일이 걱정이었다. 자신이 만취해 잠들었다고 고경이 집에 말해 놓았기 때문에 단단히 혼날 각오를 해야 했다. 상처는 취해 넘어져 생겼다고 하기로 말을 맞췄다.

이세명은 날이 저물기 전에 고묘에서 옷가지 등을 챙겨오기 위해 수상반을 나섰다. 장삼은 정방에게 다녀오라고 시켰지만 정방은 지난밤 잠을 못 잤다며 장사의 방에 들어가 나오지 않았다. 그렇다고 고경을 시킬 일도 아니고 외부에 몸져누웠다고 알려놓은 장사를 보낼 수도 없는 일이었다. 장삼은 자신이 다녀오마 했지만 이세명은 뒷정리를 해야 한다며 직접 가겠다고 했다.

이세명은 고묘로 돌아가는 길에 행화주막에 들러 평소 친하게 지내던 정재두에게 군선과 숙박했던 군사들에 관한 얘기를 들었다. 아침에 모두 떠났는데 아마도 강 건너편으로 간 것 같다는 설명이었다.

이세명은 백련교 사람들이 걱정되는 한편 고경이 들려주던 군선의 모습이 보고 싶기도 해서 강을 따라 걷는 내내 강 건너편을 주시했지만 군선의 모습은 볼 수 없었다.

해질 무렵 고묘에 도착한 이세명은 먼저 불을 피워 내부를 밝혔다. 고묘 안은 냄비와 가재도구들, 피 묻은 이부자리와 헝겊 등이 어지럽게 널려 있었다.

이세명은 남은 식량들을 챙기고 뒤죽박죽된 상자들을 정리하는 일부터 시작했다. 배의 돛을 만들기 위해 모아둔 광목과 마을 숯가마에서 사 온 질 좋은 숯은 모두 사라지고 없었다. 보답으로 받은 한옥 약함에 비할 바가 아니었지만 그래도 아깝다는 생각이 드는 건 어쩔 수 없었다.

이불을 잘 개서 침상에 올려놓는 것으로 대충 정리를 마친 이세명은 마지막으로 그릇을 모아 강으로 내려갔다. 목기에 달라붙은 밥풀들은 이미 딱딱하게 굳어 있었지만 물에 넣고 갈대를 꺾어 문지르니 대충 벗겨졌다.

이세명은 설거지를 마치고 올라오는 길에 배를 넣어두었던 동굴을 들러봤다. 배를 발견하고 혼자 끙끙대다 고경을 불렀고, 고경과 두 달을 씨름하다 결국 정방과 장사의 도움을 받아 겨우 완성한 배였다. 반파된 배의 남은 부분도 상당 부분 썩어서 결국은 새로 만든 것과 진배없는 배가 만들어졌을 땐 어쨌거나 자기 손으로 만든 배를 갖게 됐다고 얼마나 좋아했던가.

수상반에서 자재를 빼낸 것이 마음에 걸려 당분간 이곳에 두고 춘절에 장삼에게 용서를 빌려고 했던 것인데……. 결국 자기 배를 갖게 된 기쁨은 이틀을 가지 못했다. 이세명은 아쉬운 마음을 접고 발길을 돌렸다.

고묘로 돌아온 이세명은 가져갈 짐을 챙겨놓고 모닥불 앞에 앉아 소리 내어 법문을 암송해 보았다. 백련교의 경전에 나오는 구절로 무공과 관련된 의미는 없다고 했다. 겨우 어깨너머로 천자문을 뗀 세명이었지만 가만히 되새겨 보니 첫째 근심이 어쩌고, 둘째 근심이 어쩌고 해서 결국은 열 번째 근심이 어쩌니 하는 것으로 끝나는 내용이었다.

"무슨 상관이람? 몸에 좋으면 되는 거지."

이세명은 법문을 암송하며 숨 쉬는 간격을 재어보고 깜짝 놀랐다. 들숨이 길고 멈추는 시간이 짧으며 내쉬는 숨도 짧아서 법문의 구절과 맞지 않았다. 그저 편하게 숨을 쉬는 것은 아침과 다름없는데 호흡이 얕고 기운은 가슴 언저리에서 돌아 나오고 있었다.

"쉬운 줄 알고 방심했더니 역시 쉬운 일이 아니었구나."

이세명은 법문과 호흡의 간격에 신경 쓰며 다시 숨을 쉬어보았다. 아침에는 법문이 없어도 가능했던 것이 이제는 법문을 함께하지 않으면 호흡을 옳게 하는지도 의심스러웠다.

호노가 항상 법문을 입에 달고 다니라던 데에는 다 그만한 이유가 있었던 것이다. 호흡과 법문에 집중해 일각이 지나자 단전에 따스한 기운이 모여들었고, 반개한 눈이 자연스럽게 모닥불에 놓이며 마른 장작 위에 일렁이는 불꽃을 따라 흔들렸다.

입으로는 법문을 중얼거리고 머리는 호흡의 간격을 재고 있으면서도 의식은 점점 흐릿해져 갔다. 지난밤 겪었던 경험이 있어서 그런지 이세명은 익숙하게 아무 생각도 없고 일체의 잡념도 없는 무념무상의 상태로 빠져들었다.

불꽃이 온몸을 휘감고 세상을 뒤덮거나 하는 과정은 없었다. 세명의 의식은 텅 빈 공간과 공간을 채우는 빛의 세계로 바로 진입해 자유롭게 떠돌기 시작했다.

아쉬움에 눈물까지 흘렸건만 막상 다시 경험하는 전지적(全知的) 빛의 세계는 그저 당연하고 자연스러운 것으로 느껴졌다. 아침이 오고 눈을 뜨게 되면 또다시 눈물을 흘리게 될 것을 알면서도 이세명의 마음은 한없이 여유로웠다.

―이보게, 소형제.

갑자기 들려온 목소리에 '누구인가' 하고 의문을 품었을 때는 이미 목소리의 주인공이 눈앞에 나타난 것을 보았으며, 그가 소명왕 한림아임을 인지하고 '어떻게 여기에?' 라는 의문과 동시에 그가 죽었음을 알았다.

"어떻게 오셨나요?"

이세명은 이곳이 자신의 내부 세계라는 것을 알고 있었다. 그래서 어떻게 자신의 의식 속에 들어왔는지를 묻고 싶었던 것이다.

―이미 알고 있지 않나.

소명왕은 깨끗한 백의를 입고 씁쓸하게 웃어 보였다. 이세명은 자신의 마음이 세상과 통하고 있음을 깨달았다. 마음은 육체를 벗어나 만물과 동화되어 사물의 분별도, 내외의 구분도 없었다.

―나는 방금 죽었네. 가까운 곳에 있는 교수(教首)를 찾으려 했는데 소형제를 만나게 될 줄은 몰랐군.

소명왕의 모습은 단순한 허상이며 말하는 내용은 자신이 알게 된 사실을 형상화하는 것에 불과하다는 걸 알면서도 이세명은 묵묵히 듣고 고개를 끄덕였다.

　—육체를 벗어나서 죽어버린 몸뚱이를 걱정한다는 게 우습겠지만 어쩌겠나, 저대로 두면 슬퍼할 사람이 있으니 말일세. 이곳이 어딘지 알겠지? 괜한 걸 물었군. 후후.

　장강 바닥에 가라앉아 있는 소명왕의 육체가 보였다. 어둠에 싸인 강바닥이었지만 이세명은 그곳이 어디인지 알 수 있었다.

　—귀진박(鬼盡搏)을 펼쳤다가 이렇게 되었군. 귀진박을 풀 여력을 남겨놓지 못했어. 허무한 죽음이지.

　포화가 쏟아지는 강물, 살을 에는 폭압과 고막을 찢는 굉음이 물속에서도 선명하게 느껴졌다. 수차례의 굉음이 이어지고 호노의 팔에 묶었던 끈이 풀리며 소명왕은 천천히 가라앉았다. 어제 꿈에 보았던 장면이다. 호노는 소명왕에게 다가가려 안간힘을 다했지만 포화가 일으키는 물살에 휩쓸려 점점 멀어져 갔다. 멀어지는 호노를 보며 소명왕은 마지막 호흡과 기를 모아 귀진박을 펼쳤다. 귀진박은 한 줌의 진기로 모든 혈을 닫고 호흡을 끊어 일시간 심장과 맥박마저 멈추게 하는 비술이었다. 하지만 귀진박을 풀기 위해선 최소한의 진기와 호흡이 남아 있어야 했고, 외부에서 누군가 강한 내기를 불어넣어야 했다.

　때로는 호노가 되고 때로는 소명왕이 되기도 하면서 이세명은 이 모든 과정을 생생히 보고, 느꼈다. 이어서 시체와 같은 몸을 살리기 위해 사투를 벌이는 소명왕의 마지막 의지와 한계를 넘어버린 육체에 안타까워하는 소명왕의 모습을 보았다.

　—힘든 한세상을 마감하니 후련하네.

　소명왕의 말과 달리 이세명은 소명왕의 마음에 삶에 대한 강한 애착이 남아 있는 것을 알았다. 이렇게 억울하게 죽었으니 어찌 미련이 남지 않을 것인가. 이세명은 소명왕이 자신을 찾아온 진정한 이유를 알게 되었고, 자신이 어떻게 해야 하는지도 알았다.

'부디 평안히 떠나시길.'

세명의 말과 동시에 사방으로 강렬한 빛이 퍼지며 소명왕을 감쌌다.

─고맙네. 훌륭한 교수가 되시게.

소명왕은 해맑게 웃으며 손을 흔들었다. 빛 속에 녹아들듯 사라지는 소명왕의 얼굴엔 더 이상 아무런 미련도 남아 있지 않았다. 이세명은 덩달아 미소 지으며 손을 흔들었다.

소명왕이 사라질 무렵 갑자기 어둠이 닥쳐 왔다. 이세명은 끝없는 나락으로 추락하는 아찔함에 소스라치게 놀라 비명을 질렀다.

"세명아! 세명아! 정신 차려라!"

장사가 세명의 볼을 때리며 흔들었다. 정방은 세명을 소리쳐 부르고 장삼은 모닥불에 물을 부어 꺼버렸다. 세명이 쓰러진 것은 불이 꺼지고 나서였다.

"크악!"

세명이 비명을 지르고 쓰러지자 정방은 얼른 화섭자에 불을 붙였다. 화섭자에 비친 이세명은 창백한 얼굴에 눈이 돌아간 채로 심하게 경련을 일으키고 있었다.

"침상에 눕혀라."

세명의 입에서는 끊임없이 신음 소리가 이어지고 있는데도 장삼은 서두르거나 당황하지 않았다. 세명을 안고 어쩔 줄 몰라 하던 장사는 장삼의 차분한 목소리가 거슬렸다.

"아니, 얘가 귀신이 들렸는데 걱정도 안 되오?"

장사가 움직이지 않자 장삼은 세명을 빼어 안고 침상에 내려놓았다.

"멍하니 있지 말고 불이나 다시 피워라."

장삼은 여전히 침착하다 못해 태연한 음성이었고 장사는 이런 장삼의 태도에 더욱 화가 났다.

정방이 젖은 불자리를 치우고 관솔에 불을 붙이는 동안에도 장사는 꼼짝 않고 장삼만 노려보고 있었다.

해가 지고 한참이 지나도 세명이 돌아오지 않자 장삼은 장사와 정방을 깨워 서둘러 이곳으로 왔다. 괜한 걱정을 한다 싶기도 했지만 만일에 대비해 장사와 정방은 박도까지 챙겨왔다.

도착해 고묘로 들어와 보니 이세명이 가부좌를 틀고 앉아 있는데 그 앞에 희끗한 반투명의 형상과 마주하고 있었다. 어찌 보면 모닥불 위에서 흔들리는 연기같이도 보였지만 연기와는 다른 이질적인 기운이 느껴졌다.

'귀기!'

장삼은 손등에 돋은 소름과 쭈뼛거리는 머리카락을 느끼며 눈앞에 보이는 것이 말로만 듣던 귀신이라는 것을 알았다. 장사와 정방도 발을 멈추고 움직이지 못하는 가운데 순간 세명의 몸에서 백광이 터지자 장삼의 입에서는 욕설이 튀어나왔다.

"망할 놈의 늙은이! 헛수작을 부려놓았구나!"

세명의 몸에서 뿜어진 백광은 순식간에 사라졌고 모닥불 위에서 흔들리던 기운도 함께 흩어졌다.

장사와 정방이 세명에게 달려가자 장삼은 세명에게 어떤 일이 일어날지 알면서도 모닥불에 물동이를 부어버렸다.

장사는 천천히 침상으로 갔다.

"이거 혹시 주화입마가 아니오?"

세명의 팔을 주무르는 장삼 옆에서 장사는 다리를 주무르기 시작했다. 장삼의 대답을 기다렸지만 장삼은 말이 없고 대답은 엉뚱하게 정방이 대신 했다.

"주화입마는 아무나 당한답디까? 이제 기본 토납법을 익히는 놈이 무슨 주화입마요?"

"그럼 이게 대체 무슨 일이란 말이냐?"

이번에는 장삼이 입을 열었다.

"나는 전에 백련교의 무녀(巫女)가 원혼을 달래는 걸 본 적이 있다."

"백련교의 그 미친년들 말이오? 춤추고 난리 짓을 하는 건 나도 몇 번 봤지."

"그래, 백련교 법회에 가면 흔히 볼 수 있지."

"그럼 세명이 방금 그 짓을 했단 말이오? 가만히 앉아 있던데?"

"수련이 깊은 교수나 신녀들은 앉아서도 원혼을 부른다고 들었다."

"아니, 그게 말이 되오? 세명이 무슨……?"

믿어지지 않는 일이었지만 불 위에서 어른거리던 귀기나 세명의 몸에서 나오던 백광, 그리고 불을 껐을 때 쓰러지던 세명의 모습은 백련교의 법회에서 보았던 무녀의 그것과 너무나도 비슷했다. 무녀들이 행하는 법회에서는 귀기가 느껴질 뿐 귀신이 눈에 보이는 형상으로 나타나지는 않았지만 대신녀가 주재하는 법회에서는 귀신이 나타난다고 했다.

"아무래도 어제 무슨 일이 있었지 싶구나."

"천사장 호상면의 짓이 아닐까요?"

장삼이 자세히 설명하지 않아도 정방은 어느 정도 짐작하는 바가 있었다. 일신의 무공이 천지를 울리고 신기막측한 술법으로 귀신을 부린다고 알려진 백련교의 고수들 중에 실제로 개세(蓋世)의 무공을 가진 자는 많아도 귀신을 부리는 자는 많지 않았다.

이는 근래의 백련교 조직이 전쟁 위주로 짜여져 있기 때문이기도 했지만 애초부터 그 숫자가 극히 적었다. 수련을 통해 양성되는 무공 고수와 달리 신도를 이끄는 교수는 인위적인 방법으로 숫자를 늘릴 수 없었다.

교수가 된다는 것은 이른바 '광명계를 접한다', 또는 '광명계에 든다' 는 과정을 거쳐야 하는데 이 과정은 경전에 대한 지식이나 신실한 믿음만 가지고 되는 일이 아니었기 때문이다. 영적인 재능이 있어야 하고 삼생의 연이 닿아야 하며 삼조의 음덕이 쌓여야 한다고 하는데, 쉽게 말해 억세게 재수가 좋아야 하는 것이다.

광명계를 접한다는 것은 백련교의 신도들에게는 꿈에서조차 그리는 경지로 희로애락, 생로병사를 떠나 미륵의 세계에 들어가는 것을 의미하며, 일단 광명계를 접한 자가 있으면 무조건 교수로 떠받들어졌다.

현재 이런 경지에 오른 자는 수백만의 백련교도를 통틀어 스물이 되지 않는다 알려져 있고, 대신녀의 신통력을 빌어 능력을 행사하는 무녀들까지 포함하더라도 그 수는 일백을 넘지 못했다.

"호상면 그자가 세명의 배를 뺏어간 것도 모자라서 인생까지 도둑질하려는 게지!"

뒤늦게 뭔가를 눈치 챈 장사가 탄식하며 호노를 원망했다.

삼생의 연과 삼조의 공덕이 더하고 영적인 능력까지 있다 해도 훌륭한 선교(先敎:선배 교수)가 이끌어주지 않으면 그 능력은 그저 잠재 능력으로 끝날 뿐이다.

그런데 세명에게 이런 능력이 있어 발현되고 있음은 누군가 세명의 영안을 깨웠다는 것을 의미했고, 그게 가능한 사람은 호상면밖에 없었다. 물론 교주인 소명왕도 교수로서의 능력이 있긴 하지만 선교로서의 위치는 호상면에 비할 바가 아니었다.

호상면은 지금까지 여섯이나 되는 교수의 광명안을 열었고 소명왕조차 호상면의 도움으로 광명계로 들었다고 알려져 있었다.

"휴우……."

장사는 깊은 한숨을 내쉬며 세명의 다리를 주물렀다.

한때 백련교의 교수가 된다는 것이 팔자를 고친다는 의미로 통할 때가 있었다. 그도 그럴 것이, 천하의 상거지라도 일단 광명계를 접했다고 알려지면 하루아침에 만인에게 떠받들어지니 누군들 부러워하지 않겠는가?

그러나 정작 교수의 삶이란 결코 평안한 것이 아니었다.

특이하게도 교수의 대부분은 여자들이었는데 전체 교수의 구 할에 해당했다. 이들을 가리켜 신녀라 하는데 신녀가 되면 백련교의 각종 법회와 의례를 주관하며 평생 결혼할 수 없었다. 예외적으로 남자가 같은 교수일 경우는 결혼이 가능했지만 남자 교수의 수는 당대에 다섯을 넘는 일이 없었다. 그나마도 결혼하지 않고 수도에만 전념하는 자가 대부분이었다.

단지 결혼하기 힘들다는 것만으로 이들의 인생이 힘들다는 것은 아니었다. 일단 교수가 되면 싫고 좋고를 떠나 백련교에 귀속된 삶을 살아야 했기에 개인의 사생활이란 존재하지 않으며, 관을 포함한 모든 적대 세력의 집중 공격 대상이 되니 결코 편한 삶을 살 수 없게 되기 때문이다.

비근한 예로 최근 삼십 년간 죽어간 백련교의 교수들은 모두 비참한 최후를 맞았으며 천수를 다하고 죽은 교수는 단 한 명도 없다고 알려져 있었다.

한참이 지나자 세명의 몸이 풀리며 혈색이 돌아왔다. 호흡도 규칙적으로 고르게 쉬는 것을 확인하고 장삼은 세명을 일으켜 정좌시켰다. 장사가 세명의 어깨를 잡아 중심을 세우고 쓰러지지 않게 앉히자 장삼은 세명의 명문에 장심을 대고 진기를 흘려보냈다. 어찌 된 일인지 평소에 막혀 있던 왼발의 대추혈까지 막힘없이 진기가 이어졌고, 알 수 없는 내공으로 단련된 상단전의 기운도 장삼의 진기를 받아들였다. 일주천이 끝나자 장삼은 천천히 세명의 명문에서 왼손을 뗴었다.

"됐다. 이제 안정된 것 같으니 안심해도 된다."

장삼은 다시 세명을 눕히고 이불을 덮어주었다.

그날 밤 장사와 정방은 이틀 동안 소행촌 주변에서 벌어진 일들에 대해 얘기하다 잠들었고 장삼은 침상을 지키며 뜬눈으로 날을 새웠다.

새벽 일찍 일어난 이세명은 장사에게 업혀 수상반으로 돌아왔고 이후 불을 보며 연공하지 말라는 장삼의 엄명을 받았다.

그리고 삼 일 뒤, 소명왕의 시신을 찾던 관군들이 모두 떠나자 이세명은 그물로 소명왕의 시신을 건져 올렸다.

*　　　*　　　*

"…반 시진이 지나 포화가 울리고 화광이 치솟았습니다. 그게 마지막이었지요."

이세명은 기억을 더듬으며 적당히 가감해서 그날의 이야기를 들려주었다. 호노에게 기본적인 토납법을 배운 것은 자세히 설명했고, 법문에 대한 것은 대충 넘어갔으며, 견화참정(見火參淨)에 대한 것은 빼버리고 군선의 포격에 대해서는 자신이 본 것처럼 말했다.

이세명은 자신이 호노에게 한 수 배우긴 했어도 백련교와 무관하단 것을 분명하게 말하고 싶었지만 호노가 살아서 복귀했고, 이들이 장삼을 찾아온 걸 보면 그날의 사건 전말에 대해 듣고 온 것이 분명했기에 거짓말을 할 수 없었다. 그날 이세명은 백련교에 가입하겠다고 약속하지 않았던가. 이세명은 왜 그런 약속을 했던가 하고 후회하며 노질에 힘을 주었다.

세명의 걱정과 달리 호노는 세명의 존재에 대해 백련교에 알리지 않았다.

관례에 따르자면 새로 광명계에 접한 자가 나왔을 때 그를 이끈 선교가 교수의 수장인 대신녀에게 이를 알려야 한다. 어찌 보면 최근 들어 급격한 교세의 위축을 보이는 백련교에 교수의 확충과 신도의 확보는 가장 중요한 문제일지도 몰랐다. 하지만 소명왕을 잃은 슬픔과 소명왕을 지키지 못한 자책, 오왕에 대한 분노, 거기에 연이은 내분은 호노에게 세명을 떠올릴 여유를 주지 않았다.

유란하가 장강에 올 것을 알았다면 세명에 대해 말했을지도 모르지만 유란하가 장강행을 결정했을 때 호노는 모종의 이유로 토로번(吐魯番)으로 떠나 있었다.

이세명은 잠시 고개를 들어 유란하와 유초백의 눈치를 살폈다. 다행히 유란하는 수평선을 바라보며 상념에 젖어 있었고 유초백은 무표정한 얼굴로 눈을 감고 있었다. 이세명은 안도하며 멀어진 소행촌을 보는 척하면서 유란하의 옆모습을 훔쳐보았다. 소행촌에도 제법 얼굴 반반한 처자들이 있었고, 현성에 가면 더 예쁜 여자들도 종종 볼 수 있었지만 유란하는 그들과는 비교도 할 수 없을 정도의 미인이었다.

그저 미인이라는 말론 표현하지 못할 고귀함과 탈속한 아름다움은 세명의 눈에 경이롭기까지 했다. 산이나 강, 저녁 노을과 밤하늘의 별처럼 그저 존재하는 것 그 자체로 감동을 줄 수 있는 사람이 세상에 있을까? 이세명은 지금 그런 사람을 보고 있는 자신의 눈이 의심스러웠다.

세명이 한눈을 파는 동안 유초백이 눈을 뜨고 잠시간 세명을 보고 있다가—사실 어디를 보고 있다고 말하기 애매한 시선이었지만—오른 손등을 왼손 바닥에 마주쳐 소리를 냈다.

이것을 신호로 유초백이 수화를 시작하자 유란하가 통역해 세명에게 알려주었다.

"호 장로가 병을 치료하기 위해 알려준 그 방법이 차도는 있었나요?"

"네, 확실히 어느 정도 차도가 있었고 지금도 나아지고 있어요."

사실대로 말하자면 이제는 거의 완치됐다고 봐도 무방했지만 그렇게 말하면 백련교에 큰 빚을 지고 있단 느낌이 들기도 하고 토납법 외에 다른 것을 배웠다고 의심받을 수도 있었다. 실제로 정방만 해도 기본 연공법으로 다리를 고친 것에 대해 뭔가 다른 시술이 있을 거라고 생각했다.

해서 사실을 적당히 윤색하는 방식으로 계속 밀고 나가기로 했다.

이전에 세명이 얼마만큼 심하게 다리를 절었는지 모르는 이들로서는 지금의 세명이 얼마나 나았는지도 알 리 없었다.

"그렇다면 다행이에요. 소협이 배운 것은 귀중한 것이지만 한편으론 너무 흔해서 그 진실된 가치를 아는 이 없는, 햇빛이나 물과 같은 것입니다. 듣기로 옛 전진교(全眞敎)의 청정공(淸靜功)이 그렇고, 소림사(少林寺)의 역근공(易筋功)이 그러하다 했습니다. 근자에 많은 심법과 연공법과 연단법이 생겨났지만 실상 그 근본이 모두 그것에서 나왔다고 합니다. 병을 치료할 여러 방도 중에 호 장로가 그와 같은 대공을 택해 소협에게 알려준 데에는 필히 그만한 이유가 있을 터, 소협이 일로일로 정진하면 반드시 병을 완치하고 대공을 완성할 수 있을 것입니다."

이번에도 유초백의 수화는 짧았고 유란하의 설명은 길어서 어디까지가 유초백의 말이고 어디서부터가 유란하의 말인지 분간할 수 없었다. 다만 이세명은 자신이 배운 토납법이 소림의 역근공에 비견되자 은근히 기분이 좋았다.

유란하의 설명이 끝나자 유초백이 다시 수화로 질문했다.

"그 외에 배운 것은 없나요?"

이세명은 간이 철렁했지만 태연하게 노질을 계속하며 내색하지 않았다.

"십자불계 말고는 어려운 법문을 하나 들었는데 잘 기억이 나지 않아요. 무극이 태극이고 음양이 어쩌고 하는 건데……."

이세명은 견화참정에 관한 것을 물어올까 봐 조마조마했다.

"실례지만 장삼 대협에게 받은 가르침을 알려주실 수 있겠습니까?"

이세명은 질문이 이해되지 않는 한편 어째서 실례인지도 알 수 없었다.

"그야 배 만드는 법을 배우고 있지요."

고개를 갸웃거리는 세명의 표정에 유란하의 입가에 미소가 걸렸다.

무인에게 무공의 연원과 공부의 정도를 묻는 것은 경우에 따라 큰 결례가 되기도 했지만 세명의 대답에는 무인이란 자각이 없어 보였다.

유초백은 자신과 마주 앉아 배를 몰고 있는 청년이 마냥 신기했다. 오 장 밖에서 자신이 풀어놓은 외기를 감지할 뿐 아니라 거리낌없이 그 안을 헤집고 다가온 이가 일 점의 무공도 배우지 않은 평범한 청년이란 것을 인정하기 어려웠다. 호노와 관련이 있다는 걸 알고는 자신과 동류의 내공을 익혔다면 가능할 법도 하구나 하고 생각했지만 그것도 아닌 듯했다.

유초백은 그에 대해 몇 가지 질문을 더 하려고 했지만 어째서인지 유란하가 제대로 통역해 주지 않았다. 배 만들기가 힘들지 않냐, 이곳은 경관이 좋다는 등의 엉뚱한 통역을 하는 사이 배는 강의 중간을 넘고 있었다.

"어이! 어이!"

먼 곳에서 들려온 소리에 이세명은 고개를 돌려 앞을 확인했다. 반대 편에서 다가오는 배에서 사공이 손을 흔드는 모습이 보였다. 비스듬히 올려진 외돛 사이로 키질을 하고 있는 사공의 얼굴을 확인할 것도 없이 이세명은 배만 보고도 그가 누구인지 알 수 있었다. 십여 명이 탈 수 있는 돛단배를 가지고 있는 사람 중에 역풍을 받으며 배를 몰 수 있는 사람은 오직 한 사람밖에 없었다.

"기 아저씨! 안녕하세요?"

다소 먼 거리였지만 이세명은 키를 잡고 있는 사공의 눈밑에 있는 콩알만한 사마귀까지 볼 수 있었다. 홍림포구에 사는 기씨였다. 세명이 손을 흔들며 소리치고 다시 기씨가 응답하고 세명이 외치고 하는 사이 두 배는 빠르게 가까워졌다.

"방향을 잡는 거예요. 부딪치면 안 되니까요."

이세명은 평소 아무렇지도 않게 하던 일이 괜히 요란 떠는 것 처럼 비칠까 설명을 붙였다.

"우측으로 가겠다는 통어(通語)지요?"

통어는 평범한 대화에 높낮이를 다르게 하는 등의 수법으로 여러 뜻을 내포하는 뱃사람들의 은어였다. 유란하가 통어를 알아보자 이세명은 계면쩍게 웃으며 고개를 끄덕였다.

두 배는 엇갈려 지나치며 약속이나 한 것처럼 속도를 줄였다. 그제야 이세명은 기씨의 돛단배에 타고 있는 사람들을 모두 볼 수 있었다.

눈에 띄지 않는 평범한 복색의 상인들과 유생처럼 보이는 젊은이까지 모두 다섯 사람인데 처음 보는 사람들이었다. 이맘때면 미곡과 은행(銀杏)을 사려는 상인들이 종종 드나들긴 했지만 이렇게 생판 모르는 사람들이 대거 홍림포구에서 소행촌으로 가는 일은 드문 일이었다.

"우가는 어쩌고 어린 이가가 이가 놈 배를 몰고 있누?"

"하하하! 삼 어르신 손님들이라 제가 특별히 나섰지요!"

세명의 얼굴을 확인한 기씨가 악의없는 농을 건네자 세명 역시 밝게 웃으며 대답했다.

"어르신들은 안녕하시고?"

"네, 덕분에 건강하세요!"

"그래, 수일 내에 찾아뵙겠다고 전해라!"

"무슨 일 있어요?"

“배도 손보고 오랜만에 삼 어르신에게 문안 좀 여쭈려고 한다!”

“네, 그렇게 전할게요!”

“그럼 나는 공사가 다망해 이만 가봐야겠으니 돌아오면서 보자꾸나!”

“네, 그럼 다녀오세요!”

이세명과 기씨가 소리쳐 대화를 나누는 동안 두 배에 타고 있던 승객들은 무심한 표정으로 서로를 훑어보았다. 눈길조차 돌리지 않고 먼 산만 바라보는 이도 있고, 그저 지나치는 시선으로 슬쩍 눈을 돌렸다가 거두는 이도 있었다. 유란하 정도의 미녀라면 의당 관심을 받을 법도 한데 기씨 말고는 두 번 이상 눈길 주는 이가 없었다.

세명의 배가 저만치 멀어지는 걸 보고 있던 유생 차림의 천무군(天武君)이 자리를 고쳐 앉으며 기씨에게 고개를 돌렸다.

“사공, 방금 지나친 배에 타고 있던 사람들은 누구요?”

“글쎄요. 소인이 아는 건 배를 몰던 아이뿐인뎁쇼.”

기씨는 최대한 공손하게 대답했다. 나이는 약관에 불과해 보였지만 홍림포구에서 하루를 묵는 동안 현청의 높은 분들과 만났고 이십여 명의 변복 군사를 부렸다는 얘기를 들은 터였다. 자고로 관인에게는 굽실거려서 나쁠 게 없다는 기씨의 처세술이었다.

“아이라니? 그 사공 청년 말이오?”

“청년이요? 세명이 말씀이시군요? 수상반이라고 배 만드는 곳에서 일하는 아이인데 잠깐 못 본 사이에 많이 컸군요.”

“삼 어른이라고 하던데, 그게 혹 수상반의…….”

천무군이 의도적으로 뒷말을 줄이자 기씨가 얼른 말을 이었다.

“예, 맞습니다. 수상반의 장삼 어르신이지요.”

기씨의 대답을 들은 천무군은 앞에 있는 상인 차림의 수하들에게 눈을 돌렸다.

"배에 타고 있던 자들에 대해 아는 사람 없나?"

"짐작 가는 바가 있기는 한데……."

"어쩌면……."

수하 둘이 동시에 대답했다. 나름대로 강호 정세에 밝다고 하는 자신도 모르는 인물들이라 기대하지 않고 물어본 것인데 하나도 아니고 둘이나 알고 있다니 다소 의외였다.

"말해 보게."

천무군은 대답을 한 수하 중 먼저 나이가 많은 안천일에게 눈짓을 했다.

"여인은 모르겠고 남자는 마교의 장로 같습니다."

안천일의 말에 천무군은 물론 배 안의 모든 사람의 눈이 커졌다. 심지어 듣지 않는 척하며 배를 몰던 기씨까지 놀라는 표정이었다.

"기도를 감출 수 있는 고수 중에 홍의에 홍포, 홍혜까지 즐기는 자는 염화랄도(炎火剌刀) 여염구(呂艶龜)밖에 없습니다."

안천일이 대답했다. 짧은 순간 스치며 한번 훑어본 것 같지만 옷과 신발은 물론 갈무리된 기도까지 살펴보고, 그 특징에 맞는 자를 기억 속에서 찾아내는 일이 어디 쉽겠는가? 천무군이 피식 웃었다.

"염화랄도라고 말하고 싶은 건가?"

염화랄도 여염구는 전대의 기인으로 이미 강호에서 소식이 끊긴 지 십 년이 넘은 고수였다. 특이한 내공을 익힌 덕분에 화기가 넘쳐 얼굴이 항상 붉은데다 옷도 붉은 옷을 즐겨 입어 적화염도(赤華炎刀)라고도 불렸다. 무림의 기인이 거론되자 천무군은 다소 어이가 없었다.

안천일은 같잖다는 미소를 짓고 있는 젊은 상관이 처음부터 맘에 들지 않았다. 화적으로 떠돌다 민란에 가담하고 여러 군벌을 거쳐 오늘에 이르기까지 자신보다 어린 상관을 모신 적이 없는 건 아니었다. 그런데도 유독 천무군이 싫은 이유는 자신 외의 모든 사람들을 얕잡아보는 듯한 저 미소 때문이었다.

"염화랄도가 마교의 장로였기는 했지만 소식이 끊긴 지 여러 해가 됐고 최근의 마교 토벌 중에도 모습이 보이지 않았습니다. 살아 있다면 이미 백 세가 넘었을 텐데 설마 제가 그것도 모르겠습니까? 제가 말하고 싶은 건 당대에는 붉은 옷을 입고 다니는 고수가 없다는 것입니다."

천무군은 속 시원히 한 번에 말하지 않고 뜸 들이는 안천일의 화법에 답답함을 느꼈지만 계속 듣는 수밖에 없었다.

"다만 마교의 장로들은 교주가 죽으면 일 년간 붉은 옷을 입는다고 알고 있습니다."

천무군은 처음 듣는 얘기였다.

"상복으로 적포를? 확실한가?"

천무군이 믿지 못하고 사실 여부를 확인해 오자 안천일은 어깨를 으쓱하며 자기 옆에 앉아 있는 소포관의 옆구리를 쳤다. 안천일과 소포관은 얼마 전에 처음 만난 사이였지만 군무 경력과 거쳐 온 부대가 비슷해 금방 친해진 사이였다.

"십수 년 전에는 그랬는데 지금은 모르겠습니다."

안천일 대신 소포관이 대답했다. 안천일과 소포관은 이십 년 가까이 전장을 돌아다닌 자들이었다. 상관에게 밉보이고 파벌이 몰락해서 지금까지 말단 군관으로 머물러 있긴 했지만 풍부한 실전 경험은 장군들

못지않았다. 이 점은 천무군 자신이 제일 잘 알고 있었다.

오랜 군무를 통해 얻은 안목의 도움을 받자고 데려왔으니 그 판단은 허투루 넘길 일이 아니었다.

"마교의 장로라……. 그래, 자네도 그렇게 생각하나?"

천무군은 소선에 타고 있던 인물을 알아봤던 다른 수하에게 턱짓을 했다. 가장 최근에 천무군 밑으로 들어온 두주란 자였다.

"잘 모르겠습니다. 제가 알아본 건 그림 속의 여자였습니다."

두주가 대답했다.

"그림 속의 여자?"

천무군이 자세한 설명을 요구하자 두주가 고개를 끄덕였다.

"네, 마교 하남 지부를 해산시킬 때 일인데 법당인가 교당인가에서 미인도가 하나 나왔습니다. 그걸 두고 병사들끼리 시비가 붙어서 칼부림까지 났었죠."

"그러니까 좀 전의 배에 타고 있던 여인이 그 미인도의 주인공이다?"

"자세히 보지 못했지만 그런 미인이 흔하지 않다면……."

붉은 상복에 이어 미인도까지 천무군은 모두 처음 듣는 얘기였다. 인정하고 싶진 않지만 자신의 견문과 지식이 현실적인 정보와는 거리가 있음을 인정해야 했다.

"수적과 마교의 장로, 거기에 미인도에서 살아 나온 여인이라……. 재미있군."

천무군은 짧은 순간 수많은 가정과 가능성을 생각하며 가까워지는 소행촌을 보았다. 곳곳이 노랗게 물들어 있는 작은 마을은 육백 리 밖의 전장관 동떨어진 평화로움에 감싸여 있었다. 불과 며칠 전까지 화살비가 내리는 곳에 있었던 자신을 거부하듯 한줄기 맞바람이 느껴졌다.

"안씨는 그들을 쫓아가 봐. 두씨는 그 미인도에 대해 알아보고. 그리고 마교가 관련됐을지 모르니까 다들 신중을 기하라고 알려. 알겠지?"

천무군은 배를 모는 기씨를 의식해 안씨니 두씨니 해가며 지시를 내리긴 했지만, 기씨가 자신들을 행색처럼 평범한 상인들과 유생으로 보고 있지는 않을 거라고 생각했다.

'지나온 마을들에서처럼 그저 유행 나온 고관 자제쯤으로 알아줬으면 좋겠는데……'

하지만 어지간히 눈치없는 자라 해도 지금까지 오간 대화를 듣고 그렇게 믿어줄 것 같지 않았다. 필시 자신들의 정체가 궁금할 텐데, 못들은 척, 관심없는 척 뚱한 표정을 하고 있는 걸 보면 오히려 눈치가 빠른 자임을 알 수 있었다.

'별 상관 없겠지.'

천무군은 피식 고개를 돌렸다. 눈치가 빠른 자라면 설사 자신들의 진짜 신분을 안다 한들 함부로 입을 놀리진 않을 터였다.

"의외의 수확이 나올지도 모르니 예정을 좀 늦추더라도 자세히 알아봐야겠어."

이세명은 배를 홍림포구에 대지 않고 마을과 포구에서 한참 떨어진 갈대 숲으로 향했다. 무성한 갈대에 막혀 노질이 불가능하자 이세명은 내려서 배를 밀었다. 허벅지까지 빠지는 물을 보고 유초백이 도우려 했지만 이세명은 도움을 거절하고 혼자 배를 밀었다. 배가 땅에 닿아 더 이상 나가지 않자 이세명은 유초백과 유란하를 내리게 했다. 무성한 갈대들에 둘러싸여 배는 묶어둘 필요도 없었다.

세명이 앞장서 갈대를 헤치며 나아가자 유란하와 유초백이 뒤를 따랐다. 키를 넘게 자란 갈대는 끝을 모르게 이어졌다. 강변의 땅은 비옥하지만 언제 강물이 불어날지 모르니 누구도 쉽게 경작하려 들지 않았기 때문에 갈대는 주인없는 땅에서 수십 년을 자라오고 있었던 것이다. 이세명은 젖은 옷에서 물이 떨어지지 않게 됐을 때쯤 발걸음을 멈췄다.

"이곳입니다."

세명이 비켜서자 커다란 바위가 나타났다. 길이가 이 장, 높이가 일 장에 이르는 둥글넓적한 바위였다. 이세명은 바위를 돌아 뒤로 다가갔다. 바위 주변은 잘려 나간 흔적이 역력히 보이는 갈대들 사이로 새로 자란 갈대들이 듬성듬성 고개를 내밀고 있었지만 무릎을 넘지 못해 주위의 갈대들과 사뭇 대조를 이루었다. 바위를 돌아들자 아무런 표시도 없는 봉분 하나가 나타났다.

"멀리 갈 수도 없고 달리 표식이 될 만한 것도 없어서 여기에……."

초라한 봉분에 미안한 마음이 앞서는 세명이었지만 유란하는 조용히 고개를 저었다.

"감사합니다. 정말 감사합니다. 이 은혜를 어찌 갚을지……."

격정을 억누르는 음성으로 유란하가 세명에게 깊이 허리를 숙였다. 이세명은 어쩔 줄 모르고 덩달아 허리를 움찔거리며 손을 내저었다.

"아뇨, 제가 무슨. 저는 배에 가 있겠습니다."

이세명은 유란하의 예를 받지 못하고 뒤로 물러났다가 돌아섰다. 세명이 자리를 뜨자 유란하는 무너지듯 주저앉아 봉분 앞에 엎드렸다.

소리는 나지 않았지만 유란하의 어깨는 가느다랗게 떨리고 있었다.

유초백은 코끝이 찡해지는 걸 느끼며 잠시 먼 하늘을 쳐다보다 몸을 돌렸다. 호법으로 유란하의 곁을 떠나선 안 되는 입장이었지만 더 이상 유란하를 지켜보고 있기도 힘들었다.

유초백은 범바위를 돌아 세명이 있는 배까지 멀찍이 물러섰다.

이세명은 유초백이 혼자 돌아오자 다소 어리둥절했지만 잠시 후 들려온 흐느낌에 상황을 짐작할 수 있었다. 갈대 숲을 뚫고 들려온 흐느낌이라니……. 어쩌면 통곡일지도 모르는 일이었다.

목 놓아 울지도 못하고 참고 참아 흐느끼는 듯한 소리. 이건 귀를 통해 들리는 게 아니었다. 머리 속을 울리고 심장으로 전해져 오는 소리에 이세명은 감정이 복받치며 눈앞이 뿌예지는 것을 느꼈다. 가슴을 흔드는 슬픔과 이유없이 고이는 눈물. 이세명은 고개를 들어 참아보려 했지만 구름 한 점 없는 맑은 하늘이 세명의 마음을 더욱 상심케 했다.

어째서 하늘은 이리도 맑은 것일까? 바람은 어디서 불어오는가? 알 수 없는 의문이 마음을 흔들어놓고 느껴지는 모든 것들이 슬픔으로 다가왔다.

범바위 쪽에서 들려오던 흐느낌은 반 각도 되지 않아 잦아들었지만 세명의 마음은 여전히 비탄에 빠져 헤어 나오지 못했다. 슬픔은 더욱 커져만 가고 흐르는 눈물은 멈추지 않았다. 다시 반 각이 지나지 못해 이제 슬픔은 원망으로 다가왔다. 슬프게 하는 모든 것, 세상의 모든 것들이 원망스러웠다.

유초백은 사방으로 뿌려지던 슬픈 기운이 진정되는 가운데 섬뜩한 분노의 기운을 감지하고 몸을 돌렸다. 한 손으로 눈을 가리고 소리없이 울고 있는 세명에게서 한 서린 비통함과 분노가 동시에 느껴졌다.

감정의 변화에 따라 유형화된 기운이 사방으로 뻗치고 있었다. 어째서 이런 일이 일어났는가 하는 의문은 두 번째였고 유초백의 몸이 먼저 움직였다.

유초백은 급히 세명의 뒤로 다가가 명문혈에 오른손을 가져갔다.

자세도 바로잡지 않은 상태에서 진기를 주입하는 것은 자칫 위험을 초래할 수 있었지만 유초백은 거리낌없이 진기를 불어넣었다. 감정의 폭주에 따른 내기 방사는 주화입마의 일종으로 시전자 자신에게 큰 피해를 입힌다. 흔히 심마에 빠졌다고 하는 상태인 것이다.

이종(異種)의 내공을 수련했을 때 나타날 약간의 거부감을 감수하고 있던 유초백은 예상과 달리 너무 수월하게 받아들여지고 조절되는 진기의 흐름 덕에 빠르게 세명의 화기를 눌러 나갔다. 이는 세명이 익힌 내공이 특정한 종류의 것이 아니라 특색없는 가장 기본적인 것이어서 가능한 일이었다. 유초백의 도움으로 세명의 안색은 빠르게 정상을 되찾았다.

주체할 수 없는 슬픔과 분노가 가라앉자 이세명은 정신을 차리고 현재의 상황을 인식했다.

뒤에서 진기를 주입하는 사람이 유초백임을 짐작했지만 짧은 시간 자신의 내부에서 일어났던 마음의 변화에 대해서는 의문이 남았다. 분명치 않지만 유초백의 도움으로 큰 위험에서 벗어난 것 같았다.

유초백의 진기는 온몸을 돌아 되돌아가지 않고 세명의 단전으로 모여들었다. 이세명은 모여드는 진기를 진정시키기 위해 호흡을 길고 깊게 했다.

유초백은 세명이 의식적으로 진기를 갈무리하는 걸 느끼고 천천히 진기의 주입을 줄이다가 손을 떼었다.

단 한 줌의 내공이라 할지라도 고수가 진원지기를 나눠 준다는 것은 벌모세수나 내공전이 등의 특별한 경우를 제외하곤 상상도 할 수 없는 일이었다.

그것이 정확히 얼마나 되는 양인지도 알 수 없는 적은 양이긴 했지만 유초백은 세명에게 내공을 나누어 주었다. 유초백은 아마도 한두 달의 수련을 통해 얻을 수 있는 양일 것이라 짐작하면서도 별달리 아깝다는 생각은 들지 않았다.

"감사합니다."

이세명은 유초백에게 허리 숙여 감사의 뜻을 전했다. 자신이 내공 받은 것을 알지 못했기에 단지 위험에서 구해준 것에 대한 감사의 표시였다. 유초백은 표정의 변화 없이 고개만 조금 끄덕였다.

이각이 지날 무렵 유란하가 돌아왔다. 살짝 부어 있는 눈가의 붉은 흔적은 그녀가 눈물을 흘렸음을 의미했다. 이세명은 눈을 마주칠까 두려워 고개를 돌렸다.

"이제 돌아가요."

유란하가 먼저 배에 오르고 유초백이 뒤를 따랐다. 이세명은 배를 끌고 한참을 나와서 배에 올랐다. 갈대 숲을 막 벗어난 곳에서 세명은 잠시 배를 멈췄다. 세명이 소명왕의 시체를 건져 올린 부근이었다. 세명이 그 얘기를 할까 망설이는 동안 유란하와 유초백은 수화로 대화하고 있었다.

이세명은 짧은 망설임 끝에 그냥 배를 몰기로 하고 굳게 입을 다물고 올 때와 마찬가지로 유란하의 눈을 피해 고개를 슬쩍 숙이고 노를 저었다.

　배가 강의 중심을 지날 때 이상한 목소리가 들려왔다. 머리를 윙윙 울리는 음성은 유란하의 목소리 같기도 하고 아닌 것 같기도 했다.

　그대는 누구인가요?

　유란하의 음성이 분명했지만 무언가 알 수 없는 기운이 깃들어 있었다.

　거역할 수 없는 힘에 이끌린 이세명은 고개를 들어 유란하를 보았다. 유란하의 검은 눈동자가 금빛으로 출렁이며 세명에게 고정되어 있었다. 유란하의 눈과 마주치자 질식할 듯 숨이 막히며 가슴이 옥죄어 왔다.

　'윽!'

　신음을 삼키며 고개를 돌리려 했지만 몸이 말을 듣지 않았다. 알 수 없는 불안감이 엄습하며 숨이 멎고 심장이 멈췄다. 귀밑에서 요동 치던 마지막 맥박의 소리를 끝으로 주위의 모든 사물이 움직임을 잃었다.

　대저 무엇을 두려워하여 모습을 감추는가요?

　다시 한 번 머리를 울리는 목소리에 강물의 흐름마저 멈추었다. 잔물결에서 떨어져 나온 물방울과 한가로이 지나가던 새는 공중에 매달려 움직이지 않았다.

　모든 움직이는 것들이 멈추고 세명을 압박하던 알 수 없는 불안감과 육체적 고통은 말끔히 사라졌다. 시간이 멈춘 듯 고요한 공간에 한없는 평온함이 가득했다.

　견화참정을 통해 선정에 들었을 때의 느낌과 비슷했지만 그것과는 많이 달랐다. 우선 외부 세계를 감지하고 있는 오감이 살아 있고, 현실을 분석하고 관찰하는 분명한 의식이 있었다.

세명의 몸이 은은한 금광으로 뒤덮이더니 유란하의 눈빛보다 강렬한 빛을 발하기 시작했다.

나는 십호(十號)를 원만히 구족(具足)하는 자라. 대신하여 하생하였으나 아직은 때가 이름이라. 법신불의 눈이여, 대신하여 말하는 자여, 원하는 바를 이룰지니 나를 깨우지 말라.

이세명은 자신의 음성을 들었다. 그러나 입을 열어 말한 것도 아니고 자신의 의지에 의한 것도 아니었다. 내부에 있는 또 다른 자신이 하는 말이었다. 이세명은 유란하의 목소리처럼 머리 속을 울리는 자신의 목소리를 듣고 있어야만 했다.

존귀하고 존귀하신 분이여! 때가 이르렀음입니까?

유란하의 눈에서 빛나던 금광이 격정에 일렁거렸다.

나는 거듭나며 기다릴 뿐 네 생에는 보지 못할 것이요, 네 자식도 보지 못할 것이라. 법신불의 눈이여, 대신하여 말하는 자여, 너는 그 때가 멀었음을 이미 보았음이라. 인사(人事)로 당기고 늦출 수 없는 것을.

세명의 몸에서 차츰 금빛이 사라졌다. 같은 속도로 유란하의 눈에서 출렁이던 금빛도 검은색으로 바뀌어갔다.

"옥불현신(玉佛現身)이시여, 내가 하늘의 별을 차례로 하생시킬 것이니 그대가 그 때에 이르러 즉시 저 많은 무리들을 교화시키도록 하세요. 그대가 이제 하생하거든 먼저 병란 가운데로 들어가 칼날과 뒤에 오는 화살을 떠나게 하고, 저 떠도는 중생들을 구제토록 하세요……."

유란하와 세명 사이에 긴 대화가 오갔지만 현실에서의 시간의 틈은 없었다. 유초백은 자신이 알 수 없는 영역에서 일어난 일을 짐작조차 하지 못했다. 그저 유란하의 힘없는 중얼거림이 어느 경전에서 읽은 것이란 걸 기억하고 소스라치게 놀랄 뿐이었다.

유란하의 작은 목소리에 유초백의 눈이 치켜떠졌다. 짧게 수화를 만들어 유란하에게 말을 걸자 유란하는 살짝 고개를 끄덕이고는 말이 없었다.

"죄송합니다……."

이세명은 멍하니 유란하를 바라보고 있는 자신을 발견하곤 얼굴을 붉히며 고개를 돌렸다. 어쩌자고 정신을 놓고 유란하를 보고 있었는지 알 수 없었다.

다만 유란하의 눈과 마주하고도 아무런 고통이 없었던 걸 깨닫고 고개만 갸웃거렸다. 이세명은 멈춘 손을 움직여 다시 노를 젓기 시작했다. 슬쩍슬쩍 유란하의 눈을 보았지만 이전과 같은 답답함이나 가슴의 통증은 없었다.

유란하는 장삼에게서 세명에 대한 이야기를 듣는 순간 예사롭지 않다 생각하고 있었다. 소명왕 생전의 마지막 밤을 함께 보내고 죽어서는 시신을 거두어 장례를 치렀으니 그 자체가 평범한 인연이라 할 수 없었다. 그리고 세명과 마주한 순간 세명이 광명계에 발 들여놓았음을 알았다.

처음 광명계를 접한 자는 광명계에서 맛본 정신적 해방감을 잊지 못한다. 그 결과 계속해서 광명계에 거하려 하고 현실을 등한시하게 된다. 생활이 불가능해지는 것이다. 이는 광명계와 현실의 괴리를 극복하지 못하고 끝없이 광명계에 머무르려 하기 때문이었다. 이 불균형을 극복하고 현실과의 균형을 맞춰주는 게 대신녀의 역할이었다.

광명계에 초입한 자는 대신녀가 주재하는 교수 인정식을 거쳐야 교수로 활동할 수 있다. 하루 온종일이 걸리는 복잡한 절차를 거치는 이 의식의 요점은 대신녀가 교수의 정체성을 확인하고 인정하는 것이지만 거기서 끝나지 않고 각성된 법신불의 형상을 교수의 내면에서 끌어내 교수와 일체화시키는 데 있었다. 광명계의 법신불과 일체화되면 더 이상 불을 매개로 하지 않고도 광명계에 들 수 있으며 현실에서의 괴리감도 느끼지 않게 된다. 불성을 깨달은 자에게 현실의 구속이란 그저 삶과 죽음의 경계 같은 것이었다.

광명계를 접한 자가 이 의식을 거치지 않으면 대신녀를 보는 순간 강한 충격을 받게 된다. 대신녀를 보고 놀라는 자는 대부분 귀문(鬼門)에 든 자, 즉 귀신 들린 사람일 확률이 높았지만 광명계에 든 자도 비슷한 반응을 보인다.

또한 인정식을 치르지 않은 교수는 대신녀에게서 광명계를 볼 수 있게 되는데 사람에 따라 대신녀의 목소리에 반응하거나 대신녀의 체취(體臭)에 반응하기도 한다. 어쨌든 현실의 불완전한 의식으로 광명계를 접하는 것은 매우 위험한 일이다.

유란하는 세명에게서 이런 징후를 보았고, 유초백도 몇 가지 정황을 통해 짐작하고 있었다. 거기에 유초백에게 들은 범바위에서의 폭주는 유란하의 심상에 반응한 것이 분명했다. 대신녀는 주위의 사람과 사물을 동조시키는 능력이 있지만 거기에 과민 반응해 이른바 감정의 폭주 상태에 빠지는 사람들은 세 종류였다. 대신녀가 관할하는 만신당 소속 무녀들과 귀문에 든 자, 그리고 아주 드물게 인정식을 거치지 않은 교수…….

세명의 폭주를 전해 들은 유란하는 세명의 본체를 확인해야 했다.

광명계에 접했든 귀문에 접했든 가만 놔두면 화가 되는 건 마찬가지였다. 이는 소명왕과의 인연이 아니더라도 대신녀로서 지나칠 수 없는 일이었다.

배가 행화촌에 도착할 때까지 유란하는 한마디도 꺼내지 않았다. 유초백과 수화로 대화를 나누었지만 세명은 알 수 없었다.

선착장에 도착하자 이세명은 먼저 내려 말뚝에 배를 결박했다. 배가 완전하게 접안되자 유초백이 내린 후 유란하의 손을 잡고 선착장에 올랐다.

"수상반으로 돌아가시나요?"

세명의 물음에 유초백이 고개를 저었다.

"그럼 저는 이만 돌아가 보겠습니다."

세명이 허리를 숙이자 유란하와 유초백이 합장으로 인사를 대신했다. 이세명은 이런 예의에 당황해 같이 합장을 하고 돌아섰다.

[저대로 보내도 되겠습니까?]

인사를 하고 돌아서는 세명의 뒷모습을 보며 유초백이 수화로 묻자 유란하는 작은 소리로 대답했다.

"이미 교연이 닿았는데 무슨 걱정이겠습니까? 홍화(紅火)의 불씨는 저절로 꺼지는 법이 없답니다."

유초백의 수화가 이어졌다.

[그렇더라도 옥불현신의 교수를 강호에 두고 떠나기가…….]

"아직은 때가 아님이에요, 때가……."

유란하는 한동안 움직일 줄을 모르고 그 자리에서 세명이 멀어져 가는 모습을 바라보았다. 길이 굽어 세명이 사라지자 유란하의 눈이 강 너머로 향했다.

[이장(移葬) 준비를 할까요?]

조심스럽게 수화를 만드는 유초백에게 유란하는 살짝 미소를 지었다.

"한 점의 염(念)도 남아 있지 않았습니다. 편안히 광명계로 가셨는데 미련을 두어 무엇 하겠습니까. 구천을 헤매는 원귀가 될까 저어하고 누가 있어 그분의 원통함을 풀어줄까 걱정했던 제 자신의 이기심만 남게 되었군요. 원귀라도 좋으니 마지막으로 그분을 보고 싶었는데……. 광명계로 떠나는 마지막 모습을 보고 싶었지요."

유란하는 강 건너에 있는 소명왕의 묘를 보고 있지 않았다. 커다란 바위 옆에 누워 있는 시신은 큰 물난리가 있으면 떠내려갈 것이고, 그 자리에는 바람에 나부끼는 갈대만 무성해질 것이다. 유란하가 보고 싶었던 건 땅속에 묻힌 시신과 초라한 봉분이 아니었다.

"한낱 아만과 아집인 것을 모르고……."

유란하는 강에서 시선을 거두고 하남과 섬서를 거쳐 감숙을 지나야 할 길고 긴 고난의 여정을 향해 첫발을 내디뎠다.

행화주막의 이층은 전부 객실이었다. 일층에서 올라온 계단 끝에 문이 있고 문을 열고 들어가면 주인 모자가 쓰는 방과 복도를 따라 매, 란, 국, 죽, 네 개의 객실이 있었다. 각 방의 크기는 열 평으로 모두 같고 강을 향해 전망 좋은 창이 나 있는 것도 같았다. 두 개의 침상과 식탁이 놓여 있는 위치도 같고, 심지어 방에 있는 허술한 족자의 위치와 아침, 저녁 두 끼를 포함한 숙박비도 백이십 문으로 똑같았다.

그래도 행화주막에 묵어가는 사람은 일 년에 열 명 남짓하지만 모두 죽실만 찾았고 주인 임씨도 항상 죽실로 안내했다. 죽실은 해가 뜨는 강으로 창이 나 있을 뿐 아니라 강과 마을을 볼 수 있는 남쪽에도 창이 나 있어 네 방 중 경관이 제일 좋았다. 매실도 벽 두 면에 창이 있긴 했지만 강을 향한 쪽과 해가 들지 않는 북향에 창이 있어 강쪽으로만 창이 있는 다른 방보다는 오히려 못했다.

천무군은 전망 좋은 죽실의 창가에서 세 명의 배가 들어오는 것을 보며 서 있었다. 강을 건너오며 보았던 두 사람이 돌아오는 배에 그대로 타고 있는 것이 보였다. 저들을 쫓아간 안천일과는 물길이 어긋난 게 분명했다. 두주는 도착하자마자 미인도에 대해 알아본다고 응천부로 갔고, 소포관과 문태우는 현감을 만나러 가고 없었다.

"어쩐다? 내가 갈 수도 없는 일이고……."

천무군의 고민을 아는지 모르는지 사공이 먼저 강 둑을 올라오고 이어서 예의 남녀도 강 둑을 올라왔다.

"할 수 없지. 안 부장이 돌아오길 기다리는 수밖에."

천무군은 유초백과 유란하가 강 둑길을 타고 점점 멀어지는 것을 보다가 탁자에 놓인 찻잔을 들어 올렸다. 미지근하게 식긴 했어도 인근에서는 맛보기 힘든 청차(淸茶)였다. 이곳에서 구하려고 해도 하루 이틀 사이에 구할 수 있는 물건이 아니니 현감이 준비한 것이 틀림없었다.

어떻게 알았는지 현감은 객잔을 예약하고 그가 좋아하는 음식까지 주문해 놓은 상태였다. 하는 꼴을 보니 이곳에 오는 동안 여러 현에서의 경우처럼 고관 자제가 유람 나왔다는 소문을 들었음이 분명했다.

덕분에 때 아닌 호강을 하고 있긴 했지만 천무군은 관료들의 작태가 심히 못마땅했다. 나라는 전쟁 중인데 유람 나온 얼빠진 고관 아들한테 아양이나 부리는 꼴이라니. 그나마 향응 접대에서 끝나니 망정이지

대놓고 뇌물을 쓰거나 청탁을 하는 자가 있다면 만사 제쳐 놓고 주리를 틀어주었을 것이다.

"백련교라……."

천무군은 물 마시듯 식어버린 차를 털어 넣었다.

第三章 무공입문(武功入門)

유란하가 다녀간 뒤로 장삼은
세명에게 어떤 변화라도 생길까 염려하며
지켜봤지만 다행히 아무런 변화도 없었다

유란하가 다녀간 뒤로 장삼은 세명에게 어떤 변화라도 생길까 염려하며 지켜봤지만 다행히 아무런 변화도 없었다. 장삼은 변화없는 일상의 반복을 천지신명께 감사드렸지만 우려할 일은 엉뚱한 곳에서 시작되고 있었다.

"경아, 그런 거 백날 해봐야 소용없으니 이리와서 도법이나 익혀라."

장사는 잘 깎은 목도(木刀) 두 자루를 들고 고경의 주위를 어슬렁거렸다. 이세명이 일 년 새에 큰 것에 비하면 고경은 세 치 정도밖에 자라지 않아 이제는 세명보다 작아 보였다. 하지만 떡 벌어진 어깨와 그 위로 보이는 목의 근육, 검게 그을린 피부와 왼쪽 눈썹 위로 나 있는 흉터는 고경의 인상을 강인하게 보이게 했다.

고경은 인상에 어울리지 않게 쪼그리고 앉아 무쇠 추에 가죽 끈을 묶는 일에 열중했다.

"이 도법만 잘 익히면 고수가 될 수 있다니까!"

장사가 아무리 떠들어도 고경은 신경도 쓰지 않고 하던 일에 열중했다.

세 가닥의 얇은 가죽 끈을 꼬아 양 끝에 한 근짜리 추를 다는 일은 생각처럼 쉽지 않았다. 추의 고리가 너무 작아 가죽 끈이 잘 들어가지 않았던 것이다. 구멍이 크게 뚫린 추를 구하거나 가죽 끈의 두께를 줄이면 될 일이었지만 구멍이 큰 추는 너무 무거웠다. 가죽 끈도 지금 가지고 있는 게 마을에서 구할 수 있는 제일 얇은 놈이었다.

"그 도법 백날 익혀봐야 삼 사부 발끝도 못 미치는 사 사부나 능가하겠습니까?"

고경의 대꾸에 장사는 분통이 터졌지만 자기 입으로 뱉은 말을 주워 담을 수도 없는 노릇이어서 얼굴만 붉혔다.

며칠 전 일이었다. 아홉 달째 기초 무공과 도법을 배우던 고경이 장사에게 오랜만에 무용담을 청하자 장사는 조금 과장되게 부풀려 수적 시절의 이야기를 들려줬다.

몽고군의 군량을 뺏고 군선을 불태우면서 철궁(鐵弓)으로 유명했던 야율목문의 목을 따는 장면을 실감나게 들려준 것까지는 좋았다. 하지만 느닷없이 '그때 사 사부는 뭐 했어요?' 라는 질문을 받자 장사는 '내가 형님 발끝이나 따라가겠냐?' 고 평소 안 하던 겸양을 부렸던 것이다.

그리고 다음날 고경은 낫 두 자루를 들고 와서 장사를 당황케 했다. 장삼의 쌍겸을 가르쳐 달라는데 장사가 알 리 만무했다. 다만 장삼이 원래 유성추를 배웠고, 그 후에 연자추를 쓰다가 나중에 쌍겸을 사용했다고 알려주었다. 고경은 그 말을 듣고 유성추를 구하려 했지만 소행촌에 유성추 같은 병기가 있을 리 만무했다.

고경은 거기서 포기하지 않고 가죽 끈과 저울추를 구해다가 어찌어찌 유성추 비슷한 물건을 만들었다. 그런 고경을 향해 장삼의 쌍겸은 쇠사슬로 연결돼 무겁고 두껍다고 비아냥거린 결과가 바로 눈앞의 모습이었다. 사슬의 무게를 감당하기 어려워 포기하고, 두께라도 맞춘답시고 세 줄 가죽 끈을 준비한 것이다.

"이놈아, 내가 실력이 모자란다고 도법 자체가 약한 건 아니다. 검광 이덕현을 꺾은 것도, 남궁가를 반쪽 낸 것도, 팽가의 벽력도를 깬 것도 모두 이 강룡십삼검(彊龍十三劍)이었다."

한참을 추의 구멍과 씨름한 끝에 고경은 추의 구멍에 철사를 걸어 고리를 만들고 거기에 가죽 끈을 묶어 작업을 마무리 지었다.

"그거야 수룡왕 얘기지 사 사부 얘기가 아니잖아요."

"내가 약한 건 순전히 내공이 달려서라고 몇 번을 말해야 하느냐?"

"그러니까 이러는 거 아닙니까. 지금부터 수련해 봐야 제가 수룡왕 같겠습니까, 사 사부 같겠습니까? 재수 좋아서 어디서 마공이라도 하나 얻으면 모를까 죽을 때까지 수련한다 해도 언감생심 무량공력을 자랑하던 수룡왕의 반이나 따르겠습니까? 똑같이 미천한 내공이라도 삼 사부는 절정고수라는 야율목문을 비롯해서 숱한 일류고수를 베었고 사 사부는 그 졸자들을 상대했으니 제가 뭘 배워야 할지 명확하지 않습니까?"

졸자들이라는 말에 장사의 얼굴이 일그러졌다.

"이놈아! 내가 해치운 남궁재, 남궁영 형제도 그 졸자들로 보이느냐?"

고경은 직접 만든 유성추를 들고 일어섰다.

"정 사형에게 다 들었습니다. 부상당한 남궁쌍검을 상대로 무척 고전하셨다면서요?"

붉으락푸르락해진 장사는 아랑곳하지 않고 고경은 유성추를 몇 번 흔들다가 가볍게 돌리기 시작했다. 고경은 옆으로 돌리던 추의 줄을 늘이며 머리 위로 들어 올렸다. 점점 커지는 추의 궤적에서 작은 소리가 만들어졌다.

"정방 이놈을!"

장사는 잔뜩 구겨진 얼굴을 풀지 않고 등을 돌렸다.

'죄송합니다. 저는 애초부터 이걸 하고 싶었어요. 그동안 가르쳐 주신 것들을 기본으로 삼아 열심히 하겠습니다.'

고경은 미안한 마음을 차마 말로 표현하지 못했다.

"망할 놈, 누가 그 속을 모를까 봐서 꼭 그렇게 심한 말을 해야겠어? 하긴 그런 소리까지 듣고서야 돌아서는 내가 나쁜 놈이지 누굴 탓하겠냐? 아니지, 이게 다 정방 그놈 탓이지. 내가 잘 말해 달라고 누누이 부탁했건만 그런 말을 해서 경이를 실망시켜? 이놈, 오늘은 그냥 넘어가지 않겠다."

고경이 무릎 꿇고 가르침을 청해왔을 때부터 장사는 오늘 같은 날이 올 것을 예상하고 있었다. 자신이 수룡왕의 검무를 보고 빠져들었던 것처럼 지금 고경의 마음에는 장삼의 쌍검이 깊이 자리 잡고 평생을 따라다닐 것이다. 그 현란함에 눈이 멀었으니 무겁고 투박한 강룡십삼검이 성에 찰 리 없었다. 그걸 알면서도 장사는 혹시나 배우다 보면 관심을 가져 주지 않을까 하는 희망을 가지고 있었던 것이다.

내공의 기초와 몸을 만들기 위한 기본공에 석 달이 걸렸고, 육합권과 장파구절권(長波九折拳)을 익히는 데 석 달이 걸렸다. 그리고 최근 석 달 동안 익힌 것이 강룡십삼검이었다.

장삼의 쌍겸절에도 강룡십삼검에 근간을 두고 만들어졌다는 말도 안 되는 헛소리로 유혹하지 않았다면 처음부터 배우려 하지도 않았을 고경이었다.

"쳇, 그동안 가르치는 재미가 쏠쏠했었는데… 내일부터는 세명이나 꼬셔볼까?"

세명에게 도법을 가르쳐 볼까 하는 생각에 장사의 발걸음이 조금 가벼워졌다.

장사가 떠난 빈 터에서 고경은 쉬지 않고 유성추를 돌렸다. 팔뚝으로 돌리기도 하고 손목으로 돌리기도 하면서 장삼의 쌍겸을 생각했다. 한 방향으로 돌고 있는 유성추와 달리 장삼의 쌍겸은 거리낌없이 전후좌우로 움직였다.

고경은 장삼의 쌍겸을 떠올리며 돌리던 추를 놓아보았다. 나름대로 한 점을 향해 날린 것이지만 유성추는 원을 그리며 엉뚱한 곳으로 날아가다가 왼손에 잡혀 급격히 떨어졌다. 고경은 재빨리 오른손으로 줄을 당겼지만 추는 땅을 끌며 고경의 발 앞에 놓였다.

"형편없구먼."

장사가 사라진 반대 편 숲에서 사람이 나타났다. 고경은 갑자기 나타난 사람을 보고 조금 당황했지만 침착하게 옆으로 한 발 움직이며 바닥에 늘어진 줄을 가리고 손을 뒤로 해 나머지 추를 감췄다.

"뉘신지……?"

처음 보는 얼굴. 마을 사람이 아니었다. 고경이 경계하는 모습을 보이자 소포관은 웃어 보이며 허리춤에서 무언가를 끌렀다. 가느다란 줄의 양 끝에 손가락만한 주머니가 달린 것이 고경의 손에 들린 유성추와 비슷해 보였다.

"나는 저 아래 여관에 묵고 있는 소 모라는 사람일세."

"아, 네. 소 어르신이셨군요. 이곳엔 어쩐 일로다……?"

고경은 여전히 경계를 풀지 않으며 소포관의 손에 들린 물건을 보았다. 소포관은 혁낭을 만지작거리며 한 발 다가섰다.

가죽 주머니 안에는 회선표(回線鏢)라는 일종의 암기가 들어 있었다. 회선표는 사실 표(鏢)라기보다 비도에 가까운 암기였고, 실제로 소포관이 창날을 잘라 만든 이름도 없는 암기였다. 안목없는 누군가 그 활용을 보고 회선표라고 불러 그러려니 할 뿐 산동 삼응보의 회선표와는 전혀 닮지 않은 물건이었다.

소포관은 혁낭의 매듭이 단단히 묶였는지 만져 보고 혁낭을 양손에 나눠 쥐어 가볍게 늘어뜨렸다.

"그냥 경관 좋은 곳을 찾아 산을 오르고 있었네. 높은 산은 아닌데 숲이 우거져 길을 찾기가 쉽지 않구먼. 자네야말로 뭘 하고 있었나?"

"사냥 연습을 하고 있었습니다. 꿩이라도 잡을까 하고요."

무공 수련을 들켰을 때를 대비하여 준비해 둔 답변이었다.

"그랬구먼. 하지만 그래서야 어디 토끼라도 잡을 수 있겠는가?"

소포관은 자신의 회선표를 주욱 밀듯이 던졌다. 팔꿈치 아래만 사용해 가볍게 던지는 동작에도 불구하고 회선표는 빠르게 고경의 옆을 스치고 지나갔다.

"이렇게 하는 거지."

이 장 가까이 날아간 혁낭은 고경의 왼쪽으로 커다란 호를 그리며 소포관에게 되돌아갔고, 소포관은 보지도 않고 오른손을 내밀어 날아오는 회선표를 잡았다.

"와아!"

고경은 이 간단한 한 수가 보기처럼 쉽지 않음을 알기에 입을 벌리고 탄성을 질렀다. 직선으로 날아간 혁낭이 곡선을 그리며 돌아오는 것이 어찌 쉬운 일이겠는가.

고경은 경계심에 감춘 유성추를 이제는 부끄러움에 내놓지 못할 지경이었다.

"이런 것도 된다네."

소포관은 고경의 경계심을 풀고 관심을 끌 요량으로 한 수 보여준 것인데 고경의 반응이 예상을 넘어서자 절로 흥이 났다.

소포관의 손에서 두 개의 가죽 주머니가 동시에 던져졌다. 일 장 정도 같은 방향으로 날아가던 두 개의 혁낭은 소포관의 손에 걸린 줄의 조종을 받아 서로 반대 방향으로 흩어졌다. 고경은 소포관의 손가락을 중심으로 빙빙 돌아가는 두 개의 혁낭을 보며 연신 탄성을 질렀다.

"차!"

기합과 함께 양발을 힘껏 굴려 뛰어오른 소포관의 발 아래로 회선표가 교차되며 지나갔다. 지면을 스치듯 돌아가는 회선표를 보며 고경은 저도 모르게 박수를 쳤다. 소포관이 착지하며 손을 번쩍 들자 회선표는 양쪽으로 원을 그리며 모여들었다. 소포관은 모여든 회선표를 다시 한 번 길게 늘였다가 동시에 끌어당겨 한 손에 움켜잡았다.

짝짝짝!

"와, 멋지네요!"

포권으로 마무리 짓는 소포관을 향해 고경은 아낌없는 박수를 보냈다.

"쑥스럽구먼."

소포관은 어색한 미소를 지으며 회선표를 허리에 둘렀다. 삼십 년 넘게 가지고 다니면서도 누가 보는 앞에서 시연해 보기는 처음이었다.

"저는 소행촌에 사는 고경이라고 합니다."

고경이 어설프게 포권하며 인사를 했다.

"고 소협이었군. 이렇게 만나게 되어 반갑네."

"저야말로. 행화주막에 계신다면 그 공자님을 수행하는……?"

소포관은 고경이 말하는 공자가 천무군일 거라 생각하고 고개를 끄덕였다. 최근 소행촌의 관심은 온통 천무군에게 쏠려 있었다. 쉽게 볼 수 없는 외부인이라는 것도 그렇고, 낮에는 낚시나 뱃놀이를 하고, 밤에는 마을 사람들과 어울려 술판 벌이기를 즐기다 보니 자연스레 사람들의 입에 오르내렸다. 웅천부의 고관 자제라고 하는데 현청의 주부 어른이 주막에 셈을 했다는 소문은 고경도 들어 알고 있었다. 고관 자제의 호위 무사. 고경은 소포관에 대해 그렇게 짐작했다.

"지나다 보니 그걸 돌리고 있던데, 그거 유성 아닌가?"

소포관이 턱짓을 하자 고경은 창피한 마음에 유성추를 어디론가 던져 버리고 싶었다.

"아, 그냥 혼자 만들어봤어요. 사냥에 쓰려고."

"정말 그걸로 사냥을 할 생각인가?"

유성은 사냥에 적합한 무기가 아니었다. 추의 간격을 짧게 해서 짐승의 다리를 노리고 던지는 방법이 있긴 했지만 줄이 긴 유성추는 숲이 우거진 곳에선 거의 쓸모가 없는 물건이니 사냥을 하려 한다는 대답으로는 너무나 궁색했다.

"호신용으로도 쓸 수 있겠고……."

"호, 그렇군."

고경이 힘들게 말을 꺼내자 소포관이 관심을 나타냈다. 고경은 부끄럽기도 하고 거짓말하기도 싫어서 더 이상 말을 하지 않았다.

"하지만 그래서야 어디 산도적 하나라도 상대가 되겠나?"

"오늘 시작한 거라……. 차차 나아지겠죠."

고경은 얼굴을 붉히면서도 당당하게 말했다.

"그렇지. 하지만 그렇지 않다네."

"네?"

"세상 모든 일이 다 그렇겠지만 하루하루 공부(工夫)를 더해 나가는 것 말고 무엇이 있어 실력을 늘리겠나? 거기에 아무것도 모르면서 하루하루 나아지길 바라겠나?"

소포관의 설명에 고경은 마음이 무거워졌다. 어느 시점이 되면 장삼에게 정식으로 가르침을 청할 계획이었지만 이미 한 번 거절한 장삼이 과연 가르침을 줄 것인가는 확신할 수 없었다.

"그래서 하는 말이네만, 자네만 허락한다면 내가 좀 도와주고 싶은데 자넨 어떤가?"

소포관의 제안에 고경은 뛸 듯이 기뻤다. 안 그래도 어떻게 좀 배워볼까 하는 마음이 있었는데 소포관이 먼저 말을 꺼내니 거절할 이유가 없었다. 고경은 감지덕지한 마음에 얼른 허리를 숙였다.

"감사합니다, 선배님!"

고경은 절이라도 하고 싶은 심정이었지만 감사의 뜻을 전할 뿐 사부로 모시겠다느니 하는 말은 하지 않았다. 소포관도 고경을 통해 수상반에 대한 정보를 캘 목적으로 접근했기에 '선배'라는 호칭에 별다른 거부감을 보이지 않았다.

"일단 오늘은 투법(投法)에 대해 알려줄 테니 잘 배우게, 후배."

소포관은 땅에서 적당한 조약돌을 집어 가볍게 던졌다. 던져진 조약돌은 일 장 밖에 있는 그루터기에 맞았다. 소포관은 우연히 맞은 게 아니라는 듯 다시 몇 개의 작은 돌들을 집어 던졌고, 조약돌들은 한 치의 오차도 없이 모두 같은 곳에 맞았다. 고경은 유성 사용법을 알려준다면서 돌멩이 던지는 시범만 보이는 소포관을 이해할 수 없었지만 잠자코 소포관을 관찰했다.

"이렇게 손목만 사용해서 일 장 밖의 목표를 맞추는 거지. 해보면 알겠지만 쉬운 일은 아니라네."

고경은 주변의 조약들을 모아서 소포관을 따라 해봤지만 소포관의 말처럼 쉬운 일이 아니었다. 제대로 날아가지도 않았고 방향도 제각각이었다. 게다가 이십여 개를 던지고 나자 은근히 손목도 저릿했다.

"유성은 원래가 암기라네. 회수가 어려운 암기에 회수를 목적으로 줄을 달게 된 거지. 해서 원래 가장 중요한 것이 투법이네. 줄 다루는 솜씨야 시간이 지나면 자연스레 손에 익겠지만 투법은 그렇지 않지. 올바른 투법을 배우고 부단히 노력해야 득(得)할 수 있다네."

소포관의 설명에 고경은 주변에서 적당한 조약돌들을 모았다.

"처음부터 너무 무리하지 말고 천천히 하게. 그렇게 하다가 힘들면 아까처럼 추를 돌리며 감각을 익히고 손의 근육이 풀리면 다시 투법을 수련하는 식으로 반복하면 좋지. 손목으로 던지는 투법이 완성되면 다음에는 이렇게 팔뚝으로 던지는 법을 수련하네."

소포관이 이번엔 조금 큰 돌을 집어서 던졌다. 어깨 위로 올려진 팔뚝과 손목을 사용해 던져진 돌은 좀 전의 조약돌과는 사뭇 다른 위력을 보이며 삼 장 밖의 잡목에 맞았다. 팔뚝 굵기의 잡목은 돌에 맞아 부르르 흔들렸다.

"그리고 이게 완성되면 다음에는 어깨를 사용해 던지지."

소포관은 손가락 두 개 크기의 돌을 집어서 어깨를 뒤로 젖혔다가 힘차게 던졌다. 돌이 소리를 내며 날아가 관목에 명중하자 이번에는 잡목이 크게 흔들리며 나뭇잎이 떨어졌다.

"다음에는 이렇게 온몸으로 던지는 연습을 하지."

소포관의 몸이 옆으로 비스듬히 틀어지며 발이 살짝 들어 올려졌다.

"얍!"

작은 기합과 함께 들렸던 왼발이 땅을 디딤과 동시에 오른손이 앞으로 뻗어 나가자 돌멩이는 '슈욱' 하는 소리를 내며 날았다. 도저히 같은 크기의 돌이라곤 생각할 수 없는 위력적인 소리와 함께 '따악' 하는 소리가 들리며 돌에 맞은 잡목에 깊이 패인 흔적이 남았다.

"와아!"

고경은 연속적인 소포관의 시범에 입을 다물지 못했다.

"이거 쑥스럽구먼."

소포관은 멋쩍은 미소를 지으며 손을 털었다.

"사실 내공을 운기하면 어깨로 던지는 돌에도 저 정도 나무는 쉬이 부러진다네. 내공이 강하면 물론 더 강한 위력이 나오겠지만 나도 대단한 내공을 가지고 있지는 못해서 후배에게 알려줄 만한 연공법이 없구먼. 뭐, 이제 와서 내공에 힘을 쏟아봐야 얼마나 도움이 되겠나?"

소포관의 설명은 고경도 수긍하는 부분이었다.

"그래도 혹시 알고 있는 연공법이 있다면 게을리 하지 말게. 종내에는 그 알량한 내공도 아쉬울 때가 있을 테니."

"네, 각골명심하겠습니다."

고경은 대답하고 주위에서 쓸 만한 크기의 돌을 주워 모았다. 고경은 이십여 개의 돌을 던지고 유성추를 돌려 손을 풀었다.

"그 유성추는 직접 만든 것인가? 줄이 너무 굵지 않은가?"

"네, 나중에 쇠사슬을 달아볼까 하고……."

고경의 대답에 소포관은 눈을 가늘게 하며 속으로 콧방귀를 뀌었다.

"쇠사슬을? 자네 뭔가 잘못 생각하고 있군. 유성은 추의 묘용을 최대한 살려야 하는 무기야. 사슬을 달면 추보다 줄이 더 무거울 텐데 어찌 유성이라 하겠나? 뭐, 무거운 사슬을 무기로 사용하는 자도 있고 작은 사슬에 낫을 달아 쓰기도 하니 못할 것도 없겠지만."

'사슬에 낫'이라는 말이 나오자 고경은 눈을 반짝였다. 장삼을 말하는 것일까 하고 생각했지만 소포관이 말하는 사슬낫은 장삼의 것과 달랐다. 사슬낫은 한쪽에 추를 달아 원거리의 상대를 공격하고 한쪽에는 낫을 달아 접근전에 사용하는 무기란 걸 고경은 몰랐다.

"하지만 사슬에 추를 달아 유성으로 쓰자면 사슬의 무게는 얼마고 추의 무게는 얼마나 된단 말인가? 타고난 신력이 항우장사와 같지 않고서야 마음대로 다룰 수 있겠나? 연후에라도 그런 걸 쓰고 싶다면 말리지 않겠네만 일단 기본을 익히는 데는 좀 더 가는 줄이 옳다고 보네."

고경은 장삼의 쌍겸이 과연 몇 관이나 될까 하고 생각해 보았다. 낫한 자루가 일 관은 넘어 보였으니 제법 무거운 것이 맞지만 소포관의 말처럼 몇 관이나 나가지는 않았다. 두 개를 합해도 삼 관도 안 되는 무게였고 사슬의 무게를 합해도 다섯 관이 나가지 않을 듯했다. 고경은 이런 점을 말하려다가 소포관의 지적처럼 기본에 충실한 것도 중요하다 생각하고 순순히 고개를 끄덕였다.

"후배가 생각이 짧았습니다."

고경은 세 가닥 가죽 끈을 풀어 한 줄만 남기고 나머지 두 줄은 잘 뭉쳐 허리에 찼다.

한 줄로 된 유성을 돌려보니 세 줄이었을 때보다 손에 느껴지는 자극이 강했다. 엄지와 검지 사이를 헤집고 손바닥까지 팽팽히 당겨진 줄이 느껴졌다. 엄지손가락으로 줄을 살짝 움직이는 것만으로도 추의 궤적이 흔들리고 바뀌는 과정이 모두 전해져 왔다.

"이제 느껴지나? 익숙해지면 유성을 회수하는 방법쯤은 스스로 알 수 있을 것이네."

고경의 연습이 계속되는 동안 소포관은 옆에서 여러 가지 도움되는 얘기들을 해주었다. 주로 유성을 다루는 법과 그와 관련된 수련법 등을 알기 쉽게 설명하고 종종 시범까지 곁들였다. 한나절 동안 고경은 많은 것을 듣고, 보고, 배웠지만 한나절의 연습으로는 가장 기본적인 투법조차 제대로 시전할 수 없었다.

정오 무렵이 되자 고경은 소포관과 헤어져 산을 내려와야 했다. 고경은 아쉬웠지만 소포관은 하루 세 시진 이상은 수련하지 말라고 당부했다. 단련되지 않은 팔로는 하루 두 시진도 무리라는 설명이었다.

고경은 소행촌에 머무는 동안 아침마다 수련을 지도해 주겠다는 소포관의 호의에 깊이 감사하면서도 조급한 마음에 걱정이 앞섰다. 소포관은 수일 내로 소행촌을 떠날 것이라며 그래서 혼자 수련할 수 있는 방법을 알려주는 것이라고 했다. 짧은 시간에 많은 것을 배워야 하고 소포관이 떠나면 혼자 연공해야 한다고 생각하니 자연스레 한숨이 나왔다.

$$* \qquad * \qquad *$$

술시 초(밤 9시).

평소라면 소행촌 사람들이 잠에 빠져들기 시작하고 행화주막의 문도 닫힐 시간이었다. 하지만 최근 며칠간 행화주막의 문은 자정이 넘어 축시가 되어야 닫히곤 했다.

"오늘도 일찍 자기는 글렀구나."

재두의 투덜거림에 임씨가 눈을 흘겼다.

"돈 벌어 좋지 않냐? 사흘 동안 판 술이 두 달 동안 판 양보다 많은데 싫단 말이냐?"

주방에서 고개를 내밀고 있는 임씨의 말에 재두는 코를 씰룩거렸다.

"난 돈보다 잠이 좋은데……."

행화주막에는 점소이가 없었다. 임씨와 재두가 주인이고 주방장이며, 동시에 회계원이며 점소이였고, 거기에 재두는 선착장 관리까지 하고 있었다.

정재두는 천무군 일행이 온 후로 폐점 시간이 늦어지고 덩달아 잠드는 시간도 늦어져 요즘 잠이 모자랐다. 돈이야 벌어 좋다지만 이러다간 몸이 못 견디지 싶었다.

"허튼소리 말고 이거나 내가고 빈 그릇 좀 거둬와라."

임씨가 김이 모락모락 올라오는 탕국 과자—냄비—를 음식 나오는 창으로 내보냈다. 재두는 툴툴거리면서도 소반에 과자를 올려서 술판으로 향했다. 오늘 술자리에는 촌장을 비롯한 나이 많은 노인들이 자리하고 있었다. 어제는 선주들과, 그제는 중, 장년인들과, 그전에는 현 관리들과 함께였다. 천무군의 술자리는 특별한 대상이 없는 듯하면서도 하루하루 그 참석자들이 달랐다.

"그때는 정말 힘들었지. 초봄부터 때 아닌 물난리가 나더니만 역병
이 돌아 여럿 자빠졌지."

"왜 아닌가? 나도 그때 보름을 앓아누웠다가 간신히 일어났지."

노인들의 대화가 으레 그렇듯 오늘의 주제도 과거에 대한 것들이었
다. 어찌 시작됐는지 십수 년이나 지난, 이십 년 가까이 된 이야기를
화제로 노인들의 대화가 이어졌다. 재두도 당시를 생각하면 좋지 않은
기억밖에 떠오르지 않았다.

"역병뿐인가요? 몽고 놈들 닦달에 성한 사람이 몇이나 됐나요?"

재두가 과자를 내려놓으며 한마디 거들고 물러났다.

"그랬지. 몽고 놈들만 해도 지긋지긋한데 한술 더 떠 수적들까지 설
쳐 대는 통에 먹고 살 길이 막막했었지. 이러다 꼼짝없이 앉아서 굶어
죽는구나 싶었다니까."

고 노인이 국자를 집어 새로 내온 과자에서 탕국을 덜더니 천무군에
게 건넸다. 나이로 치면 촌장과 더불어 고 노인이 최고 연장자였지만
자리를 만든 천무군에게 모든 음식을 먼저 권하고 있었다. 천무군은
가볍게 인사하며 그릇을 받아 들었다.

"수적이라뇨?"

천무군은 탕국을 덜어준 고 노인의 빈잔에 술을 채우며 의도된 질문
을 시작했다.

"공자는 잘 모르시겠지만 장강에는 수적들이 위세를 떨치던 때가 있
었습니다. 이 인근에도 호아채라는 수채가 하나 있었는데 고깃배까지
털어가는 것도 모자라 사람 죽이기를 밥 먹듯 하는 아주 악독한 놈들
이었죠."

"장강수로십삼채는 일반 민가에 피해를 주는 일이 거의 없었다고 하던데……."

천무군이 관심을 보이자 고 노인은 마시던 홍주를 내려놓고 소매로 입을 닦았다. 촌장을 비롯한 술자리의 노인들은 '저 허튼소리 잘하는 영감이 본격적으로 수다를 떨려고 하는구나' 하고 슬쩍 인상을 구겼지만 고 노인은 때를 놓칠세라 입을 열었다.

"장강십삼채야 멀리 금사강과 대도하에서부터 동해의 관문 황사도에 이르기까지 장강 곳곳에 퍼져 있었지만 주요 수채들은 동정호와 파양호에 있고 나머지 수채들도 대부분 호북에 있었죠. 여기서 제일 가까운 십삼채로는 서열 십위의 소호채가 있기는 했습니다만 소호채야 이름만 장강에 걸어놨다 뿐이지 거의 과하와 영하, 준하에서 활동하고 장강에는 잘 나오지도 않던 무리죠. 에, 그리고……."

고 노인은 천무군의 눈치를 보며 반쯤 남은 술로 목을 축였다.

"계속하시지요."

천무군이 계속적으로 관심을 나타내자 고 노인은 일부러 뜸을 들이며 잉어찜 한 조각을 입에 넣고는 오물거렸다. 오랜만에 자신의 말에 귀 기울이는 사람을 만나니 미칠 듯이 기뻤지만 겉으로는 최대한 내색하지 않으며 천천히 말을 이어갔다.

"그러니까 소호채는 여기서 멀다고 할 수 없지만 이곳으로 나오는 일이 없었고 다른 장강십삼채도 마찬가지였다 이 말입니다. 또, 장강십삼채는 원나라의 관선이나 부호들의 배를 털지 우리 같은 놈들은 오히려 보호해 줬다 이거죠."

"그럼 아까 그 호아수채는……."

고 노인은 일부러 말을 끊어 천무군이 질문을 하도록 유도했다. 천무군은 순순히 고 노인의 바라는 대로 행동해 주었다. 그런 면에서 보면 고 노인의 행동을 포함한 오늘의 술자리와 지금까지 이어져 온 모든 대화가 천무군이 원하는 정보를 얻기 위해 의도된 것이었다.

"호아수채는 장강십삼채에 속하지 않을 뿐 아니라 수로맹에도 들지 않은 놈들이었죠. 원나라에 대항해 싸운 수로맹과 달리 주로 작은 화물선이나 여객선을 상대로 수적질을 했고, 몽고 놈들에게 뒷돈까지 써 가며 수적질을 하니 사람 상하는 일이 빈번하고 죽는 경우도 있었습니다. 나중에는 뭍으로 올라오기를 주저하지 않아서 마을을 점거하고 부녀자를 희롱하는 일도 생겼죠."

"그런 못된 놈들이."

천무군이 말을 계속 받아주자 고 노인은 신바람이 났고 다른 노인들은 묵묵히 술잔만 비웠다. 고 노인의 입담을 잘 아는 마을 사람들은 아직까지는 별 탈 없지만 얘기가 어느 순간 부풀려지고 엉뚱한 방향으로 흐를까 봐 조바심이 났다.

특히 촌장 양 노인은 이 이야기의 끝이 어떻게 될지 알고 있었다. 장삼, 장사 형제가 수적이었단 사실은 알 만한 사람은 다 아는 사실이었고, 제법 이름있는 수적이었단 것은 몇몇이 짐작하고 있었으며 그중 적어도 세 사람은 보다 확실한 사실까지 알고 있었다.

마을 사람들이 그런 사실을 알면서도 조용히 살아온 까닭은 장삼 형제를 두려워해서가 아니라 그들을 지켜주기 위함이었다. 힘든 시절을 어렵게 살아온 자들의 공감대랄까? 소행촌이 아닌 인근의 어느 마을이라도 과거 행적이 미심쩍은 자들은 있었다. 진우량군이나 곽자흥군에 속해 전장을 돌아다녔다는 얘기는 숨길 거리도 아니었다. 심지어 홍건군이나 원군에 들어갔었다 해도 문제될 게 없었다. 어디서 무엇을 했든 살아남았고, 고향에 묻히기 위해 돌아왔다는 것이 중요할 뿐 스스로 밝히지 않는 과거를 들출 이유가 없는 것이다. 오직 예외가 있다면 자신이 본 게 무엇인지도 모르면서 그저 생각없이 말하기만 좋아하는 고 노인이었다.

"호아수채 놈들의 패악질은 실로 몽고 놈들보다 오히려 심했죠. 하지만……."

고 노인이 반전을 노리고 의도적으로 말을 끊는 순간 양 노인이 말을 가로챘다.

"다행히 그 소식을 들은 수로맹에서 호아채를 소탕해 주어 이곳은 큰 탈이 없었지요."

느닷없이 양 노인이 나서자 고 노인은 언짢은 표정으로 양 노인을 보았고 천무군은 다소 의혹 어린 눈으로 질문했다.

"수로맹이라면 장강십삼채 말입니까? 그런 이야기는 들어보지 못했는데……."

"아, 그것은……."

천무군이 묻는 것에 대해 고 노인은 자신만 알고 있다고 믿고 있는 사건이 떠올랐다. 그리고 그 좋은 얘깃거리를 풀어놓으려 했지만 이번에도 양 노인이 말을 막았다.

"장강수로맹에는 장강십삼채 외에도 수로이십채가 있었죠. 그중 이곳에서 제일 가까운 곳이 십삼채 중 소호채였습니다만 호아채가 불타버린 게 한밤중이라 그들을 볼 수는 없었습니다. 호아채에서 살아남은 수적이 수로맹의 공격을 받았다고 하니 저희야 그랬으려니 하는 것이지요."

천무군은 가볍게 눈살을 찌푸렸다. 천무군이 듣고 싶은 건 이런 두

루뭉술한 얘기가 아니었다. 어제 어느 장년인에게 듣기로 고 노인이
그 정황에 대해 이상한 얘기를 했다는 말을 들어 오늘은 그것을 확인
하기 위한 자리였다.

"양가야, 그건 소호채에서 나선 게 틀림없다. 전에 언젠가도 말했지
만 그 삼 일 전에 사가 날 찾아왔었는데……."

"사라니요?"

고 노인의 말에 천무군이 눈을 빛내며 바짝 다가왔다. 고 노인은 의
기양양하게 말을 꺼내려다 천무군의 눈빛에 잠시 주춤거렸다.

"그러니까 사는 제 조카뻘 되는 아이죠. 그 얘기를 하자면 삼이 얘
기부터 해야 하는데 삼십 년도 더 지난 이야기지요."

여기까지 말하자 이제 술자리에 있는 마을 노인들은 고 노인이 말하
려 하는 게 어떤 내용인지 모두 알았고, 양 노인이 나서서 말리려 했던
이유도 알 수 있었다. 고 노인은 아무도 자신의 말을 믿지 않는다고 생
각했지만 실은 마을 사람들은 고 노인의 말이 과장되긴 해도 거의 사
실이란 걸 알고 있었다. 다만 밝혀서 좋을 게 없으니 들어도 못 들은
척 대충 무시해 왔던 것이다.

"제 이종사촌 누이가 몽고 놈에게 욕보고 살해당한 일이 있었습니
다. 그것이 어려서부터 촌것 같지 않게 얼굴이 고와 집안에서 항상 근
심스러워했답니다. 지금도 그렇지만 그때는 이쁜 년이 박복하기가 지
금보다 더 했죠. 그래서 열다섯 되던 해에 서둘러 시집을 보냈는데 서
른 넘어 화를 당할 줄 누가 알았겠습니까?"

고 노인의 얘기가 진행되는 동안 식당 한쪽에서 듣고 있던 정재두의
얼굴이 어두워졌다. 고 노인이 하고 있는 얘기는 장삼에 관한 것으로
행화주막이 과거 역관으로 쓰이던 시절에 있었던 일이다. 고 노인은

자신이 그날 장삼을 보았던 유일한 사람이라 알고 있었지만 이 주막에
는 그날 장삼을 보았던 사람이 두 사람이나 더 있었다. 정재두와 그의
모친 임씨. 그들은 그날 있었던 역관 참사를 가장 가까이서 보았던 장
본인이다.

또한 이야기의 끝을 장식할 장사의 호아채 습격에는 촌장인 양 노인
이 참가했었다. 밤중에 찾아온 장사가 호아채의 본거지를 묻자 양 노
인은 손수 물길을 안내했던 일이 있었던 것이다.

"누이가 변을 당하자 격분한 매부가 역관에 불을 질렀죠. 참, 여기
행화주막이 그 역관이었던 걸 얘기했던가요? 하여간 불은 크게 나지
않았지만 마구간은 홀라당 타버려서 말들이 죽고, 다치고 했죠. 역관
에서 말이 죽었으니 몽고 놈들이 가만있겠습니까? 몽고 놈들은 매부를
잡아다 때려죽였죠. 그러고도 성이 안 풀려서 집에 불을 지르고 아이
들까지 해치려 찾아다니더군요, 야박한 사람들 같으니라고. 아이들이
울면서 도움을 청해도 아무도 나서지 않더군요. 도와주기는커녕 자기
집에 숨은 아이들을 보고 혼비백산해서 내쫓는 놈도 있었죠. 문을 걸
어 잠그고 아이들을 외면하는 꼴들이라니……. 화가 미칠까 두려웠겠
지만 지금 생각해도 다들 너무했죠. 그때 제가 나서서 아이들을 빼돌
렸죠. 큰놈과 둘째 놈을 배에 태워 도망 보내고 막내계집아이는 강 건
너 친척집에 맡겼는데……."

양 노인은 어딘가에서 얘기를 끊으려 눈치를 봤지만 고 노인이 틈을
주지 않았다. 고 노인의 목소리가 주막 안에 울리는 가운데 주방에 있
던 임씨가 걱정스레 얼굴을 내밀자 정재두가 술단지를 들고 고 노인
곁으로 다가왔다.

"그리고 몇 년인가 지났나? 어느 날 밤에 큰놈이 나타난… 엇!"

일은 한순간에 벌어졌다. 정재두가 술 항아리를 탁자에 놓고 돌아선 순간 탕국이 들어 있는 과자가 엎질러졌다. 정재두의 소매에 과자에 들어 있던 국자가 걸린 것이다. 과자가 넘어지며 술 항아리가 엎어졌고, 가까이 있던 고 노인은 날벼락을 피하려다 의자에서 넘어졌다.

"아이고, 어르신!"

뒤로 넘어간 채로 고스란히 술과 음식을 뒤집어쓴 고 노인을 부축하는 정재두의 모습에 당황한 기색이 역력했다.

"이를 어쩌나?"

요란한 소리에 주방에서 임씨가 뛰어나왔다. 행주로 대충 옷을 닦아냈지만 흥건하게 젖은 옷에 탕국이 더 번지고 말았다.

"이런, 안 되겠군, 옷을 갈아입어야지. 오늘은 이만 하고 일어나세."

양 노인이 일어서자 다른 노인들도 자리에서 일어났다.

"아, 이것 참. 공자님, 나머지는 다음에 들려 드리지요."

노인들이 천무군에게 인사를 하자 양 노인은 못내 아쉬워하는 고 노인을 끌고 밖으로 나갔다. 갑작스레 술자리가 파하고 노인들의 정신없는 작별 인사까지는 반의 반 각도 걸리지 않았다.

천무군은 난장판으로 끝난 술자리를 보며 다소 어이가 없었다.

"일부러 그런 거 같지는 않지?"

천무군의 질문에 소포관은 고개를 갸우뚱거렸다.

"글쎄요……."

"낮에 갔던 일은 어떻게 됐소?"

"마침 모두 모이기로 했으니 들어가서 말씀드리지요."

천무군이 자리에서 일어나기 무섭게 임씨와 정재두가 어지러운 술자리를 정리하기 시작했다.

천무군이 묵고 있는 죽실에 네 사람이 모였다. 천무군과 소포관, 문태우, 그리고 유란하를 뒤쫓아갔던 안천일이 돌아와 있었다. 야심한 시각에 촛불 하나를 밝히고 탁자에 둘러앉은 네 사람은 오랜만에 서로의 얼굴을 마주했다. 각자 맡은 일의 중간 보고를 하기 위해 모인 것이다.

"안 부장은 의외로 빨리 왔군."

"꼬리를 놓쳤습니다. 면목없습니다."

천무군에게 좀처럼 고개 숙이는 일 없는 안천일이 얼굴을 붉히며 탁자에 이마가 닿도록 목을 꺾었다.

"안 부장이 별일이군. 뭐 알아낸 건 없소?"

천무군이 물었다.

"동릉(銅陵)에서 배를 탄 것을 확인하고 호구(湖口)에서 간신히 따라잡았습니다만 갑자기 나타난 야인(野人)들과 싸움을 벌이고는 사라졌습니다."

안천일의 대답에 천무군이 다시 물었다.

"야인들이라면?"

관에서는 아군과 적군의 모든 무장 세력에 대해 세세히 분류하고 각각의 명칭을 따로 두고 있었다. 그리고 여기에 포함되지 않는, 이른바 무림인들에 대해서는 구분없이 야인이라 불렀다.

"강하고 정기가 넘치는 검공을 사용하는 자들이었는데 일 보에 일 장을 뛰고 일 검에 아름드리 나무를 자르더군요. 싸움이 짧은 시간에 끝나 원류를 알아보기는 힘들었습니다."

검은 상고 이래 인류가 사용해 온 유서 깊은 무기였지만 그 실용적인 면에서는 많은 단점이 있었다. 찌르기는 창에 미치지 못하고 베기는 도에 미치지 못했다. 고련에 고련을 거듭하지 않으면 그 효용을 십분 발휘하지 못하는 것이 검인 것이다. 오죽하면 도를 다루는 데 일 년이 걸리고 검을 다루는 데 십 년이 걸린다는(一刀十劍) 말까지 나왔을까. 이런 이유로 군에서는 검을 쓰지 않았지만 강호에서는 사정이 조금 달랐다. 이른바 도(道)를 추구하는 이름있는 문파들은 대부분 검을 숭상했고 고수 또한 많았다. 그래서 강호에서 검을 든 자는 일단 고수로 봐도 무방했다. 여기서 백도수(百刀手)가 일검수(一劍手)를 당하지 못한다는 뜻으로 흔히 줄여 백도일검(百刀一劍)이라고 하는 백도부적일검(百刀不敵一劍)이란 말이 나온 것이다.

일반적으로 일 보에 일 장을 뜬다는 표현이 일류의 고수를 가리키는 통상적인 표현이고 보면 안천일이 보았다는 검수들은 적어도 하수가 아님이 분명했다.

"정기 넘치는 검공이라면 아무래도 정파인들이겠군. 그래, 어떻게 됐기에 놓친 거요?"

"순식간에 맨손으로 검을 든 고수 다섯을 제압하고 달아났습니다. 급히 쫓아갔습니다만 흔적도 찾을 수 없었고 돌아왔을 때는 싸웠던 자들도 사라지고 없었습니다."

안천일의 설명에 천무군이 고개를 끄덕이며 턱을 만지작거렸다.

"일류의 검사 다섯을? 그 정도의 고수였다면 거기까지 들키지 않고 쫓아간 게 용하군."

천무군은 납득한다는 뜻으로 한 말이었지만 안천일은 자신을 조롱하는 것으로 받아들이고 얼굴을 딱딱하게 굳혔다.

'이렇게 머리를 숙였건만 너무하는구나.'

천무군은 안천일에 비해 강호의 절정고수와 그들의 능력에 대해 잘 알고 있었다. 물론 군에 들어온 무림인들이 적지 않으니 안천일도 그들을 통해 어느 정도의 강호 식견을 가지고 있겠지만 들어서 안다는 것에는 한계가 있었다. 절정고수가 내기를 풀어 경계하면 일정 범위 안에서는 개미 기어가는 소리도 들을 수 있다거나 하는 얘기는 안천일에게 있어 허무맹랑한 것일지 모르지만 천무군에게는 당연한 것이었다. 이는 군에서 잔뼈가 굵고 전장을 누비며 실전 무공을 익힌 안천일과 무가에서 태어나 자라며 상승무공을 배운 천무군과의 어쩔 수 없는 인식 차이였다.

"알아낸 건 그것뿐이오?"

천무군의 질문에 안천일은 다시 한 번 얕보이는 기분이었다.

"견문이 일천해 검을 쓰는 자들은 알아보지 못했지만 맨손을 쓰는 자의 수법은 알아보겠더군요."

안천일은 뼈있는 소리를 하며 잠시 천무군의 얼굴을 살폈다. 사람 좋아 보이는 천무군의 옅은 미소가 실은 사람을 깔보고 자신보다 못한 자를 우습게 아는 데서 나온다는 것을 안천일은 알고 있었다. 지금도 궁금하니 어서 말해 보라는 표정이지만 눈빛은 네가 알아볼 정도면 대단한 것이겠냐는 것 같았다.

"불인혈수(佛印血手)였습니다."

"맙소사!"

"역시……."

불인혈수라는 말에 소포관은 물론 비교적 젊은 문태우까지 놀라워했지만 천무군은 영문을 몰라 의아한 표정을 지었다. 불인혈수라는 수법이나 무공은 생소한 것이었다. 안천일은 천무군의 표정에 만족해하며 더 이상 설명을 붙이지 않았다.

"불인혈수가 뭐요?"

천무군의 물음에 안천일이 그것도 모르냐는 투로 콧소리를 내자 소포관이 대신 대답에 나섰다.

"강호인들은 수마혈장(秀魔血掌)이라 한다고 들었습니다."

"수마혈장!"

천무군이 자리에서 벌떡 일어났다.

수마혈장(秀魔血掌)은 수마혈검(秀魔血劍), 수마혈경(秀魔血經)과 더불어 마교삼대공으로 알려진 무공이었다. 수마혈장을 사용했다면 필경 마교의 수뇌부가 틀림없었다. 하지만 안천일에게 수마혈장을 알아볼 안목이 있었던가? 천무군은 자신을 바라보는 안천일의 비릿한 눈웃음을 느꼈다.

"수마혈장이 확실하오?"

천무군은 자신이 수마혈장의 시연을 본다고 해도 알아볼 수 있을지 알 수 없었다. 한 번도 본 적이 없으니 어떻게 알 것인가? 안천일은 어떻게 알아본 것일까? 게다가 수마혈장이 아닌 불인혈수라니……?

"이번 임무에 저나 여기 소 부장을 착출하신 데에는 그만한 이유가 있어서가 아닙니까?"

천무군의 의구심에 아랑곳하지 않고 안천일은 여전히 비웃음을 감추지 않은 눈으로 질문했다.

"물론 이미 주지했다시피 이번 임무에……."

수적 토벌 경험이 있는 일선 부장 중에 가용할 수 있는 인원, 그것이 이유였다.

파양대전 전후에 있었던 수적 토벌에 참가한 자들은 많았지만 모두들 각지로 흩어져 군무에 바빴고, 직위가 높아져 천무군이 마음대로 할 수 없는 자들도 있었다. 또 한창 막바지로 치닫고 있는 전투 상황에서 적당한 사람을 빼기도 힘들었다.

다행히 소주성의 함락이 코앞으로 다가온 시점에서 소규모 군대 재편이 있었고, 천무군은 안천일과 소포관, 두주를 자신의 밑으로 오도록 조치할 수 있었다.

그렇다고 해도 천무군이 안천일과 소포관을 빼오기 위해 들인 노력은 각별했다. 한 달여에 걸쳐 수차례의 인재 요청을 하고 여러 장군들을 찾아가 조목조목 설명하기까지 해서야 간신히 데려올 수 있었던 것이다.

이어서 소주성을 점령하기 무섭게 달아난 장사성과 그의 조력자인 방국진의 세력을 조사한다는 명목으로 이번 일을 추진한 것이다. 소주성 전투가 끝나고 딱 한나절이 지난 시점이었다.

천무군은 방국진이 잔여 세력을 이끌고 동해로 달아난 것을 알면서도 일부가 장강으로 도주했다는 근거없는 정보를 상부에 보고했다. 작게는 십 개월의 소주 공략이 끝난 날이었고 크게는 십 년간의 내전에 종지부를 찍은 날이었다. 엄한 군율 속에서도 긴장을 늦추는 작은 술자리가 묵인되고 모두들 승리에 들떠 논공행상으로 어수선한 가운데 잔당을 소탕하러 가겠다는 천무군을 막는 사람은 아무도 없었다.

관할이 아니라는 지적이 있을 법도 하건만 '정보 수집'이라는 말에 상부에서는 흔쾌히 허가가 났고 응천부에 압력을 넣어 유능한 추관이라는 문태우까지 파견해 주었던 것이다.

"수적들, 그러니까 과거 장강수로맹의 수적 계보에 밝은 자들을 찾다 보니 이렇게 저희를 모았다는 말씀이시지요? 그랬다면 정말 제대로 찾으신 겁니다."

천무군은 안천일이 무슨 말을 하려고 하는지 몰라 가만히 듣고만 있었다.

"여기 문 추관과 응천부로 간 두 부장은 어떤지 모르겠지만 저와 소부장은 수적 토벌 이전에 있었던 수적들과의 합작 때도 참여했고, 그 이전에도 군에 있었지요. 주군이 참군하기 전부터 곽자흥 장군 밑에 있었단 말입니다."

곽자흥은 몽고에 대항해 병기한 군웅의 한 사람이었다. 오왕 주원장은 곽자흥의 일개 부장으로 출발해 장군이 되었으며, 그가 병사하자 곽자흥군의 전권을 물려받아 오늘의 기반을 이루었다.

안천일과 소포관은 곽자흥군의 직속 부대에 있었고, 이런 출신 내력이 이들의 출셋길을 막고 말단 부장에 머물게 하는 가장 큰 이유였다.

"아직 모르시겠습니까? 지금은 마교라 해서 때려잡으려고 안달이지만 곽자흥군은 거의 홍건군이나 다름없던 부대였습니다."

"말을 삼가시오!"

홍건군이라는 말에 천무군이 탁자를 내려치며 호통을 쳤다.

곽자흥이 백련교도였다는 건 모두 아는 사실이었지만 언급해선 안 되는 사실이기도 했다. 그렇게 말하면 그 밑에 있었던 오왕도 백련교도가 되는 것이다.

이런 맥락으로 곽자흥군이 홍건군의 일원으로 봉기했다는 것도 절대 거론해서는 안 되는 말이었다. 그래서 안천일도 '홍건군과 구분이 되지 않던 부대'라고 한 것이지만 듣기에 따라서는 매일반이었다. 천무군은 '이래서 너희 곽자흥군 출신들이 배척받는 거다'라는 말을 간신히 참았다.

천무군의 반응에 아랑곳하지 않고 안천일은 차분한 어조로 말을 계속했다.

"그때는 포왕삼이나 맹해마 같은 포악한 자들뿐 아니라 마교의 사준도나 유복통과도 연수해 몽고와 싸웠죠."

안천일의 입에서 희대의 군웅들과 마교의 인물들이 거론되고서야 천무군은 이야기의 요지를 알아챘다.

안천일은 들어서 아는 것과 직접 경험해 아는 것의 차이를 말하고 있는 것이었다. 천무군이 '당신의 짧은 견문으로 수마혈장을 어떻게 알아보았나?' 하고 물으니 '그것도 모르다니, 오히려 네놈의 견문이 짧다' 라는 식으로 말을 돌린 것이다.

천무군은 내심 놀라고 부끄러우면서도 내색하지 않고 무시당한 자존심 세울 기회를 엿봤다.

"그렇다면 그 불인혈수를 사용한 자는 마교의 수뇌가 분명한데 누군지 짐작 가는 바가 없소?"

천무군은 안천일의 경험이 자신보다 앞선다고 인정하면서도 정보에서 뒤진다곤 생각하지 않았다. 정보란 단편적이고 작은 사건들의 경험이 아니라 그것들을 모아 상호 연관을 따지고 분석해서 얻어지는 것이었다.

"그건……."

최근 들어 금의위에 의한 강호 감찰이 강화되었다곤 해도 그 정보력이 미치는 범위는 강호의 여타 문파들보다도 못했다. 하물며 일선에서 싸우던 자들이 어찌 강호 소식에 귀를 열고 있겠는가?

천무군은 안천일이 했던 것처럼 '그것도 모르냐?' 는 식으로 자존심을 긁은 후에 설명할 생각이었다.

"제가 말해도 되겠습니까?"

지금까지 듣고만 있던 문태우가 조심스럽게 나섰다. 문태우는 응천부의 추관으로 어느 정도 강호 정보에 정통해 있을 소지가 많았다. 천무군은 안천일 짓밟을 기회를 놓칠까 염려되어 문태우를 저지하려 했지만 안천일이 조금 빨랐다.

"문 추관이 짚이는 바가 있나 보군. 어서 말해 보게."

안천일의 재촉을 받아 문태우가 입을 열었다.

"저는 불인혈수나 수마혈장에 대해 아는 것이 없지만 최근 마교에서 개세적인 장법을 쓰는 마두가 나타났다는 소문을 들었습니다. 마교의 장로인 유초백이란 자로 한 식경 동안 혼자서 마교 장로 둘을 포함해 근 백여 명을 쳐 죽였다고 합니다. 그 일을 두고 강북 일대가 꽤 시끄러웠다고 하는데 얘기를 듣자니 혹 그자가 아닌가 의심스럽군요."

문태우의 의견은 천무군의 생각과 일치하는 것이었다. 자잘한 몇 가지 사실을 포함해 좀 더 그럴듯하게 설명할 수도 있겠지만 천무군은 부연하고 싶지 않았다.

"그런 일이? 그렇다면 그자가 틀림없겠군."

안천일은 문태우의 말을 자신이 한 것처럼 여기며 천무군을 향해 슬쩍 웃어 보였는데, 이 모습이 마치 '어때?' 하고 묻는 것 같았다.

"유초백은 유복통의 동생이니 수마혈장을 익혔다는 사실이 놀랄 일은 아니오. 오히려 이전까지 실력이 드러나지 않았던 게 이상한 일이지. 유복통 사후 비어 있던 태상장로에 올랐다는 것만 봐도 그의 무위를 알 만하지. 그런 자를 천 리나 뒤쫓으면서도 들키지도 않고 이렇게 무사히 돌아왔으니 어찌 대단한 일이 아니겠소?"

천무군은 처음과 달리 다소 조롱하듯 말했지만 이번에는 안천일이 순순히 받아들였다.

유복통이 어떤 자인가는 천무군보다 안천일이 더 잘 알고 있었다. 도검이 불침하고, 나는 화살을 잡아채는 모습을 수없이 보았으며, 하늘을 밟고 삼 장을 격해 적장을 쓰러뜨리는 장면도 생생하게 목격한 적이 있었다. 안천일이나 소포관처럼 당시 전장에 있던 자들에게 유복통이 보인 무위는 가히 인간의 경지를 벗어난 것이었다. 그런 유복통에 비견되는 고수를 뒤쫓으면서 들키지 않았다는 건 정말 대단한 일이었다. 물론 실제적으로 가시거리에서 추격한 건 한나절에 불과했지만 그래도 그게 어딘가?

"마교의 태상장로라면 예상 밖의 사안이 아닙니까?"

소포관의 우려 섞인 질문에 천무군은 고개를 저었다.

"마교에 대해서는 금의위뿐 아니라 여러 경로를 통해 추격하고 있다 알고 있소. 호구에서 만났다는 검수들도 그중 하나겠지. 우리가 관여할 바가 아니오."

"그렇더라도 마교에 관한 사항은 모든 임무에 최우선한다는 지침이 있지 않습니까?"

소포관의 우려 섞인 목소리에 천무군은 약간 짜증이 났다. 노련한 군관이라는 것은 전장에서 병사들을 이끌 때의 이야기고 정보에 관련한 것은 영 아닌 모양이었다.

"그들을 만나고도 몰라봤다며 무능하단 소리를 듣고 싶소, 아니면 그들이 이곳에 왔었다고 알려서 이 마을을 쑥대밭으로 만들고 싶소? 그것도 아니면 그들을 만나 무슨 얘기를 했냐고 추궁당하며 불고문이라도 받고 싶소?"

천무군의 핀잔에 소포관이 눈을 치켜떴다.

"무슨……."

"안 부장 말처럼 과거 곽자흥군 대부분이 마교와 관련있었던 것 아니오?"

천무군의 비아냥거림에 소포관의 눈썹이 꿈틀거렸다.

"말씀이 과하십니다!"

안천일이 주먹을 쥐며 불만을 토로하자 천무군이 문태우에게 시선을 돌렸다.

"문 추관은 어떻게 생각하나 들어볼까?"

문태우는 천무군의 의도를 알아채고 고개를 끄덕였다.

"천 대주님 말이 옳습니다. 저희 쪽에서도 마교가 관련된 사건은 경중을 가리지 않고 금의위로 이관되는데 워낙 비밀스러운 집단이다 보니 관련된 자들을 모두 잡아들인다고 들었습니다. 취조에는 온갖 수단이 동원되어 견디지 못하고 대부분 죽는다고 합니다만 그중 무고한 사람들이 많다는 것이 저희 추관들과 순검들의 생각입니다. 마교의 장로급이 관련되었다고 하면 이 정도 마을은 흔적조차 남지 않을 것이고, 저나 군호님들도 취검(取檢)을 받게 될 겁니다."

안천일과 소포관도 금의위의 수사 방법은 잘 알고 있었지만 무고한 자가 많다는 말에는 설마 하는 표정을 지었다. 국법이 아직 세워지지 않아 문란하다고 해도 군율에 준하는 조칙으로 다스려지고 있는데 그렇게까지 하겠느냐는 의문이었다.

"그 정도라면 나중에 사실이 밝혀졌다기는 더욱 곤란할 수도 있지 않겠나?"

소포관의 물음에 문태우가 고개를 끄덕였다.

"혹여 그럴지도 모르니 보고서에 단초를 달아 의심 가는 자들을 보기는 했지만 인력이 모자라 추적하지 못했다고 하면 추궁당하지 않을 겁니다. 괜한 오해를 살 필요는 없지요."

천무군은 문태우의 설명에 만족해하며 '역시 이쪽이 말이 통하는 군' 하고 생각했다.

"이쪽 일이 다 그렇소. 알았으면 그쯤 하고 소 부장이 나갔던 일은 어찌 됐나 들어봅시다."

천무군이 말을 돌리며 소포관에게 눈짓을 했다.

"아, 네. 수상반에서 기술을 배운다는 고경이란 청년의 뒤를 쫓아가 연무장을 찾아냈습니다. 나무를 베어내고 만든 작은 공터라 산 아래에서는 찾기 어려운 곳이었습니다. 이제 막 배우기 시작한 듯 무공이랄 것도 없는 수준이었지만 장사란 자의 말에서 중요한 단서를 잡았습니다."

"단서라면?"

"과거 남궁가의 멸문에 관여했고 남궁쌍검을 직접 베었다고 하더군요."

소포관의 대답에 천무군이 눈살을 찌푸리며 고개를 갸웃거렸다.

"그럴 리가 없는데……?"

남궁가는 사백 년간 세 번의 왕조가 바뀌는 동안 변함없이 강남 제일의 상가이자 무가로 이름을 날려온 집안이었다. 무가라는 폐쇄성에서 벗어나 상가라는 개방성을 갖추고 상계는 물론 군부와 정계에 걸쳐 두루 영향력을 행사하며 권세를 누리니 누구도 세가라 부르기를 주저하지 않았다.

군웅이 할거하는 이 시대에도 모든 군벌에 자금을 지원해 미래를 보장받는 한편 원나라 조정과 장사성군 사이의 무역을 독점하니 그 부의

축적이 과거의 갑절에 달했다. 그렇기에 영세불변가(永世不變家), 천하
제일가(天下第一家)로까지 불리며 최고의 전성기를 구가하던 남궁가의
몰락은 어느 누구도 생각하지 못한 것이었다.

"그동안의 조사를 통해 얻은 정보와 일치하지 않습니까?"

문태우는 이곳까지 오는 동안 자신이 수집한 단편적인 자료들과 이
곳에 와서 얻은 모든 정보를 통해 수상반의 장씨 형제의 정체에 대해
결론을 내리고 있었다.

남궁가의 멸문이 십여 년 전 있었던 장강수로맹과의 분규 때문이란
건 널리 알려진 사실이니 소포관의 보고는 새로울 것도 없는 정보였다.

"남궁쌍검을 누가 죽였는지 몰라도 그들이 죽은 건 남궁가가 몰락하
기 전이었고, 그자의 실력으로 남궁쌍검을 어찌할 수 있을 리도 없소.
대체 가져오는 정보가 왜 다 이 모양이오? 어제는 장삼을 수룡왕이라
고 하더니만 오늘은 장사가 남궁쌍검을 죽인 고수라니?"

천무군의 핀잔을 듣고 소포관은 입 안에서 쓴맛을 느꼈다. 피가 튀
는 전장에서야 주어진 임무를 묵묵히 수행하는 것만으로도 유능하다는
소리를 들었지만 뒷일까지 고려해 가며 사건을 조사하고 정보를 수집
하는 일이 자신과는 영 맞지 않았다. 게다가 이번 일은 알면 알수록 천
무군의 사감(私感)이 개입된 느낌이었다. 상부에 보고하기는 방국진과
그의 세력에 대한 조사였지만 천무군은 오로지 장씨 형제에 대한 관심
뿐이었다.

"애초에 대충 조사해서 때려잡을 생각으로 오신 것 아닙니까? 그동
안 마교와의 관련 여부를 조사하느라 시간을 지체했지만 이제 마교와
관련한 조사에서 손을 뗀다면 내일이라도 잡아들이는 게 어떻습니까?"

천무군은 소포관이 자신의 속내를 짚으며 의견을 내놓자 속으로 뜨

끔하면서도 은근히 불쾌했다. 누군가 자신의 마음을 들여다보는 건 기분 나쁜 일이었다.

"사실 소 부장 정도면 그들의 정체를 쉽게 알 수 있으리라 여기고 함께 온 거 아니겠소? 그들의 얼굴만 보면 바로 이름과 신상 내역이 나올 줄 알았지. 한데 이게 뭐요? 듣도 보도 못한 놈들이라니?"

그랬다. 천무군의 처음 계획은 수로맹에 대해 잘 아는 부관들로 하여금 장씨 형제의 정체를 밝히고 바로 체포하는 것이었다. 그러나 소행촌에 오면서 예상치 못한 마교의 인물들을 만난 데다가 아무도 장씨 형제를 알아보지 못했다.

소포관으로서는 할 말이 없었다. 이런 저런 정황으로 보아 장씨 형제는 과거 수적이었음이 분명한데 확실한 정체를 파악할 수 없었다. 장삼이니 장사니 하는 이름이야 변성명한 것이라 치고 직접 대면을 해도 모르는 얼굴이었다.

이름없는 '졸자' 라고 하기엔 장삼이나 장사의 모습이 예사롭지 않으니 천무군의 핀잔을 듣고 있을 수밖에 없었다.

"면목없습니다. 일단 수상반의 수련공을 통해 좀 더 조사해 보겠습니다."

"서둘러야 할 거요. 지금쯤 북진을 위한 재편이 시작됐을 테고, 애초에 정한 기일도 얼마 남지 않았으니 곧 소환령이 있을 거요."

자정이 지나는 시간 소행촌에서 아직까지 불이 꺼지지 않은 곳은 행화주막밖에 없었다.

*   *   *

"형! 안 돼!"

이세명은 비명을 지르며 벌떡 일어났다. 어두운 방 안. 어슴푸레한 달빛이 방문에 그림자를 만들고 있는 모습에서 이세명은 꿈을 꾸었음을 인식했다. 며칠째 같은 꿈이 계속되고 있었다. 다행히 정방은 오늘도 집에 들어오지 않았다. 정방이 있었다면 깨어나자마자 미안한 마음부터 들었을 것이다.

"휴, 요즘 왜 이러는지 모르겠군."

이세명은 안도와 걱정이 뒤섞인 한숨을 내뱉고는 손등으로 이마의 식은땀을 훔쳤지만 손등도 젖어 있긴 마찬가지였다.

"형에게 무슨 변이라도 생긴 걸까?"

일 년에 두 번 돈과 함께 형의 소식을 전해오던 인편은 장사성군이 농성에 들어가면서 끊어지고 말았다. 그제 어제 들려오는 소문에 결국 장사성군이 패하고 소주가 함락됐다고 하던데, 그래서인지 꿈은 불길하기만 했다.

무너진 성곽과 무수한 시체들, 그리고 시체들을 밟고 어딘가를 향해 걷고 있는 사람들. 그 속에 형이 있었다. 멀리서 보는 뒷모습일망정 이세명은 그 속에서 한눈에 형을 알아보고 달려갔다. 부르고 불러도 형은 대답이 없었다. 문득 이세명은 사람들이 걸어가는 쪽의 하늘이 붉게 넘실거리는 것을 보고 소름이 돋았다. 이세명은 있는 힘을 다해 달려가 형을 막아섰지만 형의 눈에는 세명이 보이지 않는지 멍한 눈으로 세명을 지나쳐 갔다. 어떻게든 막아보려고 형을 잡고 늘어지다가 결국 잠에서 깬 것이다.

"묘시도 아직 이른가?"

달이 만든 창살의 그림자가 바닥을 지나 오른쪽 벽을 타고 길게 늘어져 있었다. 그림자로 시간을 가늠한 이세명은 다시 잠을 청해보았지만 심란함만 더할 뿐 잠이 오지 않았다.

이세명은 일각 정도 더 뒤척이다 침상에서 일어나 방문을 열었다. 달이 묘와산에 걸려 넘어가고 해는 아직 뜨지 않은 시간. 하루 중 가장 어두운 시간이었다. 바깥 공기를 쐬자 어지러운 마음이 다소 진정됐다.

"남녀불청불언어, 악병전신견염군, 일수수화도병사……."

신선한 공기를 깊이 들이마시자 입에서 법문이 튀어나왔다. 특별히 위험할 것 없는 평범한 호흡법이기에 장삼은 호노가 알려준 토납법을 굳이 막지 않았다. 다만 백련교의 법문을 소리 내어 암송하거나 불을 보며 수련하는 일이 없도록 단단히 주의를 주었다.

장삼의 그 같은 지시에 순순히 따랐지만 지금처럼 조금만 호흡에 집중하면 자연스럽게 법문이 중얼거려지고 입 밖으로 나오는 것을 막을 수 없었다.

이세명은 무심결에 튀어나온 법문을 의식적으로 중단하고 입만 벙긋거리며 속으로 법문을 이어갔다. 그렇게 문 앞에 서서 깊은 호흡으로 십여 회의 법문 묵송이 끝나자 어느새 강 너머에 붉은 기운이 감돌고 있었다. 잠깐 사이에 훌쩍 이각의 시간이 지난 것을 느끼고 이세명은 조금 난감한 표정이었다.

"또 이렇게 멍하니 서 있었군."

숨이 깊어지고 호흡이 길어지면서 뒤틀렸던 다리는 점점 회복되어 갔지만 이렇게 멍하니 있는 시간도 점점 늘어가고 있었다. 그사이 백련교의 법문이 입 밖으로 소리가 되어 나오는지 어쩌는지는 둘째 문제였고, 아무런 기억이 없다는 게 세명을 불안하게 만들었다.

스스로 그 같은 사실을 알기에 되도록 법문과 호흡을 병행하지 않으려고 했지만 잠자기 전이나 잠에서 막 깬 후에는 호흡과 법문에 빠져들게 되는 것이었다.

땀에 젖었던 옷과 몸은 어느새 바싹 말라 있었지만 이세명은 옷을 갈아입고 수상반으로 향했다.

일찍 일어난 데다 아침까지 거른 채여서 평소보다 한 시진은 이른 걸음이었다. 강 둑길에 들어서니 마을에서는 집집마다 밥 짓는 연기가 피어올랐고 안개가 드리운 강에서는 일찍 조업에 나선 어부의 뱃노래가 들려왔다.

수상반에 도착하니 작업장에는 아무도 나와 있지 않았다. 한쪽에 완성을 앞두고 역청을 발라 말리고 있는 제법 큰 배와 골조만 서 있는 작은 배가 있었고 조금 더 안쪽에는 망치며 대패가 어제 인부들이 작업을 정리하고 간 그대로 놓여 있어서 아직 아무도 나오지 않았음을 알려주었다.

"일찍 나오라더니 바쁜 일이 있는 게 아니었나?"

이세명은 의아한 마음으로 안채로 향했다. 작업장을 돌아 안채 마당에 들어서자 생각지도 않았던 장사의 모습이 보였다.

장사는 양손으로 목도를 쥐고 이리저리 휘두르며 걷고, 뛰고, 움츠리고, 도약하며 무공을 펼치고 있었다. 이세명은 처음 보는 장사의 무공에 잠시 관심을 가지고 지켜보았다. 상하로 연속되면서도 사선으로 흔들리는 현란한 초식이었다. 하지만 혼신의 노력으로 펼치는 장사의 무공은 시간이 갈수록 어딘지 답답한 느낌을 주었고, 이 답답함을 견디지 못해 이세명은 고개를 돌리고 말았다.

장사는 안 보는 척하면서 세명을 보고 있다가 세명이 눈길을 돌리자 손을 멈췄다.

"언제 왔느냐?"

장사가 그제야 세명을 발견했다는 듯 묻자 세명이 가까이 다가갔다.

"방금요."

"일찍 나왔구나."

장사는 소매로 이마를 닦았지만 세명이 보기에 장사의 이마에 땀 같은 건 없었다.

"네? 오늘부터 묘시에 나오라고 하셨잖아요. 늦었다고 서둘러 왔는데요."

"내가 그랬던가?"

"네."

"음…….."

장사는 세명에게 무공을 보여주고 관심을 유도할 생각이었다. 진작부터 일어나 세명이 나타나길 기다렸다가 강룡십삼검 중 가장 화려한 운무산개(雲霧散開)와 광룡토화(狂龍吐火)를 연이어 시전한 것이다.

하지만 세명이 별다른 관심을 보이지 않자 대화가 단절되었고, 장사는 말문이 막혀 더 이상 할 말이 없었다.

예상대로였다면 '사 아저씨, 그게 뭔가요?', '이건 강룡십삼검이라는 도법이다', '멋있어요. 저 좀 가르쳐 주세요' 순으로 나가야 했던 것이다.

"일없으면 가서 밥이나 먹고 올게요."

"잠깐!"

세명이 돌아서려 하자 장사가 급히 세명을 불러 세웠다.

"뭐 시키실 일이라도……?"

"잘 봐라."

장사는 손에 들고 있던 목검으로 급히 전후좌우 팔방을 쳤다. 한 번에 여덟 방위를 치는 이 기술은 흔히 말하는 팔방풍우(八方風雨)라는 초식으로 언뜻 조금 전에 보였던 광룡토화와도 비슷해 보였지만 실상은 완전히 다른 초식이었다.

그저 빠르게 여덟 번 휘두르는 팔방풍우와 달리 광룡토화는 일도에 네 번의 변화를 내포한 각각 다른 도초의 연결 초식으로 총 삼십이 변환을 갖는 복잡한 초식이었다. 비록 장사의 화후가 낮아 실제로 일어난 변환은 그 절반 정도밖에 되지 않았지만 팔방풍우와는 비교도 할 수 없는 고명한 것이었다.

장사가 광룡토화와 달리 그저 팔방을 빠르게 쳐내기만 할 뿐 아무런 변식도 없는 팔방풍우를 시전한 데에는 그만한 이유가 있었다. 무공을 모르는 사람의 눈에 광룡토화의 변식들이 보일 리 없어 오히려 팔방풍우만도 못해 보이는 것을 장사는 알고 있었던 것이다.

장사는 연달아 팔방풍우를 시전하며 세명을 보았다.

이세명은 장사가 휘두르는 목도의 움직임에서 가슴을 시원하게 만드는 바람을 느끼고 있었다. 상하로 공기를 가르는 칼질이 가슴속에 남아 있던 무거운 마음 한 조각을 자르고 지나가는 기분이었다. 힘차게 내리긋는 장사의 목도에서 들려오는 횡횡 하는 소리와 커다란 목도의 움직임을 따라 세명의 눈이 움직였다.

'역시!'

조금 전과 달리 눈을 빛내는 이세명을 보며 장사는 쾌재를 불렀다. 장사는 점점 속도를 빠르게 하며 팔방풍우를 몇 번 더 시전하고는 손을 멈췄다.

"이건 팔… 룡풍… 운이라는 초식인데 배우고 싶은 마음이 들지 않느냐?"

팔방풍우는 동네 꼬마들도 몇 번은 들어봤음 직한 초식인지라 그대로 알려줬다가는 세명이 실망할지도 모르는 일이었다. 꼬마들 장난에서도 팔방풍우는 하류의 무공이 아닌가?

장사는 팔룡풍운(八龍風雲)이란 이름을 급조할 수밖에 없었다.

장사의 물음에 이세명은 잠시 생각에 잠겼다. 아침에 일찍 나오라고 한 장사의 의도는 이것으로 분명히 알 수 있었다.

무공을 배운다는 것. 이세명은 이 문제를 깊이 생각한 적이 없었다. 소명왕 일행을 만나기 전까지는 장사나 정방이 들려주는 무림비사에 빠져들곤 했고, 무공을 익혀 강호를 주유하는 상상을 하기도 했었다.

그래서 호노를 만났을 때 대뜸 사부로 청하고 무언가를 배우기도 했던 것이다. 하지만 그로 인해 소명왕의 혼백을 만나서 겪게 된 정신적 충격과 고통은 무공에 대한 동경을 말끔히 날려 버리기에 충분했다. 그런 고통을 당한 건 전적으로 선정에 든 세명을 방해한 탓이었지만 장삼은 여기에 대해 설명하지 않았고, 장사와 정방은 호노에게 사공(邪功)을 배웠기 때문이라고 했다.

그 후 장삼이 고수라는 사실을 알게 되었을 때도 관심이 가지 않았고, 고경이 함께 무공을 배우자고 했을 때는 두려움이 앞서 '다음에' 라며 피하고 말았다. 이런 사실을 잘 아는 장사가 갑자기 무공을 가르치려 드는 이유도 알 수 없는 일이었다.

이세명은 짧은 순간 깊은 고민에 빠졌다. 전에 겪었던 몸서리쳐지는 고통은 아직도 잊혀지지 않았지만 시간이 지난 탓으로 많이 옅어져 있었다. 거기에 조금 전 보았던 장사의 도법이 세명의 마음을 끌었다.

며칠 동안 계속되던 답답한 마음을 해소시키는 도법 팔룡풍운!

세명이 숙고하는 듯하자 장사는 때를 놓치지 않고 세명의 마음을 더욱 흔들기 위한 작전에 나섰다.

"다리 때문이라면 걱정하지 말거라. 내 보기에 거의 다 나았는데도 걸음이 부자연스러운 것은 아직 근력이 붙지 않아서 그런 것이다. 무공을 익히면 자연 근력이 붙을 것이니 오히려 도움이 될 것이다. 형님에게도 반허락을 받았으니 네가 도법을 오성 이상 익히면 형님의 삭월십삼겸법(朔月十三鎌法)도 익힐 수 있을 것이다."

장삼의 낫 쓰는 법에 삭월십삼겸법이란 거창한 이름 따위는 없었다. 여러 기초 무공에 무수한 연습과 실전, 타고난 순발력과 임기응변이 더해 만들어졌기에 정형화된 초식과 명칭 따위는 존재하지 않았다.

다만 쌍겸이 교차하며 돌아가는 모습에 '만자쌍겸', 당겨지는 낫으로 공격한다고 해서 '인겸삭수(引鎌削首)' 등으로 부르는 초식이 있긴 했지만 이는 순전히 지켜보던 사람들이 마음대로 갖다 붙인 것들이었다.

초식명조차 없는데 겸법(鎌法)이란 명칭이 있을 리 없었다. 이는 순전히 세명을 꼬시기 위해 장사가 만들어낸 것이었다.

장사가 지어낸 말은 또 있었다. 도법을 오성 이상 익히면 장삼의 쌍겸을 익힐 수 있다는 것.

지난밤 장사는 세명에게 도법을 가르치는 일로 장삼과 잠시 대화를 하긴 했었다.

"내일부터 세명에게 도법을 전하겠소."

“…….”

“이미 세명에게 허락을 받았으니 그런 줄 아시오.”

“…….”

거의 일방적인 통보에 가까웠지만 아무런 반대도 없었기에—반대할 시간도 주지 않고 바로 나와버렸지만—장사는 허락의 뜻으로 받아들였다. 하지만 어디에도 도법을 오성 이상 익히면 쌍검을 전수하겠다는 말은 없었다.

‘경이처럼 중도에 도를 내팽개치게 할 수는 없지. 암, 없고말고.’

밤새 고심의 고심을 거쳐 장사가 짜낸 묘안이었다. 장사조차 이제 겨우 삼성의 변화를 이루었는데 어느 세월에 오성을 익히겠는가? 평범한 내공으로는 평생을 가도 불가능한 일이었다.

“배우겠어요.”

다리 회복에 도움이 된다거나 장삼의 쌍검을 익힐 수 있다는 감언이설이 먹혀들지 않았지만 가슴을 시원하게 만들던 장사의 칼부림에 마음이 끌렸다.

이런 속내도 모르고 장사는 자신의 설득이 주효했다고 여기며 만족스럽게 웃었다.

“하하하! 그럼 바로 시작하자!”

장사는 미리 준비했던 목도 하나를 세명에게 내밀었다. 고경과 달리 내공의 기초는 이미 다져 있으니 석 달은 절약한 셈이었고 기본공으로 권법을 가르쳐 혹시나 그쪽에 관심을 갖게 될까도 염려됐다. 처음부터 도법을 익히겠다고 마음먹었으니 괜히 시간을 낭비할 필요가 없었다.

“안 된다.”

안채에서 들려온 장삼의 목소리에 장사가 인상을 구겼다. 세명에게 무공을 가르치겠다고 했을 때 장삼은 고경 때와는 달리 가타부타 말이 없었다. 강한 반대를 예상했던 장사로서는 반가운 일이었지만 단단히 설득할 준비를 했기에 어쩐지 맥 빠지는 일이기도 했다.

그렇게 지난밤 아무런 반대도 없던 장삼이 갑자기 나서니 장사는 화가 나다 못해 어이가 없었다.

"잠자코 있을 때는 언제고 이제 와 웬 헛소리요! 이미 세명이하고 얘기 끝났으니 나서지 마시오!"

장사가 발끈해도 장삼은 눈길 한 번 주지 않고 잠시간 세명만 물끄러미 바라보았다. 이런 장삼의 태도는 장사를 더욱 화나게 만들었다.

"아니, 왜 말이 없는 거요? 그냥 안 된다는 한마디에 내가 물러설 줄 알았소? 흥, 이번만은 그렇게 못하겠소. 이 나이 먹도록 처자식도 없는 처지에 피붙이라고는 덜렁 저놈 하나밖에 없는데, 대체 형님이 세명에게 해준 게 뭐가 있소? 저 영리한 놈에게 남들 다 하는 글공부를 시켜줬소, 아니면 그 잘난 쌍겸 일초식을 전해줬소? 기껏해야 대패질, 망치질밖에 더 알려줬나? 뱀한테 물려 다리 병신이 돼도 보고만 있고 백련교 놈들이 헛수작 해봐도 손도 못 쓰더니 제 한 몸 지키라고 칼질 좀 가르쳐 보겠다는데 그걸 못하게 해? 나하고, 아니, 세명이하고 뭐 원수 진 일이라도 있소?"

장사의 거친 항변에도 장삼은 세명에게서 눈길을 돌리지 않았다. 장삼은 언제나처럼 감긴 듯 가늘게 뜬 눈에 표정없는 얼굴을 하고 있었지만 이세명은 한없이 따뜻한 느낌을 받았다.

"들어와 아침 먹어라."

"이……."

　장삼의 밋밋한 목소리에 장사가 다시 버럭 소리를 지르려 입을 열자 그제야 장삼의 눈길이 장사에게 향했다.

　"오늘은 늦었으니 아침 먹고 내일부터나 시작하란 말이다."

　장삼의 말에 장사는 입을 다물고 콧김을 내뿜었다. 이세명은 씩씩거리는 장사를 뒤로하고 장삼에게 다가갔다.

　"삼 아저씨, 안녕히 주무셨어요?"

　문을 열고 서 있던 장삼은 선선히 고개를 끄덕였다.

　"그래, 너도 잘 잤느냐?"

　평범한 인사말에 이세명은 간밤의 뒤숭숭한 꿈자리를 떠올리고 고개를 저었다.

　"요즘 꿈이 사나워서 잠을 설쳐요."

　세명의 대답에 장삼은 안쓰러운 눈길로 보았다. 십 년 가까이 얼굴도 못 보고 살면서도 어찌 저리 끔찍이도 형을 생각하는지. 자신과 장사의 모습이 저러할까?

　"정방을 소주로 보낸 지 벌써 여러 날 됐으니 수일 내로 소식이 있을 것이다. 듣기로 오왕과 십조룡은 큰 피해 없이 소주를 빠져나갔다고 하니 너무 염려 말거라."

　말없이 없어진 정방이 소주에 갔다는 얘기는 처음 듣는 것이었다.

　"아저씨……."

　이세명은 말을 잇지 못하고 눈물을 글썽였다. 하나밖에 없는 형을 빼고는 가장 가까운 친척이 아닌가? 장삼의 보살핌과 배려에 이세명은 금방이라도 울 듯했다.

　"고마워요."

　키는 훌쩍 커서 장삼만해지고 목소리도 제법 굵직해졌지만 그 속은 아직 덜 자란 십오 세의 어린아이였던 것이다.

철썩!

장사가 세명의 등을 소리나게 쳤다.

"윽!"

"다 큰 놈이 이런 일로 눈물을 보이고 그래?"

등짝이 화끈거리며 고였던 눈물 한 방울이 흘러내렸다. 이세명은 등을 만지며 험상궂게 얼굴을 구겼지만 기분이 나쁘지는 않았다.

"울긴 누가 운다고 그래요?"

"그럼 그건 눈물이 아니고 뭐냐?"

"사 아저씨도 한번 맞아보세요, 눈물이 안 나오나."

그날 고경은 정오가 훨씬 지나서야 수상반에 나타났지만 아무도 문제 삼지 않았다.

일감이 밀렸음에도 장사는 일찍 작업을 파했고 자발적으로 뒷정리를 하겠다는 인부들까지 돌려보냈다. 고경은 평소와 다른 장사의 행동에 의아해했지만 의문을 품기보다 여유 시간이 생겨 기쁠 뿐이었다.

인부들에 섞여 고경까지 돌아가자 장사는 세명을 안채로 불러 아침에 못한 무공 강의를 시작했다.

"이제부터 네가 배울 무공은 강룡십삼검이라는 도법이다. 이름이 검법인데 웬 도법이냐고? 그건 이 도법이 원래 검법에서 유래됐기 때문이다. 혹자는 본래의 검법과 구분해 그냥 십삼도로 부르기도 하지만 도법을 창안하신 분이 따로 칭명하지 않고 검법이라 한 데는 그만한 이유가 있느니 혹시나 연성함에 있어 도법의 강맹함에 치우쳐 본래의 오의를 잊을까 염려하셨음이다."

장사는 자신이 강룡십삼검에 입문할 때 들었던 이야기를 세명에게 들려주기 시작했다.

집 안에서 의자까지 내와 앉아서 듣고 있는 장삼이 신경 쓰였지만 무공을 시작하는 데 이보다 적당한 말은 생각나지 않았다. 장삼이 보는 앞에서 들었던 말을 자신이 지어낸 양 계속하기 못내 쑥스러웠지만 장사는 들었던 이야기를 이어가기로 했다.

"강룡십삼검은 본래 태자허란 선인이 장강을 어지럽히던 악룡(惡龍)과 이무기를 제압하는 데 사용했다고 한다. 선인이 하루는 동정호 부근을 지나다 교룡(蛟龍)에게 위협받던 한 어부를 구하고 자신이 떠난 뒤 교룡이 다시 나타나 사람을 해칠까 염려하여 그 검법을 전수했다는 이야기가 군산노가문(君山盧家門)에 전해 내려왔다고 한다. 지금은 군산노가문이 사라져 그 진위를 파악할 수 없다. 군산노가문은 백여 년 전 송나라 때 몽고에 대항해 싸우다 멸문되니 강룡십삼검은 잠시 실전되고 말았다. 그러다 호남의 문사적(文思寂)이란 분이 검보를 얻고 그 후손에게 전해졌으나 그 문가(文家) 또한 원나라 조정에 의해 멸문되고 말았다. 다행히 문가의 문인화(文仁華) 여협께서 살아남아 검법이 절전되지 않았고 여협의 부군이신 용검신군(龍劍神君) 방전(方田) 대협에게 전해지게 되었다. 이후 방전 대협은 검법을 대성하시고 심득을 얻어 새롭게 도법에 적용하셨으니 이는 보다 많은 사람들이 쉽고 빠르게 익히도록 해 몽고 오랑캐를 이 땅에서 내치기 위한 것이었다."

설명을 하는 동안 장사는 때때로 우국 충신의 심정으로 주먹을 쥐기도 하고 눈을 감고 비분을 삼키기도 하며 자신의 얘기에 빠져들었다.

이쯤이면 듣는 사람도 결연한 의지를 담아 눈을 빛내고 손에 힘이 들어가기 마련인데 이세명은 차분히 듣고만 있었다. 장사의 예상을 뒤엎는 썰렁한 반응이었지만 장사는 결코 그렇게 생각하지 않았다.

자신에게 통했고 얼마 전 고경에게도 통했던 이야기이며 과거 저 뒤에서 듣고 있는 장삼에게조차 감동을 주었던 이야기이니까.

'요 녀석, 애써 감정을 감추는구나.'

수련에 앞서 검법의 유래를 설명하는 것은 검법에 자긍심을 심고 수련의 동기를 부여하기 위함이었다. 거슬러 태자허나 노가문의 이야기는 물론 그리 오래되지 않은 문가와 용검신군 방전의 이야기조차 실재인지 아닌지 알 수 없었다.

또한 용검신군의 부친인 방만득(方萬得)이 우연히 검보를 얻어 도법으로 변형시켰다는 비교적 간단하고 신빙성 높은 설도 있었지만 장사는 그걸 말해 줄 계획은 전혀 없었다.

모름지기 세상에는 창세 신화가 있고 나라에는 개국 신화가 있듯 무공에도 창제 비화(創製秘話)가 있어야 한다는 것이 장사에게 무공을 가르쳐 준 사람의 생각이었고 장사도 이 생각에 적극 찬성하는 입장이었다.

장삼은 거의 삼십 년 전에 들었던 얘기를 토씨 하나조차 틀리지 않게 반복하고 있는 장사를 보며 아련한 감흥에 젖어들었다.

강이 내려다보이는 넓은 연무장에 모여 있는 이십여 명의 청년들. 청년들의 시선을 받으며 서 있는 한 사람의 노인. 노인은 일자무식에 불한당이나 다름없는 청년들에게서 한 가닥 의기와 충절을 끌어내고 있었다.

저 무도한 오랑캐 놈들이 이 땅을 유린한 지도 어언 일 갑자. 농토는 불타고 산과 들은 말굽에 짓밟혔으며 강은 피로 물들었다. 산과 강만 짓

밝힌 것이 아니다. 아버지는 맞아 죽고 어머니는 욕보였으며 형제는 끌려가 생사를 알 수 없게 되었다. 어째서 이런 일이 일어난 것이냐? 그것은 우리가 힘이 없기 때문이다. 우리에게 힘이 있었던들 이런 치욕을 당하며 천대받고 살고 있겠느냐? 힘을 길러야 한다, 오랑캐를 물리칠 힘을!

'아버지는 맞아 죽고 어머니는 욕보이고……'

자신의 과거를 알기라도 했는가? 울분을 토하는 노인의 한마디 한마디가 모두 가슴에 와 박혔다.

지금 장사의 모습은 과거 그들의 스승이었던 노인의 모습과 겹쳐 보일 정도로 말은 물론 말투와 손짓에 이르는 행동 하나까지 똑같다.

'멍청한 놈! 일 갑자에 거의 반 갑자를 더해 이제는 구십 년이다. 그때가 언젠데 아직까지 일 갑자타령이냐?'

장삼은 내심 혀를 찼지만 정작 듣고 있는 이세명은 이런 사실을 알지 못했다. 세명이 아는 사실은 원나라가 세워진 지 오래됐으며 폭정으로 사람들을 괴롭혔다는 것이었다. 그나마도 세명의 머리가 클 무렵에는 인근에서 원의 세력이 약화돼 자취를 찾아볼 수 없었다. 그렇기에 이세명은 장사의 말에 수긍하면서도 장사가 원하는 만큼의 반응은 보일 수 없었다.

기대에 미치지 못하는 이세명의 반응에도 불구하고 장사는 자신의 말에 취해 준비된 다음 대사로 넘어갔다.

"이제 네게 힘을 주려하니 부단히 갈고닦아 오랑캐를 물리치고 강토를 회복하는 데 쓸 것이며, 의를 행하고 악을 멸하는 데 쓸 것이며, 약자를 보호하고 불의에 항거하는 데 써야 할 것이다!"

일장 연설을 마침과 동시에 장사는 대뜸 목도를 쥐고 자세를 취했다.

"위진세(威振勢)! 대저 세상을 어지럽히던 악룡이 나타나니 악룡출현(惡龍出現)이라!"

장사의 외침과 함께 오른손으로 도파를 잡고 왼손을 도배에 가져간 모습에서 강렬한 기운이 느껴졌다. 장사는 양손을 교차시키며 횡으로 크게 쓸어 올렸다가 다시 처음의 모습으로 돌아오는 동작을 펼쳐 보였다. 강룡십삼검의 기수식이었다.

"잠룡과강(潛龍過江)! 잠룡이 강을 거슬러 오를 때는 아무도 모르나 거침이 없다!"

장사의 도가 힘차고 빠르게 사선을 그리며 내려쳐졌다가 다시 올라왔다.

"번강출룡(飜江出龍)! 강을 뒤엎고 용이 나타나니, 보라, 이 기세를 누가 막을 것인가!"

번강출룡에 이어 횡으로 베는 풍우난세(風雨亂世)와 동주위난(動舟危難)까지 일 수, 일 초의 오 초식을 거침없이 풀어낸 장사는 처음의 기수식과 비슷한 자세로 돌아왔다.

"진천세! 선인의 노여움이 하늘을 울리니 선인초래(仙人招來)라!"

오른손으로 도파를 쥐고 왼손을 도배에 가져가는, 일견 비슷해 보이는 초식에서 전혀 다른 기세가 뿜어져 나왔다. 이세명은 장사의 몸에서 기운이 응집되는 것을 느낄 수 있었다.

"운무산개(雲霧散開)! 구름을 가르고, 풍랑잔결(風浪殘缺)! 물결을 잠재워도, 악룡토화(惡龍吐火)! 악룡은 불을 내뿜어, 반선쟁투(反仙爭鬪)! 선인에 대적하는구나!"

응축된 기운이 목검을 따라 출렁일 때마다 목검의 끝이 떨리며 작은 변화를 일으켰다. 일 도마다 흔들리는 도첨의 변화에 하나의 도가 두 개, 세 개로 갈라져 보여 일견 화려해 보였지만 세명이 보기에는 정확히 어디로 쳐 나갈지 방향을 잡지 못하는 듯했다.

보법도 일 수, 일 보의 진중함을 보이던 처음 오 초식과는 달리 변화막측한 움직임을 보이고 있었다. 언뜻 보기에도 현란한 변화에 기운이 넘실거리는 것이 훌륭한 도초임에 틀림없어 보였지만 이미 한 번 보았던 초식들은 새벽과 마찬가지로 세명의 가슴을 답답하게 했다.

'놈, 공력이 늘었구나.'

실로 십 년 만에 보는 장사의 강룡십삼검은 과거보다 한층 위력적이었다. 강(强), 쾌(快)를 요결로 하는 전반부 초식도 이전보다 한층 빨라져 있었지만 중반부의 초식에서는 장사의 무공이 늘었음을 분명히 알 수 있었다.

정확히는 진천세 오초식이라고 하는 것들로 내공 수위에 따라 변화를 나타내는 초식들이었다. 과거 장사는 각 초식마다 절반의 변화도 일으키지 못했지만 지금은 분명히 절반 정도의 변화를 보이고 있었다.

일신에 무공을 지닌 사람이 수련하지 않는 것이 가능한가? 이런 의문에 대해 일반인은 안 하면 그만이지 뭐가 문제냐고 하겠지만 내공을 포함하는 상승의 무공을 익힌 자라면 불가능하다고 대답할 것이다.

한번 형성된 내공은 단전이 파괴되지 않는 이상 조금씩 늘어갈 것이다. 비록 의식적인 운기행공을 하지 않더라도 이미 몸에 붙은 규칙적인 호흡을 통해 자연스럽게 쌓이는 기운을 어떻게 막을 것인가? 칼을 놓았다고 해도 살아가는 동안 깨닫게 되는 삶의 진리는 분명히 무공을 발전시킬 것인데 이를 어찌 막을 수 있겠는가?

일단 무공을 익히면 수련을 게을리 할 수는 있어도 아예 하지 않을 수는 없다는 것이 무공을 익힌 사람들의 한결같은 생각이었다. 또한 무공을 버렸다는 장삼조차도 아침에 일어나 한차례 운공하는 습관을 버리지 못했는데 무공에 미련이 있는 장사는 오죽하겠는가.

장사는 내공의 증진뿐 아니라 초식의 정교함에서도 과거에 비해 크게 발전해 있었다. 이는 이름없는 병사에게 불의의 일격을 받고 일 년여 동안 꾸준히 수련한 결과였고 고경을 지도하며 얻은 깨달음의 결과였다.

"경천세(敬天勢)! 선인의 검이 용을 굴복시키니, 선검복룡(仙劍伏龍)이라!"

장사는 다시 처음의 기수식과 비슷한 자세를 취했지만 이번에도 처음과는 사뭇 다른 느낌을 주었다. 아무런 기운도 느껴지지 않는 그저 형식적인 자세에서 장사의 움직임과 설명이 계속되었다.

"선인답로(仙人踏路)! 선인의 길을 따라 걸으니, 선경입검(仙境入劍)! 선인의 경지에 들게 되는구나!"

장사의 도는 이전과 다르게 느리게 움직였고 변화도 없었다. 보법이랄 것도 없는 반 보 내디딤과 중심의 이동이 전부였다. 장사는 부연 설명 없이 도를 느리게 움직였다.

강룡십삼검의 후반 삼 초식을 보는 장삼의 눈이 착잡하게 가라앉은 반면 세명의 눈은 초롱초롱하게 빛났다.

'전반 오 초는 강하고 날카로워지고 중반 오 초는 변(變)을 더하였는데 어째서 후반 삼 초식은 아무런 발전이 없단 말인가?'

장삼은 한숨을 쉬며 자리에서 일어났다. 실망이 가득한 장삼의 표정에 부담을 느끼면서도 장사는 나름대로 최선을 다해 시연을 마무리 지었다.

세명의 눈에 비친 경천세 삼 초식은 장삼, 장사가 보는 것과는 사뭇 달랐다.

크고 느려서 과연 흐르는가 싶지만 무엇으로도 그 흐름을 막을 수도, 지연시킬 수도 없는 장강과 같은 느낌이었다.

"위진세는 쾌와 강을 따르니 부단히 반복하고 노력한다면 필히 그 성과가 나타날 것이고, 진천세는 변화의 요결을 따르니 내공이 깊어질수록 완벽해질 것이며, 경천세는 검의(劍意)를 따르는 초식이다."

위진세와 진천세에 대한 설명과 달리 경천세에 대해서는 이렇다 할 설명이 없는 것을 듣고 자리를 떠나던 장삼이 몸을 돌려 세웠다. 휙 소리가 나게 급히 돌아선 장삼의 얼굴이 딱딱하게 굳어져 있었다. 평소의 무표정한 모습과 비슷했지만 한쪽 눈이 살짝 일그러져 있는, 이것은 장삼이 지극히 화난 표정이었다. 이를 모를 리 없는 장사가 급히 말을 이었다.

"경천세는 검의를 따르는 초식이니 깨달음이 깊어질수록 참된 위력을 발휘할 것이다. 이 경천세야말로 진정한 상승 무공으로 칠대문파의 비전과 견주어도 손색이 없다."

장사의 부연 설명에 이세명은 고개를 끄덕여 긍정을 표하자 장삼은 다시 등을 돌렸다. 장삼이 안채로 들어가는 것을 보며 장사는 자신의 손에 들린 목도를 바라보았다.

'진정한 상승의 경지라고? 사부에게 그 말을 듣고 삼십 년을 수련했지만 아무것도 얻을 수 없었다. 내공 수위에 상관없이 노력 여하에 따라 대성할 수 있다고 하더니만……. 모양새만 그럴듯한 이따위 삼 초식에 매달려 허송세월하게 할 수는 없지.'

장사는 밀려드는 자괴감을 떨쳐 버리려는 듯 목도를 휘둘러 십자를 그렸다.

　　장사의 속마음과 상관없이 이세명은 마지막 삼 초식에 깊은 감명을 받았다. 위력적이지도 않고 눈을 어지럽게 하는 변화가 없다고 해서 장사가 어설피 대충 한 것은 아니었다. 나름대로 혼신의 힘을 다했고 초식에 대해 자신이 아는 만큼, 이해하는 만큼 펼쳤던 것이다.

　　'저 우러러보는 눈동자, 존경의 눈빛, 나도 처음엔 저랬지.'

　　장사는 세명의 표정에 만족했다. 이것이야말로 진정 장사가 기대했던 것이었다.

　　지난 십 개월간 고경을 가르치며 받았던 만족감, 그 기쁨의 근원에 저 눈빛이 있었다. 장사 생전에 언제 저런 눈빛을 받아보았던가? 너무도 위대했던 사부와 혼자 잘난 형이 저런 눈빛을 받을 때마다 얼마나 부러웠던가.

　　장사는 고경의 전철(轉轍)을 밟게 하지 않겠노라 다짐하며 곧바로 강룡십삼검의 전수에 나섰다.

　　"양발을 어깨 넓이로 벌리고 오른발을 반 보 앞으로 내디디면서 도를 앞으로 죽 뻗었다가 회수한다. 이때 왼손은 도와 반대로 뻗어주고 회수할 때 같이 모아준다. 주의할 점은 내디딘 발은 그대로 두고 다음 초식으로 이어진다는 것이다. 그럼 다음으로… 아니, 이놈아! 뭐 하고 있는 게냐, 냉큼 따라 해야지?"

　　장사는 멀뚱히 지켜보고 있는 세명에게 버럭 고함을 질렀다.

　　이세명은 장사의 움직임에 집중하고 있었다. 도의 움직임에 가슴이 시원해지고 장강이 보이고……. 이번엔 또 어떤 조화를 부릴 것인가? 장사의 도법을 잔뜩 기대하며 보고 있다가 깜짝 놀란 이세명은 황급히 장사의 뒤에 가서 섰다.

　　"자, 다시 한다. 어깨 넓이로 발을 벌리고……."

이세명은 장사가 하는 그대로 손발을 휘적거렸다. 위진세는 일도양단의 기세가 중요하다느니, 일 보 내디딜 때마다 도를 쓰느니, 회수는 어느 방향으로 하느니 하는 장사의 설명이 계속되었다.

이세명은 귀를 기울여 하나라도 놓치지 않으려 애썼지만 장사의 동작을 따라가기도 벅찼다. 칼 한 번 휘두르는 데 어째서 반대 편 손가락의 위치가 중요한 것인가? 몸을 틀어 방향을 바꾸는 데 어째서 시선과 목이 움직여서는 안 되는 것인가? 내려칠 때는 손에 얼마의 힘이 들어가는 것일까? 발바닥이 지면을 스치듯 움직이는 이유는 뭘까?

전반 오 초식 위진세가 끝나기도 전에 세명의 마음은 온갖 의문에 휩싸였지만 마음과 달리 몸은 장사의 그림자라도 되는 양 똑같이 움직였다. 몸 따로 마음 따로라고 해야 할까? 칼은 마음을 담기 마련이건만 세명의 마음은 일 도 일 도에 의문을 가지면서도 망설임이 없었다.

장사는 뒤에서 움직이는 세명의 모습을 볼 수 없었지만 어렵지 않게 따라 하리라 여겼다.

위진세는 강하고 빠르게 베는 다섯 초식을 틈이 없이 연결한 것에 불과했다. 연결 동작만 빼면 누구나 할 수 있는 간단한 초식이었다. 이세명은 눈썰미가 좋으니 얼추 비슷한 춤이라도 추고 있으리라 생각했다. 물론 상승의 무공들이 다 그렇듯 진기의 흐름에 따라 그 위력이 천양지차지만 일단 초식만 놓고 보면 쉬운 동작들이었다.

어려운 건 다음 오 초식의 진천세였다. 내공이 없으면 초식을 전개하기도 어렵거니와 따라 하기는 더욱 어려운 일이었다.

장사는 이 할의 내공을 운용해 진천세를 펼쳤다. 칼끝이 갈라지는 듯한 변화는 일으키지 않았지만 초식은 무리없이 이어졌다. 장사는 세명의 손발이 엉키며 힘들어하리라 여기면서도 도를 멈추지 않았다.

경천세는 위진세보다도 쉬운 초식들이었다. 마치 정지 동작을 하나하나 이어놓은 듯 편하게 한 번 베고 두 번 찌르면 끝이었다. 진기의 흐름이나 연결 동작에 신경 쓸 것도 없었다. 중요한 것은 뜻을 모아 마음을 담는 것인데 시전하는 장사는 그게 무언지 알지 못했다.

장사가 시연을 끝내고 고개를 돌렸을 때 이세명은 목도를 늘어뜨리고 난감한 표정으로 서 있었다.

'쯧쯧, 진천세에서 막혔구만.'

"원래 처음엔 다 그러니 너무 실망하지 말거라."

장사는 나름대로 판단하고 세명을 위로했지만 만일 초식 중에 뒤를 돌아보는 초식이 있었거나 좌우로 몸을 돌리는 초식들에서 세명에게 눈길을 줬다면 절대로 이런 말은 하지 못했을 것이다.

이세명은 위진세는 물론 진천세까지 완벽하게 장사의 초식을 따라 했던 것이다. 세명이 도를 멈춘 때는 경천세가 시작되면서였다.

손발의 위치가 문제가 아니었다. 어디서부터 어떻게 움직여야 할지 도저히 알 수 없었다. 장사의 설명은 간단하건만 간간이 느껴지는 장강의 움직임, 굽이치고 출렁이며 흐르는 그 느낌을 어떻게 펼쳐야 할지 막막하기만 했다. 장사는 아주 쉽게 하고 있건만 이세명은 억지로 기수식을 취하다가 손을 멈춰야 했다.

그래서 장사의 한마디는 세명에게 큰 위로가 됐다. 원래 그렇다지 않은가?

"이쪽으로 오너라. 그래, 거기."

장사는 시연하며 세명을 볼 수 있게 왼쪽 비스듬한 위치에 세웠다. 앞에다 세워놓고 좌우를 거꾸로 해서 도법을 펼치면서 하면 좋겠지만 좌우를 바꾸는 일은 쉬운 일이 아니었다.

“자, 그럼 다시 해보자.”

장사가 위진세의 기수식을 취하자 세명도 같이 움직였다. 잠룡과강
에서 번강출룡으로 이어지며 크게 휘두른 세명의 목도가 장사의 시야
에 들어왔다.

‘어라?’

세명의 도가 시야에 들어오자 장사의 눈이 휘둥그레졌다. 초식을 따
라 한다면 의당 시연자와 시차가 있어야 했다. 하지만 세명의 도는 장
사의 도와 시차가 없을 뿐 아니라 기세도 장사에 못지않았다. 시차가
없다는 것은 초식을 이미 알고 있다는 것이고 기세가 살아 있다는 것
은 초식 간의 연결이 자연스럽다는 것이다. 이제 두 번 보았고 한 번
따라 했는데 이게 가능한 일일까?

다음 초식은 좌로 몸을 틀어 베는 동작이었는데 장사는 자신의 의문
에 대한 해답을 바로 확인할 수 있었다.

‘이럴 수가!’

이세명은 장사와 동시에 좌로 몸을 틀었다. 우측 발을 축으로 좌 일
보에 내디뎠던 발을 이동하며 정확하게 움직였다. 동시에 한 손에 쥐
고 있던 도를 양손으로 잡고 힘껏 우로 베며 다시 정면을 향하는 동작
에 한 치의 오차도 없었다. 완벽한 초식이었다.

위진세가 끝나고 진천세가 시작되자 장사의 놀라움은 경악으로 바
뀌었다.

내공이 없으면 펼칠 수 없고 내공이 있어도 진기의 흐름을 모르면
이어지지 않는 초식들이 세명의 손에서 거침없이 이어졌다. 세명에게
숨겨둔 내공이 있고 이미 도법과 진기의 올바른 유통 경로를 안다고
쳐도 이럴 수는 없었다.

‘흔들리지 않는다!’

세명의 도에는 진동이 없었다.

올바른 경로를 통해 진기가 유통되면 도 끝이 갈라진다. 갈라지는 것처럼 보인다. 내공이 모자라거나 적당히 제어하면 도 끝이 갈라지는―그렇게 보이는―현상은 나타나지 않는다. 그렇더라도 자연스럽게 초식이 전개될 정도면 도에 흔들림이 생긴다. 그렇지 않으면 초식이 전개되지 않는다. 그것이 진천세였다.

하지만 세명의 도에는 진동이 없었다. 마치 위진세를 펼치듯 반듯반듯하게 초식을 이어 나가니 장사는 눈으로 보면서도 믿을 수 없었다.

‘어떻게 이런 일이!’

장사는 부지불식간에 세명을 마주하며 도를 멈췄다. 장사를 따라 세명의 움직임이 멈추자 장사는 자신의 실수를 깨달았지만 초식을 이어 갈 마음이 생기지 않았다.

“혹시 전에 이 도법을 배운 적이 있느냐? 내가 술 먹고 알려줬다거나 형님이 나 몰래… 아니면 다 죽게 생긴 노인한테 개구리 뒷다릴 주고 비급이라도 받았다든가…….”

장사가 스스로도 말도 안 되는 질문이라 생각하며 묻자 세명은 당연하다는 듯 고개를 저었다.

“아니오.”

“그렇지? 오늘 지금 처음 배운 게 맞지?”

“네.”

세명이 왜 그러냐는 표정으로 대답하자 장사는 더 이상 할 말이 없었다.

“진천세부터 시작하자.”

장사는 세명을 마주 보고 진천세의 기수식을 취했다. 마주한 장사의 모습에 좌우를 헷갈릴 법도 한데 이세명은 거침없이 초식을 풀어냈다.

진천세가 끝날 무렵 장사는 '천재'라는 단어를 떠올렸다. 그러고 보면 이세명은 머리가 무척 좋았다. 어깨 너머로 천자문을 뗀 것도 그렇고 셈도 빨랐다. 손재주도 좋아서 이미 목수 한 명 몫을 해온 지 오래며 소행촌 최고의 어부 중 하나가 아닌가?

'어부하고는 상관없겠군. 하여간 천재가 아니면 타고난 무골 둘 중 하나란 건데… 그게 그건가?'

경천세의 기수식에 들어가자 세명의 손발이 어지러워졌다. 초식이 펼쳐지자 이세명은 손을 멈추고 망연한 표정으로 장사를 쳐다봤다. 이번엔 장사가 세명을 따라 손을 멈췄다.

'하긴 후반 삼 초식을 하고 싶겠어?

"뭐가 문제가 있느냐?"

"저……."

장사의 물음에 세명이 뭔가 말하려다 주저하는 모습을 보이자 장사는 알겠다는 듯 고개를 끄덕였다.

'그래, 경천세는 쓸모가 없어 보인단 거겠지.'

"칼은 어떻게 잡아야 해요?"

"뭐?"

예상 밖의 질문에 장사는 순간 말문이 막혔다.

"칼은 어떻게 잡아야 해요?"

칼을 어떻게 잡냐니? 장사는 이런 의문은 가져본 적이 없었다. 누가 이런 질문을 했다는 얘기조차 들어본 일이 없었다. 쥐고 싶은 대로 편하게 쥐면 그만이지 뭐가 더 필요한가?

하지만 세명을 천재라고 생각하니 선뜻 자신의 생각을 말할 수 없었다. 다행히 장사에겐 남들에게 없는 장점이 있었으니, 뭔가 어려운 걸 생각할 때는 말이 많아진다는 것이었다.

"도파(손잡이)를 쥐는 법에는 크게 양손으로 잡는 법과 한 손으로 잡는 법이 있다. 양손으로 잡을 때는 왼손으로 도파의 하단부를 잡고 오른손으로 도파의 상단부, 즉 도동(칼막이)의 바로 밑을 잡는 것이 기본이다. 왼손을 축으로 삼고 오른손은 도의 방향을 잡는다. 바르게 사용하면 힘은 필요없다. 내공이 없어도 충분히 힘을 낼 수 있지. 한 손으로 잡는 법에는 도첨(칼끝)이 앞을 향해 잡는 정도법과 도첨이 뒤를 향해 잡는 역도법이 있고 또 도동의 바로 밑을 잡는 법과 도파의 끝을 잡는 법이 있다. 강룡십삼검에서 양손으로 잡을 때와 한 손으로 잡을 때가 있는데 한손으로 잡을 때는 정도법 중 도동의 바로 밑을 잡는 법을 사용한다. 여러 가지가 있겠다만 제일 중요한 건 자연스럽게 잡는 것이다. 내려칠 때에는 망치의 쓰임과 같겠고 찌를 때에는 부지깽이와 쥐는 법이 같겠구나."

말을 해놓고 나니 망치를 잡는 법이나 부지깽이를 잡는 법이나 도를 잡는 법이 똑같았다. 장사는 뭔가 새로운 사실을 안 것 같은 기분이 들었다.

"아, 그렇구나. 그렇게 쉬운걸."

세명이 알겠다는 표정을 짓자 장사는 안도했다.

"그리고 경천세에서요……."

"그래, 경천세. 네가 하려는 말은 알겠다. 앞으로 경천세는 신경 쓰지 마라. 수련하지 않아도 된다. 그밖에 또 질문이 있느냐?"

장사가 지레짐작하고 세명의 말을 끝까지 듣지도 않고 대답했다. 이세명은 자신의 실력이 미치지 못하니 일단 접어두고 나중에 수련하자는 뜻으로 받아들였다. 기수식조차 따라 하지 못했으니 어쩌겠는가?

"발을 움직일 때요, 발가락부터 내디딜 때가 있고 발바닥 전체를 움직일 때도 있는데요. 원래 걸을 때는 뒤꿈치부터 닿잖아요."

"보법을 말하는 게로구나. 강룡십삼검의 보법에는 기본적인 질보, 전질보, 삼재보를 바탕으로……."

장사는 이후에도 전혀 생각하지 못했던 가장 기초적인 질문을 받았으나 온갖 정성을 다해 대답하며 자신이 지금까지 간과하던 것들을 하나하나 정리해 나갔다. 세명의 질문을 통해 장사는 무언가 새로운 경지에 들어서기 위한 열쇠를 얻은 것 같았다.

세명의 질문이 대충 끝났을 때는 해가 완전히 떨어져 이른 별들이 모습을 나타내고 있었다.

"휴, 오늘은 이만 하자. 내일은 진기의 유통과 내공의 사용에 대해 알려주마."

"네."

"끝으로 강룡십삼검을 세 번만 연습하고 돌아가거라."

초식을 완벽히 구사한다고 해서 도법을 완성한 것이 아니었다. 진정한 초식이란 몸에 배인 완벽한 습관에서 나오는 것. 하지만 그것은 수련자가 혼자서 해나가야 할 부분이었다.

내공을 사용하지 않고도 완벽하게 펼쳐지는 도법을 보며 장사의 마음은 착잡하게 가라앉았다. 저기에 진기의 유통이 더해지면 과연 어떤 도법이 될까? 장사는 자신의 이십 년 수련을 뒤돌아보지 않을 수 없었다.

집에 돌아온 이세명은 오랜만에 부엌을 찾았다. 불을 쳐다보지도,

아예 가까이 하지도 말라는 '친화엄금(親火嚴禁)'의 지시가 있은 후로 밥 짓는 일은 정방의 몫이었다. 대신 이세명은 빨래와 자잘한 일들을 하기로 했지만 지금까지 정방이 밥을 한 적은 단 한 번도 없었다. 덕분에 하루 세 끼의 대부분을 수상반에서 먹었고 어쩌다 행화주막과 고경의 집에서 해결할 때도 있었다.

이세명은 거미줄이 쳐진 아궁이에서 부지깽이를 꺼내 들고 밖으로 나왔다.

"위진세."

이세명은 장사에게 배운 강룡십삼검의 기수식을 취했다.

'부지깽이와 쥐는 법이 같다더니 과연……'

울퉁불퉁하고 시꺼먼 것이 보기에는 영 아니었지만 손에 쥐어진 느낌은 목도와 흡사해서 도법을 펼치는 데 지장이 없을 것 같았다.

'놓치지 않을 정도로만 힘을 주어 잡고 요결은 일보일수일도(一步一手一刀). 주의점은 연결 동작을 작고 빠르게.'

이세명은 도법의 요점들을 생각하며 위진세를 펼쳤다.

초식을 펼치자 단전에서 따뜻한 기운이 일어나 경락을 타고 돌다가 호구로 빠져나갔다.

휙!

부지깽이의 궤적을 따라 바람 소리가 나며 날카로운 예기가 허공을 갈랐다. 이세명은 의식하지 못했지만 내부에서 진기가 움직이고 있는 것이다.

상승무공이란 흔히 내공 구결이 있느냐 없느냐로 구별 짓지만 진정한 상승의 무공이라면 정확한 초식과 그에 맞는 정확한 호흡만으로 진기가 움직이는 데 하류 무공과의 차이가 있었고 이런 점에서 강룡십삼검은 진정한 상승의 무공이라 할 수 있었다.

그러나 대부분의 상승무공을 익히는 사람들이 그렇듯 장사도 내공 요결에 따라 초식과 진기의 유통 경로를 맞추면 호흡이 자연스럽게 이어진다고 알고 있었다. 이는 어찌 보면 닭과 달걀의 관계와 같았지만 실로 중요한 차이가 있었다.

호흡으로 초식을 조절하면 내공이 없이도 초식을 펼치는 일이 가능했고 초식을 펼칠 때마다 필요한 경락을 따라 진기가 흐르며 내공이 쌓인다는 것이다. 정좌하고 축기하는 것에 비하면 보잘것없지만 초식을 전개하는 동안 내공을 소모하지도, 지치지도 않는 효과가 있었다.

세명이 처음 강룡십삼검을 따라 하며 품었던 손의 위치나 발의 움직임, 칼을 잡는 법 따위의 자잘한 의문들이 바로 정확한 초식과 호흡에 관계된 것들이었다.

장사는 이 문제의 해답인 '호흡' 과 초식의 일치에 대해서는 알지 못했기에 '몸의 균형과 진기의 원활한 유통을 위해' 라고 알려주었지만 다행히 세명에겐 이 정도로 충분했다.

'이렇다' 라고 하면 '아, 그렇구나!' 하고 믿는데 뭐가 문제겠는가?

이세명은 위진세가 좋았다. 힘차고 간결한 초식을 따라 몸도 마음도 가벼워지는 느낌이었다. 하지만 위진세의 오 초식은 너무 짧았다.

"진천세!"

'진천세의 요결은 다변(多變). 일보이수(一步二手) 일수이도(一手二刀)라. 한 발에 손을 두 번 놀리는 건 알겠는데 손 한 번에 칼이 두 개라고?'

이세명은 진천세를 시전하며 마음 한구석의 의문을 풀지 못했다. 일수이도에 대해 이세명은 이해할 수 없었다. 처음에는 '손 한 번에 칼질이 두 번'이라고 생각했지만 장사는 '칼이 두 개'라고 알려주었다. 이 세명은 어떻게 칼질 한 번에 칼이 두 개가 되는지 이해할 수 없었다.

칼이 두 개가 되는 비밀은 풀지 못했지만 초식을 전개하는 데 어려움은 없었다. 위진세와 달리 발의 움직임이 많고 그 배로 손도 많이 움직여야 했다. 이세명은 이 부산한 움직임을 '다변'이라고 생각했지만 진정한 다변은 내공이 주입된 도의 변화임을 모르고 있었다.

손발을 따라 호흡이 이어지고 뒤를 따라 진기가 움직였다. 이렇게 움직이는 진기의 경로는 본래 진천세의 내공 구결과는 다른 경로였기에 장사가 보여주던 진천세와는 사뭇 다른 변화를 보였다. 아니, 변화를 보이지 않았다.

손발이 분주하고 사방으로 칼을 치는 것이 언뜻 보기에도 화려하고 멋진 초식들임에는 틀림없건만 위진세에서의 상쾌함은 느껴지지 않았다.

"경천세."

장사가 하지 말라고 해서 장사 앞에서는 진천세까지 하고 다시 위진세로 돌아갔지만 이세명은 경천세를 해보고 싶었다.

'요결은 도중지심(刀中之心).'

도에 마음이 있는가? 마음은 무엇인가? 사람의 마음도 보이지 않는데 칼의 마음을 어찌 보는가? 부지깽이에도 마음이 있는가?

한번 시작된 의문은 끝없이 이어지고, 이세명은 경천세의 기수식에서 더 이상 움직일 수 없었다.

바람이 불고,

낙엽이 날리고,

구름이 흐르고,

별들이 자리를 이동했다.

얼마의 시간이 흘렀을까?

휘영청 밝은 달이 부지깽이의 끝에 걸리고 미풍이 귀밑머리를 날리
자 이세명은 천천히 움직이기 시작했다. 원을 그리듯 손을 뒤로 뺏다
가 천천히 앞으로 찔러 넣는 동작.

아무런 변식도, 바람을 가르는 소리도 없는 느리고 평범한 초식. 경
천세의 첫 초식 선인답로였다.

"뭐 하냐?"

느닷없이 들려온 목소리에 이세명은 퍼뜩 정신을 차렸다. 아득히 먼
어딘가를 헤매다 돌아온 기분이었다. 안타까움과 아쉬움이 밀려왔지
만 무엇을 아쉬워하는지도 알 수 없었다.

아쉬움을 접고 소리가 난 쪽을 보니 언제 왔는지 정방이 서 있었다.

"경천세… 사형이네? 언제 왔어?"

이세명은 부지깽이를 들고 있던 손을 내리고 반갑게 정방을 맞았다.
아쉬움 같은 건 순식간에 사라졌다.

"경천세? 경이에 이어 너까지? 허, 애 하나 또 망가지는구만."

"헤헤, 재미있어."

"다 큰 놈이 실실거리기는."

이세명은 정방을 형처럼 따랐다. 나이가 비슷한 것 말고는 소주에
가 있는 친형과 닮은 구석이라고는 하나도 없었지만 툴툴거리는 말 한
마디, 어눌한 눈빛에서 형의 체취를 느끼곤 했다. 정방도 특별히 표현
하지는 않았지만 세명을 동생처럼 생각했다. 함께 살아서인지 몰라도

예절 바른 고경보다는 세명에게 정이 갔다.

"말리진 않겠다만 아침 수련하기엔 좀 이르지 않냐?"

"일러?"

그제야 이세명은 달이 기울고 있는 것을 보았다.

인시.

대체 언제 시간이 이렇게 흐른 것일까? 이세명은 또 깜박 호흡에 빠졌던 게 아닌가 생각했다.

"또 넋을 잃고 있었던 게냐?"

정방이 정확히 찔러오니 이세명은 당황하며 손을 내저었다.

"아니, 방금 일어났어."

세명의 거짓말은 서툴러 바로 표가 났지만 정방은 개의치 않았다.

"들어가자. 밥이나 먹어야겠다."

"에? 이 시간에? 행화주막도 닫았을 텐데?"

"들어가 있거라. 오랜만에 실력 발휘 해주마."

정방이 세명에게서 부지깽이를 뺏어 들고 부엌으로 향했다. 이세명은 이게 웬 해가 서쪽에서 뜰 일인가 하며 멀뚱히 서 있었다.

정방은 능숙한 손놀림으로 쌀을 씻고 아궁이에 불을 지폈다.

"사형, 한두 번 해본 솜씨가 아닌걸?"

세명이 부엌에 들어오려 하자 정방이 연기 나는 부지깽이를 들어 세명을 막았다.

"지랄 말고 방으로 들어가 잠이나 더 자든가 거기 가만히 있어."

아궁이 가까이 오지 말라는 뜻이었다.

"봐도 괜찮은데……."

불을 볼 수 없다는 건 해가 지면 아무것도 할 수 없다는 의미다. 밤은 물론 낮에도 불을 사용할 수 없으니 여간 불편한 일이 아니었다. 답답한 마음에 이세명은 몰래 등잔불을 놓고 시험한 일이 있었다. 결과는 아무 문제가 없었다. 불을 눈앞에 놓고 본다고 해도 선정에 들지 않는 이상 정신을 잃거나 하는 일은 없었다.

세명이 우물거리자 정방이 부지깽이를 휘저었다.

"그러고 있으면 확 꼬실러 버린다."

"알았어. 밖에 나가 있으면 되지?"

세명이 부뚜막 문턱에 주저앉았다.

"등 돌려."

"나참."

이세명은 투덜거리면서도 정방이 하라는 대로 등을 돌렸다.

"언제 어떻게 될지 모르는 거야. 그게 별건 줄 아냐? 불 앞에서 한순간 넋이 빠지면 그렇게 되는 거야. 걸핏하면 정신이 나가는 놈이."

이세명은 부엌 문턱에 앉아서 한동안 계속되는 정방의 잔소리를 들었다. 기분이 좋았다. 혼자 살지 않는다는 것, 관심과 걱정을 받는다는 것이 세명을 행복하게 했다.

"참, 소주에 갔었다며? 간 일은 어떻게 됐어요?"

이세명은 장삼에게 들었던 말을 떠올리고 고개를 돌렸다. 정방은 여지없이 부지깽이를 들어 세명의 고개를 밖으로 향하게 만들고 대답했다.

"조금만 참아라. 밥 먹으면서 얘기하자."

바로 말해 주지 않는 건 좋지 않은 소식이란 것일까? 대번에 세명의 얼굴이 굳어졌다.

"걱정 말거라. 무사하다는 소식이다."

"정말이죠?"

"그래, 십조룡이 크게 패하기는 했지만 네 형은 무사히 빠져나갔다
고 한다."

"와, 역시 형은 대단하군."

"그래, 대단하더구나."

정방은 세명을 안심시키기 위해 일단 좋은 말을 하며 약간의 사실을
숨겼다. 정방이 알아본 바에 의하면 십조룡은 거의 전멸했고 살아남은
자들은 장사성을 보호해 소주 인근의 만수사(万壽寺)로 피해 있었다.
정방은 죽지 않고 만수사로 빠져나간 무리에 세명의 형이 있다는 걸
확인했지만 투항하지 않고 결사 항전하고 있다는 소식이었다. 말이 좋
아 결사 항전이지 다 죽겠다는 소리나 마찬가지였다.

정방은 이 얘기를 어떻게 전해야 하나 고민하며 아궁이의 불을 줄였다.

"다됐구나. 내 보따리에 보면 먹을 만한 찬거리가 있으니 대충 풀어
놓거라, 밥 퍼서 들어가마."

정방의 보따리는 요지경 속이었다. 용도를 알 수 없는 작은 약병들
과 약초들, 손바닥만한 냄비와 손가락만한 젓가락, 먹다 만 육포와 곱
게 빻은 보릿가루, 그리고 남루한 옷가지 속에 군복도 한 벌 있었다.

"대체 이게 다 뭐야? 정말 알 수 없다니까."

이세명은 그중에 나뭇잎으로 싸여진 나물과 고기를 발견하고 식탁
에 늘어났다.

"먹자."

정방은 그릇을 찾다 못 찾아서 솥째로 들고 왔다. 이세명은 그릇이
있는 곳을 알았지만 씻기 귀찮아 그냥 먹기로 했다.

"윽!'

김이 모락모락 나는 맛있어 보이는 밥이건만 입에 넣으니 설익은 쌀

이 씹혔다. 세명이 인상을 쓰자 정방은 머리를 긁적이며 멋쩍게 웃었다.

"큰 솥에 밥을 하는 게 하도 오랜만이라… 위에 좀 퍼내고 먹으면
될 거다."

정방의 말대로 설익은 밥을 걷어내니 과연 잘 익은 밥이 나왔다. 그
리고 익은 밥 조금 밑에 탄내가 나는 밥도 있었고 그 아래로는 시커먼
밥이 있었다.

비록 삼층밥이지만 이세명은 익은 밥을 골라 맛있게 먹었다. 밥을
먹는 세명을 보며 정방이 입을 열었다.

"네 형은 무사하다만 한동안 만나기는 힘들 것 같다. 주원장군에게
투항했는데 새로 편성된 부대에 배속돼 북진한다는구나."

"쳇, 무슨 전쟁 귀신이 붙었나? 한옥 약함 얘기 좀 하지 그랬어요.
나 돈 좀 있으니 돌아오라고."

"나도 직접 만나보진 못하고 전해 들은 소식이다. 믿을 만한 소식이
니 기다리면 연락이 올 게다."

정방은 차마 나쁜 얘기를 할 수 없었다. 곁에 아무리 많은 사람이 있
어도 세명이 의지하고 있는 건 멀리 있는 친형 한 사람뿐이었다. 세상
에 가족 한 사람 없이 혼자 된다는 것이 얼마나 슬픈 일인지는 누구보
다 정방이 잘 알았다.

'그래, 살아 있다고 믿으면 되는 거다. 앞으로도 죽 그렇게 믿게 하
면 되는 거다.'

정방은 절대로 진실을 말하지 않기로 마음먹었다.

第四章 이향만리(離鄕萬里) 上

묘시.
부지런한 **어부의 노래가** 강에 울리고
집집마다 밥 짓는 연기가 피어오르는 시간

이향만리(離鄕萬里) 上

묘시.

부지런한 어부의 노래가 강에 울리고 집집마다 밥 짓는 연기가 피어 오르는 시간. 이세명은 장사를 만나고 있었고, 고경은 소포관을, 정방 은 장삼을 만나고 있었다.

그리고 또 한 사람. 며칠 전 소행촌을 떠났던 이방인 하나가 천무군 을 만나고 있었다.

"어서 오시오, 두 부장."

며칠 만에 보는 두주는 피곤한 기색이 역력했다. 세수도 제대로 안 한 얼굴에 급하게 변복을 했는지, 아니면 신발까지 미처 신경을 쓰지 못했는지 뿌옇게 먼지가 덮인 가죽신은 금의위에서 지급하는 군화였 다.

"안계의 보가장(寶家莊)에서 만든다는 청차(靑茶)요. 복건에서도 이

맛을 아는 사람이 드물지만 워낙 생산량이 적다 보니 꽤 비싼 물건이지. 대체 이런 걸 어디서 구했는지 모르겠단 말이야?”

천무군은 두주에게 차를 권했다. 두주는 마다하지 않고 단숨에 찻잔을 비웠다. 방금 데운 찻물이라 뜨거웠지만 약간 떫으면서도 뒷맛이 깔끔해 심신의 피로가 단숨에 풀리는 듯했다. 두주는 차를 권한 천무군의 호의에 감사하면서도 고맙다는 말 한마디 없이 다분히 사무적인 투로 말을 꺼냈다.

“차를 마실 여유가 없습니다.”

급한 용무임을 강조했지만 목소리는 차분히 가라앉아 있었다.

“조사하러 갔던 미인도에 대한 소식이오, 아니면 빨리 돌아오라는 재촉이오?”

천무군은 후자 쪽일 가능성이 높다고 생각했지만 그런 이유로 보기엔 밤새워 말을 달려온 것 같은 두주의 모양새가 이해되지 않았다. 천무군은 잔을 비우고 차호(茶壺)를 기울여 두주와 자신의 빈 잔을 채웠다. 두주는 이번에도 단숨에 찻잔을 비우고 입을 열었다.

“미인도에 관한 것입니다.”

의외의 대답에 천무군은 향을 음미하던 찻잔을 내려놓고 두주의 보고를 기다렸다.

“마교의 하남 지부에서 나온 미인도의 행방을 수소문하다 이상한 점들을 발견했습니다. 그걸 봤던 병사나 소유했던 군관들이 모두 죽고 없었습니다. 전장에서 죽는 일이야 다반사겠지만 술 취해 익사하거나 군막에 화재가 나서 죽기도 했고 유시(流矢)에 맞아 죽었다는 자는 팔다리가 부러져 있었습니다. 그러다 최근까지 미인도를 가지고 있었다는 관리를 만났는데 그의 진술에 따르면 그 미인도의 주인공은 마교의 대신녀라고 합니다."

탕!

천무군이 찻잔이 흔들릴 정도로 강하게 탁자를 내려쳤다.

"대신녀! 그렇지. 유초백과 같이 다닐 만한 여자가 유란하 말고 누가 있겠어? 왜 그 생각을 못했을까?"

찻잔에서 찻물이 튀었지만 찻잔이 넘어졌다 해도 신경 쓸 계제가 아니었다. 교주가 되기 전에도 마교의 대신녀는 금의위 척살 대상 목록의 제일 위에 있었다. 지금도 그녀의 소재를 찾기 위해 음으로 양으로 움직이고 있는 사람이 수백은 넘을 터였다.

모든 사안에 우선한다는 갑급(甲級) 전달 사항으로 '유란하와 백련교의 동향을 파악할 것'이란 통지가 돈 지 오래였다. 몰라봤다는 핑계가 통한다고 해도 유란하를 코앞에서 보고도 알아보지 못했다는 사실이 알려진다면…….

'젠장, 내 신상 명세에 무능, 또는 무지라는 단서가 평생을 따라다니겠지.'

"그 미인도 지금은 누가 가지고 있소? 유란하의 초상화가 틀림없는 거요? 불온한 그림인데 그걸 소유한 자들이 대부분 죽었다지 않았소?"

"네, 제가 만났던 관리를 취조하니 마교의 향주를 지낸 전력이 있다고 순순히 실토하더군요. 그런 전력이 도움이 되던 때가 있었으니까요. 그리고 현재 미인도는 호 총관이 가지고 있다고 했습니다. 호 총관에게 선물했다고 하더군요."

"선물? 마교의 대신녀, 아니, 교주의 초상화가 무슨 선물이 된단 말이오?"

"마교에서는 대신녀의 초상화에 벽사의 기운이 있다고 믿는답니다.

가지고 있으면 무병장수에 만사형통한다고 하더군요."

"호 총관이면 주군의 총애를 받고 있는 승상부의 그를 말하는 거요?"

"네, 승상부의 호유용(胡惟庸) 총관이라고 했습니다."

순간 천무군은 이번 일을 어떻게 끌고 가야 자신의 미래에 도움이 될지를 생각해 냈다.

"그 말, 책임질 수 있소?"

"불행히도 책임질 수는 없습니다. 취조하던 그 관리는 자객의 암습을 받고 죽었습니다. 저도 신변 위협을 느껴 급히 달려온 거구요."

천무군은 이제야 두주가 왜 이런 모습을 하고 있는지 이해할 수 있었다.

"상대가 호 총관이면 확실히 벅찬 감이 있지만……."

찻잔을 비우는 천무군의 입가에 옅은 미소가 걸렸다. 평소에는 오만해 보이던 저 미소가 오늘은 믿음직해 보이는 두주였다.

'겁을 모르는 자. 그래, 당신이라면 호 총관을 상대로 나를 지켜줄 수 있을 거라 생각했지. 다른 곳은 믿을 수 없었어.'

"빨리 돌아가야겠군. 어쩔 수 없이 여기 일은 오늘 매듭을 지어야겠어."

천무군이 자리에서 일어났다.

*　　　*　　　*

묘와산(猫臥山) 중턱.

고경은 소포관에게 삼 일째 유성의 수련법을 배우고 있었다. 소포관은 고경에게 아낌없이 가르침을 베풀었다. 군에서는 아무도 유성을 배우려 하지 않았다. 다들 좋은 재주라고 하면서도 그 효용에는 고개를 흔들었다. 막상 전장에서는 소포관 자신도 도끼나 박도를 사용했지 회선표를 쓴 적이 없으니 어쩌면 그들이 옳은지도 몰랐다.

"이건 내가 아는 유일한 제대로 된 초식이니 잘 봐두게."

소포관이 손을 움직이자 회선표가 작은 원을 그리며 돌기 시작했다. 통상적으로 머리 위나 좌우에서 크게 도는 것과 달리 정면으로 뻗어가며 원을 그리는 모양이었다. 다섯 겹의 원을 만들며 나가는 회선표는 마치 뱀이 똬리를 튼 채로 움직이는 것 같았다.

슝! 파앗!

똬리를 튼 뱀이 먹이를 향해 머리를 날리는 모습으로 순식간에 회선표가 늘어났다. 그리고 늘어날 때와 마찬가지로 다시 순식간에 다섯 겹의 원을 만들며 줄어드는 회선표의 모습은 고경의 상식을 뛰어넘는 재주였다.

"이건 봐서 알겠지만 꼭 뱀 같지. 독사출동(毒蛇出動)이란 초식이네. 내공이 있어야 가능한 기술이지. 내공 구결을 알려줄 테니 유용하게 쓰기 바라네."

고경은 강룡십삼검을 배우며 알게 된 경락과 혈도 외에는 아는 것이 없었지만 소포관이 손가락으로 짚어가며 세세히 알려주어 기억하기는 어렵지 않았다.

독사출동을 알려준 소포관은 근처에 앉아서 고경이 수련하는 모습을 지켜봤다. 첫날 알려준 수련법부터 하나하나 점검하는 고경의 모습에 소포관은 만족한 미소를 지었다.

"이걸로 혼자 수련하는 방법은 다 알려줬네. 이젠 열심히 수련하는 일만 남았군."

소포관이 손을 털고 자리에서 일어났다.

"감사합니다. 이 은혜를 어찌 갚아야 할지……."

고경은 몇 번이고 머리를 조아렸다.

"하하, 은혜는 무슨. 그동안 나도 즐거웠으니 그걸로 됐네. 오늘은 내 술 한잔 살 테니 이따가 주막으로 오게."

소포관은 고경의 어깨를 토닥여 주고는 미련없이 돌아섰다. 목적을 가지고 접근하긴 했지만 마음에 드는 청년이었다. 못 배우긴 했어도 머리가 좋았고 때 묻지 않은 순수함과 열정을 가지고 있었으며 무엇보다도 예절 바른 행동이 마음에 들었다.

"부디 아무런 혐의가 없었으면 좋겠는데……."

앞으로 어찌 될지 모르겠지만 소포관은 진정으로 조신이 무탈하기를 기원했다.

수상반 뒤뜰.

이세명은 안채의 마당에서 장사의 따가운 질책을 받고 있었다.

"아니, 너는 어떻게 된 놈이 그것도 못하는 거냐?"

어제는 처음 본 초식을 따라 해 장사를 놀라게 하더니만 오늘은 간단한 내공 구결을 운용하지 못해 장사를 답답하게 만들고 있었다.

"이간과 상양, 소택에 기운을 집중하라는 데 대체 어디로 기운을 쏟는 것이냐?"

장사의 질책에 이세명은 할 말이 없었다. 아무리 해도 장사가 말한 대로 내공을 운용할 수 없었다. 초식을 시전하면 틀림없이 단전에 내공이 움직여 돌기는 하는데 장사가 지시한 곳으로 집중할 수가 없었다.

마음대로 기운이 따라와 주질 않았다.

　장사는 내공이 마음대로 움직이지 않는다는 게 더 이상했다. 세명이 멋대로 초식을 전개할 때 보면 분명 내공이 원활하게 움직이고 있는데 구결대로 유통하라면 못하겠다니? 장사는 자신에게 진기의 흐름을 감지할 수 있는 높은 내공이 없음이 원망스러웠다. 내공만 높다면 세명의 상태를 보다 정확히 알고 지도할 수 있을 텐데 하는 생각이 계속됐고 그때마다 언성이 높아졌다.

　"다시 해봐라."

　이세명은 손바닥을 펴 장사가 먹물로 칠한 곳을 확인했다. 진천세의 첫 초식은 수양명대장경을 통해 운기하던 기운을 손가락에 집중하면 되는 것이었다. 간단했다.

　이세명은 기수식을 취했다가 초식을 펼쳤다. 아무런 변화도 없는 밋밋한 초식이 멈칫거리며 단절됐다가 이어졌다.

　"우악! 환장하겠네! 구결대로 하지 말고 네 멋대로 해봐라."

　이세명은 잔뜩 주눅 든 모습으로 다시 기수식을 취했다가 초식을 전개했다. 부드럽게 이어지는 초식은 목도답지 않은 예기를 내뿜으며 공기를 갈랐다.

　장사나 세명이나 더 이상 할 말이 없었다. 한동안 장사는 하늘을, 이세명은 땅을 보며 서로의 시선을 외면했다.

　"이 문제는 좀 더 연구해 보도록 하자. 일단 위진세는 별 탈 없으니 한동안 위진세만 연습하거라."

　"네."

　세명이 힘없이 대답하는 모습에 장사도 힘이 빠졌다. 생각하면 세명에게 무슨 잘못이 있겠는가? 제대로 세명의 상태를 파악하고 알려주지 못하는 자신의 실력이 문제지.

"뭐 궁금한 건 없느냐?"

"저……."

"주저하지 말고 물어봐라. 아는 데까지 알려주마."

"팔룡풍운을 배우고 싶어요."

장사의 볼이 씰룩거렸다.

"팔룡… 풍운? 그래, 이거 말이냐?"

장사가 사방으로 도를 내려쳤다. 팔룡풍운, 아니 팔방풍우. 사실 말이 좋아 팔방풍우지 이게 무슨 초식이나 되는가? 그저 빠르게 사방과 그 빈틈을 내려칠 뿐인 무초식의 초식인 것을.

"네."

세명이 눈을 빛내자 장사는 선선히 고개를 끄덕였다.

"그래, 봤으니 이제 됐지? 해봐라."

강룡십삼검도 한 번에 따라 했는데 팔방풍우를 못할 리 없었다. 이세명은 간단하게 팔방풍우를 시전했다. 장사가 했던 그대로의 팔방풍우였다.

이세명은 팔방풍우를 시전하고 멀뚱히 장사를 쳐다봤다.

"이번엔 뭐가 궁금하냐?"

"요결과 주의점을 알려주셔야죠."

"허……."

장사는 오늘도 지금까지 생각하지 못했던 것들을 빠르게 생각하며 한숨을 토했다.

'팔방풍우의 요점과 주의점이라…….'

안채에서는 정방이 장삼을 도와 아침을 차리고 있었다.

"십조룡의 잔여 병력과 패잔병들이 만수사에서 옥쇄를 각오하고 있다는데 거기까지는 나도 가서 확인할 수 없었소."

장삼은 말없이 듣기만 했다.

"세명에게는 주원장군에게 투항했다고 말해 놨소. 행여나 허튼소리 할지 모르니 작은영감에게는 말하지 마시오."

장삼의 눈에 창밖으로 세명의 모습이 보였다.

'하늘은 왜 이리도 무심한 것일까?

문득 오래전 품었던 의문이 고개를 들었다.

서늘한 바람이 불어오는 시월 중순. 날씨는 맑았고 바람은 잔잔했다. 평화롭게 일상을 시작하던 소행촌 주민 중에 이날 오후에 어떤 일이 벌어질지 아는 사람은 아무도 없었다.

*　　　*　　　*

인근에서 제일 빠른 돛단배를 가지고 있는 기씨는 오전부터 부산한 포구의 모습에 고개를 갸웃거렸다. 관복을 입은 사람들이 포구를 돌아다니며 배를 모으고 칼을 찬 자들이 속속 포구로 모여들고 있었다.

기씨는 마침 옆을 지나가던 자를 붙잡고 사정을 물었다.

"이봐, 손씨, 무슨 일이야?"

"기씨, 늦었구먼. 오늘은 돈 벌기 글렀네. 관인(官人)들이 배를 징발했어. 하루만 쓴다고 하는데 믿을 수 있을지 모르겠군."

기씨는 불안한 마음에 자신의 배로 향했다. 배 앞에는 얼핏 낯익은 자가 서 있었다. 며칠 전 소행촌으로 건너갔던 천무군 일행 중 하나였다.

"한참 기다렸소. 배 좀 빌려야겠는데 이건 돛배라 사공도 함께 가줘야겠소."

안천일은 기씨의 대답을 기다리지 않고 돌아섰다. 안천일이 배에 오르자 현청에서 나온 것으로 보이는 관인이 종종걸음으로 다가왔다.

"기봉삼(基峰三) 맞나? 여기 징발서."

기씨는 관인이 내미는 종이 한 장을 받아 들었다. 큰 도장이 찍혀 있고 글씨가 가득한데 기씨가 읽을 수 있는 건 일 일(一日)과 삼십(三十)이란 글자가 전부였다.

"돛배라 직접 수고 좀 해줘야겠어. 하루에 삼십 문이면 그리 나쁜 편은 아니지? 일 끝나거든 징발서를 가지고 현청으로 오게. 그럼 수고하게나."

관인이 내용을 설명해 주는 동안 삼삼오오 포구로 찾아드는 사람들이 늘었다. 그중 한 무리가 기씨의 배에 오르고 먼저 자리를 잡고 있던 문태우에게 인사를 했다.

강을 건너는 데는 한 사람에 이십 문을 받으니 삼십 문이면 턱도 없는 헐값이었지만 그나마 거룻배들은 한 푼의 보상도 없는 모양이었다.

아침녘에 행화주막을 떠났던 안천일이 열 척의 배에 팔십 명이 넘는 병사들을 이끌고 소행촌으로 향할 무렵 삼십 기의 기마가 마을 어귀에 나타났다. 삼십 기의 말은 행화주막이 역관으로 쓰일 당시도 없었던 많은 숫자였다.

경장에 장창을 든 기마병들은 열을 맞춰 마을을 가로질러 행화주막으로 향했다. 마을 사람들은 기마병의 행렬을 구경하다가 심상치 않은 기운을 느끼고 얼른 집으로 돌아갔다. 가을 수확으로 한창 바쁠 소행촌의 논밭이 쥐 죽은 듯 고요해졌다.

"시정반 오십 기, 명을 받고 달려왔습니다."

말에서 내린 자가 군례를 취했다. 기마병의 지휘관인 관달이란 자였다.

"나머지는?"

천무군은 익숙하게 군례를 받으며 물었다.

"부주 휘하 장병들과 함께 남북으로 통하는 길을 차단하고 있습니다."

천무군이 고개를 끄덕였다.

"부(府)에서의 연락은 없었나?"

"감찰총관이 출발했다는 보고입니다."

"흥, 민정 감찰? 무슨 꼬투리를 잡으려고. 도착하기 전에 말끔히 끝내주지."

"위(衛)에서는?"

천무군의 물음에 두주가 대답했다.

"지급으로 백호급 위사 오백을 요청했습니다만 아직 답장이 없습니다."

천무군이 혀를 찼다.

"쯧쯧, 그렇게 느려터져서야… 한시가 급하니 안 부장이 도착하는 대로 움직일 수 있도록 준비하시오."

"네!"

두주와 관달이 짧게 대답하고 말에 올랐다. 소포관은 이 덜떨어진 연극을 지켜보며 어이가 없었다. 오늘 오전에 보낸 전문이 도착하고 인가가 나서 병력이 도착하려면 빨라도 내일 중으로는 힘들었다.

아무리 금의위의 대주라도 함부로 군사를 동원할 수는 없는 일이었다. 백여 명이나 되는 자신의 직속 부하들을 대동하고 나온 것만 해도 엄연한 군율 위반인데 내무군 출신의 시정반과 지현의 치안병들까지 죄다 끌어 모은 것도 모자라 감찰총관이 도착하기 전에 대민 전투를 하겠다니? 소포관은 천무군이 제정신인가 의심스러웠다.

"사백이 넘는 숫자입니다. 이렇게 함부로 움직였다간 나중에……."

천무군이 희미하게 미소를 보이며 소포관의 말을 끊었다.

"걱정스럽소?"

소포관의 대답을 기다리지 않고 천무군이 말을 이었다.

"갑급(甲級) 전달 사항에 관한 일로 화급을 요할 때 징발과 징용을 할 수 있고 본대가 도착하기 전에 필요한 조치를 취할 수 있다."

소포관이 잘 모르고 있는 금의위 군사 운용 지침이었다. 물론 소포관은 이런 핑계로 얼마나 많은 군사 남용이 있는지도 몰랐다.

"그래도 최소한 감찰총관이라도 기다려야……."

이번에도 천무군이 말을 잘랐다.

"이번에 출세시켜 줄 테니 굿이나 보고 떡이나 먹으시오."

천무군이 귀찮다는 듯 돌아서자 소포관은 더 이상 할 말이 없었다.

*   *   *

"어르신, 큰일 났습니다!"

기씨가 소리를 치며 수상반에 들어서자 작업을 하던 인부들이 일제히 손을 멈췄다.

"기 아저씨, 아니세요? 무슨 일이죠?"

세명이 기씨를 알아보고 나서자 기씨는 얼른 세명에게 다가왔다.

"어르신은 안채에 계시냐?"

"네, 그런데 무슨 일로……?"

"병사들이 몰려오고 있다."

기씨는 짧게 대답하고 급히 안채로 뛰어갔다. 기씨가 남긴 말에 수상반 인부들은 수군거리며 일손을 놓고 마을 쪽을 바라보았다. 언뜻 보이는 강에 십여 척의 배가 눈에 띄었다.

"세명아, 들어가 보자."

고경이 세명을 불러 안채로 들어갔다.

"병사들이 오고 있습니다! 기병도 있고 백 명이 넘는데 하나같이 눈빛이 날카롭고… 어서 도망가야……!"

느닷없는 기씨의 방문에 장사는 물론 장사의 방에서 자고 있던 정방까지 고개를 내밀었다.

"차근차근 말해 보게."

장삼은 기씨의 모습에서 뭔가 심각한 일이 벌어지고 있음을 직감했다.

"그럴 시간이……."

강을 건너며 주위들은 얘기로는 마교의 비밀 분타를 때려잡으러 간다는데 장삼과 장사의 이름이 거론되었다. 기씨는 바람이 좋아 속도를 조절할 수 없다는 핑계를 대고 다른 배들보다 빨리 소행촌에 도착했다. 장삼은 기씨의 두서없는 말을 정리해 상황을 파악했다.

"뭐? 마교? 그게 우리하고 무슨 상관이야?"

장사는 말하면서도 세명을 힐끔 보았다. 정방은 고개를 흔들었다. 세명에 관한 소문은 늘 신경을 쓰고 있었지만 아직 들은 바 없었다.

"알게 뭡니까? 그놈들 변복한 관군이란 거 난 이미 알아봤다구요. 처음부터 어르신한테 관심을 가지고 있었어요. 며칠 전에도 이것저것 캐묻기에 진작에 오려고 했는데……."

기씨의 설명에 장삼의 안색이 굳어졌다. 마을에 나타난 자들이 수상반에 관심을 보이더라는 촌장의 얘기를 들은 게 사흘 전이었다. 인부들이 공술을 얻어먹기로 했다며 좋아하던 일도 며칠 전이고 대수롭지 않게 생각했는데 뭔가 사단이 벌어지고 있었던 것이다.

"심상치 않다. 사야, 아이들을 데리고 피해 있어라."

"형은 어쩌려고?"

장삼은 대답하지 않고 기씨의 어깨를 토닥여 줬다. 기씨는 수적 시절의 부하였다. 소호수채의 소두목 중 하나였던 기씨는 수채를 떠나서도 인근에 살며 먼발치에서나마 장삼과 함께하고 있었던 것이다.

"고맙네. 자네도 어서 가보게."

"혹시 모르니 아래에 배를 대놓겠습니다."

"아냐. 괜한 위험 자초하지 말게."

"무슨 섭섭한 말입니까? 제 목숨을 구해주신 게 어디 한두 번입니까? 꼬리목에 배를 대놓을 테니 그리 아십시오."

기씨가 휑하니 왔던 길로 달려나갔다.

"뭐 하느냐? 아이들 데리고 어디로 피해 있으라니까!"

"형은 어쩔 거냐니까?"

장삼이 언성을 높이자 장사도 같이 핏대를 세웠다.

"아무 일 없을 수도 있는 거 아니냐. 별일 아닌데 다 도망가고 없으면 정말 일이 벌어진다. 내 걱정 말고 어서 피해 있어라."

장삼이 달래려고 목소리를 낮췄지만 장사는 장삼의 판단이 틀린 적이 없다는 걸 알고 있었다. 장삼이 위험하다고 생각하면 위험한 것이고 피하라고 하면 피할 만한 일임에 틀림없었다. 그렇기에 장사는 더욱 떠날 수 없었다.

"네가 아이들을 챙겨라."

장사는 정방에게 눈짓을 하고 창고로 들어갔다.

"저, 저놈이!"

장삼은 장사를 말릴 수 없었다. 코흘리개 적부터 위험을 함께해 왔고 수없이 떼어놓으려 했지만 결국은 떼어놓지 못한 동생이었다.

"정방, 네가 아이들을 데리고 잠시 피해 있어야겠다."

장삼의 말에 정방은 흔쾌히 고개를 끄덕였다.

"알았소. 돈 들어갈 일이 생길지 모르니 노자나 넉넉히 주시오."

장삼은 두말없이 안채에서 작은 상자를 내와 정방에게 주었다. 수상반에서 모은 전 재산이었다.

"세명아, 너는 이것을 가지고 있어라."

장삼이 세명의 손에 단도를 쥐어주었다.

"혹 뭔가 도움이 필요하거든 그걸 들고 금릉 요가장으로 가거라."

이세명은 고개를 끄덕이고 장삼이 준 단도를 품속에 갈무리했다.

"경아, 네게는 할 말이 없구나. 요즘 네가 뭔가 하는 것 같아 도움이 될까 하고 만들어봤다만……."

장삼이 몇 장의 종이를 내밀었다. 고경은 낫이 그려진 그림에서 대번에 장삼의 쌍겸절예임을 알아채고 고이 받아 들었다.

"절반도 완성되지 않은 것이다만 어차피 나도 혼자 익힌 것, 너도 할 수 있을 게다."

장사가 창고에서 망태기와 장도를 들고 나왔다. 일찍이 고경이 한

번 봤던 망태기였다.

"가거라!"

이세명은 대체 무슨 일이 벌어지고 있는지 짐작조차 할 수 없었다. 마교와 관련된 사람이라면 온 마을을 뒤져도 자기밖에 없었다. 마교에 관한 소문이 나쁘긴 했지만 그들을 만난 게 그렇게 큰 죄가 될 것 같지는 않았다. 더욱이 장삼의 태도도 이해할 수 없었다. 마치 마지막 유언이라도 전하는 듯한 모습이 아닌가?

"가자!"

정방이 세명의 등을 떠밀었다.

정방을 따라가면서도 연신 뒤를 돌아보는 세명과 고경의 모습이 장삼의 눈에 밟혔다.

"형님, 저기……."

정방 등이 사라진 숲의 반대 편. 마을 쪽으로 난 길로 창을 세운 기병들의 모습이 보였다. 말과 사람이 모두 갑옷을 입지 않았고 무기는 장창 하나.

"내무군!"

내무군은 민정 치안을 담당하지만 지현 소속 병사들과는 달리 전문적으로 녹림이나 강호 방파를 상대하기 위한 병사들이었다. 치안을 담당하면서도 독자적으로 움직이는 특수한 위치다 보니 명령권을 놓고 논란이 많은 부대였다.

"해체됐다고 하더니만……."

논란이 거듭되다 결국 최근 해체되기는 했지만 장사가 알지 못하는 점이 있으니 그것은 그냥 해체된 것이 주력이 고스란히 정남군과 금의위에 흡수되었다는 것이다.

내무군을 보는 장삼의 표정이 딱딱하게 굳어졌다.

기병을 선두로 백여 명에 이르는 금의위 소속 위사들이 수상반을 빙 둘러쌌다.

"마교의 역도들은 들어라! 너희는 혹세무민하여 민심을 어지럽히고 몽고와 내통하여 나라를 팔아먹었다! 지금이라도 늦지 않았으니 개과천선하여 순순히 포박을 받아라!"

선두에 선 두주가 외치자 그렇지 않아도 긴장하고 있던 수상반의 인부들은 어쩔 줄 몰라 벌벌 떨었다.

"나리, 여기는 작은 조선소일 뿐 마교와는 아무런 연관이 없는 곳입니다."

장사가 나서자 기다렸다는 듯 두주가 일갈을 놓았다.

"닥쳐라! 이미 이곳에 마교의 교주가 다녀간 것을 알고 있다!"

장삼은 이번 일이 벌어진 경위를 짐작할 수 있었다.

'유란하가 꼬리를 잡혔군. 그 일이라면 어떻게든 적당히 무마될 수 있을 터.'

장삼은 안도하며 두주를 향해 억울한 표정을 지었다.

"정녕 모르는 일입니다! 나리님들, 살려주십시오!"

장삼은 무릎을 꿇고 머리를 조아렸다.

"이미 내 두 눈으로 똑똑히 보았거늘 시치미를 뗄 작정이더냐!"

"억울합니다요. 배를 주문하러 오는 자들은 여럿 있었지만 그들 중에 마교의 무리가 있을 줄은 정녕 몰랐습니다. 제발 살려주십시오. 백련교의 교주는 개호로자식이고 백련교의 마녀는 제 아들과 접붙은 화냥년이다! 보십시오. 저희는 마교도가 아닙니다."

장삼이 하는 욕은 흔히 백련교도를 판별하는 데 쓰는 방법이었다.

간단한 방법인데도 백련교도들은 이 욕을 못해 숫하게 잡혔다고 한다.

장삼이 울먹이며 통사정하고 매달리니 지켜보던 위사들 속에서 의혹의 눈빛을 띠는 자가 하나둘 생겨났다.

"흥! 어디 죽어서도 헛소리를 하나보자!"

두주가 고삐를 당기며 말 배를 차자 말이 소리를 내며 달려들었다. 삼 장도 안 되는 짧은 거리. 말은 순식간에 이 장의 공간을 좁히며 장삼에게 다가섰지만 속도는 더욱 빨라졌다. 이대로라면 아무리 기마술이 좋아도 장삼이 무사하기는 불가능했다.

"형님!"

장사가 더 이상 보고 있지 못하고 목재 속에 숨겼던 장도를 빼 들고 장삼을 향해 달렸다.

히이잉!

말이 앞발을 번쩍 치켜들어 장삼을 짓밟으려는 찰나 장사의 도가 번뜩였다.

푸드득! 털썩!

말은 앞발을 쳐든 채로 가만히 있었다.

"사야!"

장삼은 고개를 들어 상황을 살폈다. 장사의 도가 말의 목을 뚫고 하늘을 보고 있고 두주는 눈앞에 튀어나온 칼에 놀라 고삐를 놓치고 땅에 떨어져 있었다.

'이대로 말에 밟혀 죽는다면 모두들 안전할 수 있건만⋯⋯. 역시 사를 떠나보냈어야 했어⋯⋯.'

짝짝짝!

지켜보던 천무군이 박수를 쳤다.

히이이이이잉!

그제야 말은 긴 소리를 내며 옆으로 쓰러졌다. 아니, 장사가 옆으로 밀쳐 내며 칼을 뽑았다.

"멋진 번강출룡! 강룡십삼검이지? 그걸 보자고 내가 다시 찾아왔지."

문사 차림의 천무군이 환하게 웃으며 앞으로 나섰다.

"당신은……?"

"날 기억하려나?"

천무군이 오른발을 번쩍 들었다가 '쿵' 소리가 나게 땅바닥을 찍었다. 순간 장사는 천무군을 기억해 냈다. 장사를 일 합에 때려눕혔던 소명왕을 쫓던 관군. 장삼도 천무군을 알아보고 뒤로 한 걸음 물러났다.

"오, 기억하나 보군. 난 잊었으면 어쩌나 하고 내심 걱정했지. 강룡십삼검을 쓰는 놈이면 수적 나부랭이가 틀림없는데 수적한테 발길질 좀 했다고 날 완전히 몹쓸 놈 취급하잖아? 강룡십삼검이라고 말해도 통 믿어줘야 말이지. 그 일로 나 한동안 괴로웠어. 출세에도 지장을 좀 받았고. 그래서 다시 왔지. 네놈들 정체를 밝히려고 말이야. 하하하! 그런데 너희들도 그 일로 반성을 좀 했나보지? 마교의 교주와 내통해서 날 출세시켜 주려고 하다니."

장삼은 일이 꼬여도 단단히 꼬였음을 알아챘다.

"우린 마교도가 아니오!"

"아까 욕하는 거 들었어. 너희는 수적이지? 하지만 마교와 관련이 없는 것도 아니야. 마교의 마녀가 다녀가는 걸 나도 봤거든. 순순히 얘기해 주면 선처해 주지."

"살려줄 거요?"

장사의 물음에 천무군이 씁쓸한 미소를 지었다.

"아마 내가 살려줘도 잡혀가서 고문을 당하다 죽을 거야. 심하면 마을 전체가 쑥대밭이 되겠지."

장삼은 마음이 무거웠다. 유란하를 만난 일이 이렇게 큰일이 될 줄은 미처 몰랐다. 장사는 장사대로 자신이 실수해 일이 이 지경이 됐다고 자책했다.

'그때 경솔하지 않았다면……'

"어떻게 선처해 줄 수 없겠소?"

장삼은 주위를 둘러봤다. 영문도 모르고 떨고 있는 인부들, 숨죽이고 있을 마을 사람들……. 그들에게 무슨 죄가 있겠는가?

"선처해 주려고 이렇게 온 거야."

천무군이 장삼에게 손짓을 했다. 장삼은 미심쩍어하면서도 조심스럽게 천무군에게 다가갔다. 장삼이 일 장 가까이 다가오자 천무군이 입을 오물거렸다.

"일단 네놈의 주리를 틀어서 정체를 알아내고 마교와의 연관성을 조사할 거야. 맘에 드는 대답이 나오지 않으면 여기 있는 놈들을 하나씩 사지를 찢어서 자백을 받아내고 그래도 마음에 드는 대답이 나오지 않으면 마을을 싹 쓸어버리고 내 맘대로 진술서를 만들 거고."

천무군의 말에 장삼은 흠칫 놀랐지만 주위의 사람들은 아무 소리도 듣지 못한 눈치였다.

"원하는 바가 뭐요?"

장삼은 천무군의 웃는 얼굴에서 나올 다음 말이 두려웠다. 과연 이 자리에 있는 자들 중 누가 살아남을 수 있을까? 원하는 대답을 해주면 마을 사람들은 무사할 수 있을까? 어쨌든 천무군이 원하는 대로 해줄 수밖에 없었다.

천무군이 다시 입을 오물거렸다.

"너희는 정체를 밝히고 최대한 저항하다 죽으면 돼. 죽기 전에 마교를 칭송하면 더 좋겠지. 잘만 해주면 마을 사람들의 안전은 보장하지."

"이 사람들은?"

장삼이 인부들을 가리켰다.

"너무 많은 걸 바라는군."

천무군의 차가운 대답에 장삼은 뒤로 물러났다.

"사야, 여기에 뼈를 묻어야겠다."

장삼의 비통한 목소리에 장사가 도를 고쳐 잡았다.

"좋아! 받은 빚은 돌려줘야지!"

비구나 각반, 철 토시는 필요없었다. 장삼은 망태기에서 낫만 꺼내 양손에 나눠 쥐었다. 여전히 얼굴이 비칠 듯 날이 세워져 있었다.

촤르르르!

사슬이 늘어져 바닥에 닿는 소리에 장삼은 오랫동안 잊고 지냈던 근거 없는 자신감이 되살아남을 느꼈다. 뭐든 할 수 있을 것 같은 이런 느낌이 들었던 날은 강적을 만나도 지지 않았다.

'사슬!'

소포관은 유성에 사슬을 달겠다던 고경의 말과 과거에 들었던 한 인물의 명호가 동시에 떠올랐다.

"효수겸(梟首鎌) 장무개!"

안천일도 단번에 장삼을 알아봤다. 안천일의 낮은 외침을 듣고서야 장삼을 알아보는 자도 있었다. 소포관이나 안천일 연배의 사람들에게는 사슬쌍겸에 대한 기억이 강렬하게 남아 있었다. 무명의 수적이 황

실 최고 고수 중 한 명이던 관천철궁(貫天鐵弓) 야율목문을 죽이고 친
원 세력으로 대표되던 오문일가(五門一家)의 여러 고수를 쓰러뜨렸다
는 소식에 얼마나 통쾌했던가? 죽일 때는 반드시 목을 딴다고 해서 붙
여진 별호가 효수겸이었다.

안천일은 새로운 눈으로 장사를 주시했다.

"유명한 자요?"

천무군의 질문을 받은 소포관은 코웃음 치며 대답하지 않았다. 효수
겸이란 말을 듣고도 모른다면 뭘 더 설명하란 말인가? 대답은 기병을
이끌고 온 관달(關獺)이 대신했다.

"오래전에 유명했던 자입니다."

"그래? 평범하지 않은 건 진작부터 알고 있었지."

천무군은 소포관에게 무시당해 언짢은 것보다 장삼이 스스로 신분
을 밝힌 점에 기분이 좋았다. 자신의 제안을 받아들인 것이다. 게다가
제법 이름있는 자이니 일을 꾸미기 한결 수월할 것이고 덤으로 약간의
명성도 얻을 기회가 아닐 수 없었다. 천무군은 입가에 걸리는 미소를
숨길 수 없었다.

『보보노노』 2권에 계속…